Lilly Crow
Forever 21

Lilly Crow

FOREVER 21
Vor uns die Liebe

one

Dieser Titel ist auch als E-Book erschienen

Originalausgabe

Copyright © 2017: by Bastei Lübbe AG, Köln

Umschlaggestaltung: Sandra Taufer, München
Lektorat: Claudia Müller, Hamburg
Satz: hanseatenSatz-bremen, Bremen
Gesetzt aus der Minion Pro
Druck und Einband: GGP Media GmbH, Pößneck
Printed in Germany
ISBN 978-3-8466-0055-9

5 4 3 2 1

Sie finden uns im Internet unter: www.one-verlag.de
Besuchen Sie auch: www.luebbe.de

Ein verlagsneues Buch kostet in Deutschland und Österreich jeweils überall dasselbe. Damit die kulturelle Vielfalt erhalten und für die Leser bezahlbar bleibt, gibt es die gesetzliche Buchpreisbindung. Ob im Internet, in der Großbuchhandlung, beim lokalen Buchhändler, im Dorf oder in der Großstadt – überall bekommen Sie Ihre verlagsneuen Bücher zum selben Preis.

Kapitel 1

Armes Mädchen, reiches Mädchen

Ava kauerte auf einer der Bänke, die den Park von Schloss Versailles säumten. Trotz der warmen Sommernacht fror sie, aber es war eine Kälte, die von innen kam und die bis in ihre Knochen zu dringen schien. Es war die blanke Angst, die Ava zittern ließ, Angst um Kyran.

Sie hatten sich an einem kalten Oktoberabend im Jahr 2015 kennengelernt, und Ava war mit zu Kyran gekommen und sogar in seiner Wohnung eingeschlafen. Trotzdem war sie am nächsten Morgen geflohen, ohne Kyran zu sagen, wer sie war oder wo er sie erreichen konnte. Ihn wiederzusehen oder gar mit ihm zusammenzubleiben war nicht möglich, denn Avas Seele war dazu verdammt, rast- und ruhelos durch die Jahrhunderte zu wandern.

Ihr Schicksal hatte sie völlig unvorbereitet getroffen. Gerade war sie noch eine Rucksacktouristin gewesen, als sie sich auf einmal in die Vergangenheit zurückversetzt fand – und das auch noch in einem völlig fremden Körper. Seitdem war sie eine Seelenwandlerin, und ihre Aufgabe bestand darin, zwei Menschen zusammenzubringen, die das Schicksal füreinander bestimmt hatte. Vielleicht waren auch sie und Kyran eines dieser Paare. Denn trotz ihrer ständigen Zeitreisen hatten sie sich ein Jahr nach ihrer ersten Begegnung durch Zufall und durch Avas *Sprung* ins Jahr 2016 kurz nach Weihnachten wiedergetroffen. Und das, obwohl Ava nie wusste, in welchem Jahr oder gar Jahrhundert sie landen würde. Doch auch diesmal konnte Ava nicht bleiben und musste Kyran erneut verlassen. Sie hatte ihm von ihren pausenlosen *Sprüngen* durch die Zeiten erzählt, jedoch ohne einen Funken Hoffnung, dass das Schicksal sie jemals wieder zusammenführen würde.

Aber Kyran hatte Ava nicht einfach aufgeben wollen. Obwohl es unmöglich schien, hatte der Student aus Birmingham es kurz danach durch ein magisches Ritual geschafft, ihr durch die Zeit hinterherzureisen, und sie wiedergefunden – im Frankreich des 18. Jahrhunderts. Gerade als Ava geglaubt hatte, nichts könnte sie und Kyran mehr trennen, hatten die Soldaten von König Ludwig XVI. ihn entdeckt und gefangen genommen, weil sie ihn für einen der Aufständischen hielten. Schließlich schrieb man das Jahr 1789, und ausgerechnet kurz vor dem Ausbruch der Französischen Revolution musste Ava zwei Liebende zusammenbringen, die füreinander bestimmt waren.

Diese Aufgabe immer wieder aufs Neue zu erfüllen war ihr Schicksal – und die Strafe dafür, dass sie in ihrem alten Leben große Schuld auf sich geladen hatte. Mit ihrer Arroganz und Kaltherzigkeit hatte sie an jenem schicksalhaften Frühlingstag im Jahr 2015 das Leben ihres Exfreundes Pete zerstört. Und obwohl Ava damals gehofft hatte, das, was geschehen war, vergessen zu können, hatte ihre Tat sie eingeholt. Seitdem reiste Ava durch die Zeit, ohne eine Vorstellung davon zu haben, in welchem Jahr sie dabei als Nächstes landen würde. Dass sie jedes Mal für einige Tage im Körper eines fremden Menschen aus einer anderen Zeit lebte, machte die Sache für sie kompliziert und riskant. Denn wenn Ava nach ihrem jeweiligen *Sprung* zu sich kam, wusste sie erst einmal weder, wo sie sich befand, noch wer die Person war, in deren Körper sie gerade steckte.

Diesmal agierte Ava in Gestalt eines Küchenmädchens namens Lisette, die in der Hierarchie der Dienstboten ganz unten stand, was Ava bereits mehrfach zu spüren bekommen hatte. Dass es sich bei dem Liebespaar, das sie zusammenzubringen sollte, ausgerechnet um die adelige Comtesse de Guerin und Laron, einen Koch von niederer Herkunft, handelte, machte Avas Mission alles andere als einfach.

Und nun war zu allem Überfluss auch noch Kyran aufgetaucht, der es gegen jegliche Vernunft fertiggebracht hatte, Ava durch Raum und Zeit zu folgen. So glücklich sie seine Anwesenheit im ersten Augenblick gemacht hatte, stellte sie nun ein schier unlösbares Problem dar. Die königlichen Wachen hatten Kyran in das Verlies des Schlosses gebracht, und Ava hatte keine Ahnung, wie sie es schaffen sollte, ihn dort wieder herauszuholen. Vor allem weil der Sturm auf die Bastille kurz bevorstand.

Da Ava aus dem dritten Jahrtausend kam, wusste sie aus den Geschichtsbüchern, was in Frankreich demnächst passieren würde: Das einfache Volk, das die Herrschaft und Unterdrückung durch die hohen Stände nicht länger hinnehmen wollte, probte erfolgreich den Aufstand, und das Leben des Königspaars sowie vieler Adliger würde in einigen Monaten durch die Guillotine beendet werden.

Bei dem Gedanken, dass nicht nur Kyran ein Opfer der marodierenden Franzosen werden könnte, sondern auch die adlige Comtesse de Guerin, durchlief Ava erneut ein kalter Schauer. Für sie galt es jetzt, zwei Leben zu retten – das von Kyran, für den sie stärkere Gefühle hatte, als sie sich bisher eingestehen wollte, und das einer jungen Frau, die ein Teil von Avas Schicksalsaufgabe war. Aber Ava hatte nicht mehr viel Zeit und war kurz davor, in Panik zu verfallen. Doch sie musste es wenigstens versuchen.

Ava stand auf und machte sich auf den Weg zurück zum Schloss, obwohl sie keinen Plan hatte, wie sie Kyran aus dem Kerker befreien und die Comtesse und Laron vor der nahenden Gefahr warnen sollte.

Dummerweise war durch Kyrans überraschendes Auftauchen hier im Schloss das von Ava geplante Treffen zwischen den beiden Liebenden geplatzt, und sie wollte lieber nicht darüber nachdenken, ob es ihr noch einmal gelingen würde, Laron mit der Comtesse zusammenzubringen. Aber zuerst musste sie Kyran retten, und daher zwang Ava sich zur Ruhe. Eins nach dem anderen, befahl sie sich, als sie vor den Toren von Versailles stand, das in der nächtlichen Dunkelheit wie das Schloss aus einem bösen Märchen vor ihr aufragte.

Ava wusste sehr wohl, dass sie nicht einfach hinunter zum Verlies marschieren und nach Kyran fragen konnte. Doch wozu war sie im Körper einer Küchenmagd gelandet? Hastig huschte sie zur Dienstbotenpforte. Diese war zwar bewacht, aber zum Glück immer geöffnet, da oft schon im Morgengrauen das für die Festtafel des Königs erlegte Wild oder frisch gefangene Fische geliefert wurden. Das hatte Ava beim großen Empfang von der dicken Giselle erfahren, die in der Küche nicht nur den Löffel, sondern auch das Zepter über eine Horde Köche und Küchenmägde schwang.

Die beiden dösenden Wächter warfen Ava nur einen müden Blick zu.

»Na, Lisette, kannst wohl nicht schlafen?«, fragte der eine.

Ava schüttelte den Kopf und rang sich ein Lächeln ab, ehe sie sich an ihnen vorbeidrückte. Offenbar war das einfache Küchenmädchen doch nicht so unsichtbar, wie Ava zunächst gedacht hatte. Gleich darauf wurde ihr auch klar, warum.

»Wirklich bedauerlich, wenn man so aussieht. Dabei ist die Kleine stets freundlich zu jedermann«, hörte sie den anderen Wächter murmeln.

Obwohl es nicht Avas Körper war, zuckte sie bei den Worten der Wache zusammen. Lisette trug ein auffällig purpurfarbenes Feuermal quer über eine Gesichtshälfte, und innerhalb kurzer Zeit hatte Ava bereits so viele gemeine Bemerkungen und beißenden Spott deswegen gehört, dass ihr das junge Mädchen schrecklich leid tat. Ein Gefühl, das Ava erst seit ihren *Sprüngen* kannte. In ihrem alten Leben wäre sie nicht einmal auf die Idee gekommen, sich über andere Gedanken zu machen, vor allem nicht, wenn es sich dabei um ein Mädchen handelte.

»*Tja, Prinzessin, deine Schönheit hat dir nichts genutzt. Im Gegenteil, hättest du nur ein bisschen durchschnittlicher ausgesehen, wäre diese Sache vielleicht nie passiert – und du müsstest jetzt nicht hier sein, sondern wärst inzwischen eine ganz normale Studentin ...*«, wisperte es in Avas Kopf. Es war diese hämische Stimme, die sich immer dann meldete, wenn die dunklen Erinnerungen an die Vergangenheit hochkamen.

»Ach, halt die Klappe«, murmelte Ava und versuchte das unsichtbare Stimmchen zum Schweigen zu bringen, indem sie noch schneller durch die weitverzweigten Gänge des Schlosses lief und sich auf ihr Vorhaben konzentrierte. Sie wollte in der Schlossküche ein Stück Brot und einen Krug Wasser holen und beides unter dem Vorwand, es sei für den Gefangenen, in den Kerker bringen. Auf diese Weise hoffte sie, vielleicht eine Möglichkeit zu finden, irgendwie an die Schlüssel für Kyrans Verlies zu kommen. In ihrer Fantasie sah sie sich selbst, wie sie einer der schlafenden Wachen den Schlüssel entwendete oder ihr notfalls den schweren Tonkrug über den Kopf schlug, sodass die Wache bewusstlos zu Boden sank. Dann würde Ava ihr den Schlüsselbund entwenden, Kyrans Gefängnistür aufsperren und gemeinsam mit ihm fliehen.

Die Sache hatte nur mehrere Haken. Zum einen hatte Ava keine Ahnung, wie man jemanden k.o. setzte, zweitens wusste sie, dass sie es wahrscheinlich gar nicht über sich bringen würde zuzuschlagen, und zu guter Letzt würde der Soldat – sofern es nicht sowieso mehrere Wachen waren – sofort Alarm schlagen und das gesamte Schloss in Aufruhr versetzen, um nach ihr und Kyran zu suchen.

Und wenn sie ein Werkzeug in sein Verlies schmuggelte, mit dessen Hilfe er fliehen konnte? Unwillkürlich dachte Ava an die berühmte Feile im Brot. Aber hatte es anno 1789 bereits Feilen gegeben? Und wenn ja, dann waren sie sicher nicht dazu geeignet, ein massives Kerkerschloss aufzubekommen. Es sei denn, Ava nahm eins der großen Eisendinger, mit denen die Hufe von Pferden bearbeitet wurden. Allerdings dürfte selbst in der Schlossküche, wo für üppige

Essensgelage gekocht und gebacken wurde, kein solch riesenhafter Brotlaib zu finden sein, um eine dieser Hufraspeln darin zu verstecken.

Auch dieser Plan war also völlig unrealistisch, dachte Ava und seufzte. Aber irgendetwas musste sie tun, sonst würde sie sich das nie verzeihen. Dass zum zweiten Mal ein Mensch durch ihre Schuld und Untätigkeit zu Tode kam, konnte sie nicht zulassen.

Ava war so damit beschäftigt zu grübeln, Pläne zu schmieden und diese wieder zu verwerfen, dass sie zu spät bemerkte, wo sie sich befand. Sie stellte erschrocken fest, dass sie sich scheinbar mehr und mehr von der Schlossküche entfernt haben musste und stattdessen in Richtung eines Fest- oder Thronsaals gelaufen war, denn obwohl nur der schwache Schein des Mondes die Szenerie beschien, erkannte Ava riesige Gemälde in schweren Goldrahmen, die die Wände des Gangs schmückten. Zierliche Stühle mit roséfarbenen Seidenpolstern standen in regelmäßigen Abständen an der Wand – wahrscheinlich, damit die edlen Damen oder die Königin selbst sich ab und an hinsetzen und ausruhen konnten, denn das damalige Schuhwerk war alles andere als bequem, und die Gänge des Schlosses, durch die sie nun irrte, erschienen Ava kilometerlang. Ihre Schritte wurden durch edle Teppiche gedämpft, und Ava rechnete jeden Moment mit dem Auftauchen weiterer Wachen, doch es war schon mitten in der Nacht, und alles blieb still. Trotzdem beschloss Ava umzukehren. Hier hatte sie nichts verloren und konnte auch nichts für Kyran tun. In diesem Moment hörte sie hinter einer der mit Schnitzereien verzierten Flügeltüren Stimmen, die lauter wurden und sich offenbar von innen näherten, denn Ava konnte nun einzelne Satzfetzen verstehen. Es war eine Frau, und sie klang ziemlich zornig.

»Wenn Ihr weiterhin die Augen verschließen wollt, bitte sehr. Ich jedenfalls werde nicht weiter zusehen, wie der Pöbel uns terrorisiert. Ich verlange, dass Ihr diesen Brief schreibt, habt Ihr verstanden?«

Ava ging schnell hinter einem der niedrigen Sofas, das mit einem hellblau-gelb gestreiften Seidenstoff bezogen war, in Deckung. Keine Sekunde zu früh, denn kurz darauf flog die Flügeltür auf, und Ava, die vorsichtig zwischen Rücken- und Armlehne hervorlugte, sah zu ihrem Schrecken, dass es die Königin höchstpersönlich war, die gesprochen hatte. Ava hatte Marie Antoinette vor ein paar Stunden noch zusammen mit ihrem Gemahl Ludwig bei einem Bankett gesehen, als sie und die anderen Dienstboten stundenlang Speisen aus der Küche auftragen mussten.

Nun war Ava offenbar direkt vor den königlichen Gemächern gelandet. Ihr wurde eiskalt vor Angst. Nicht auszudenken, was passierte, wenn man eine Küchenmagd hier entdeckte. Eine so gute Ausrede gab es gar nicht, dass Ava ihre Anwesenheit im Privattrakt des Schlosses hätte erklären können. Also machte sie sich hinter dem schmalen Möbel noch ein wenig kleiner und hoffte, dass der Gang düster genug war, damit sie nicht entdeckt wurde. Zu ihrem Glück war die Königin viel zu wütend, um auf ihre Umgebung zu achten. Den Kopf zu dem Raum gewandt, dessen Tür immer noch weit offen stand, keifte sie: »Und ich will, dass dies noch heute geschieht. Wir haben keine Zeit mehr zu verlieren!«

Ein Mann, den Ava nicht sehen konnte, weil er sich im Zimmer befand, antwortete. »Eure Aufregung ist äußerst unangebracht, Verehrteste! Das Volk mag vielleicht Lärm schlagen, aber Hunde, die bellen, beißen nicht. Ich werde morgen ein paar Lebensmittel vor die Schlosstore bringen lassen, dann sind die Bauern sofort still. Kein Grund, unsere ausländischen Verbündeten zu beunruhigen.«

Aus ihrem Versteck heraus konnte Ava sehen, dass Marie Antoinettes hübsches Gesicht sich vor Wut verzerrte.

»Ihr seid ein Narr, wenn Ihr glaubt, mit ein paar Stücken Brot und Kuchen einen aufgebrachten Mob beruhigen zu können. Ihr habt einen Fehler begangen, den beim Volk beliebten Finanzminister zu entlassen, *mon Roi*. Hättet Ihr nur ein Mal in Eurem Leben nachgedacht! Doch wenn Ihr es schon nicht tut, dann überlasst nun wenigstens diese Entscheidung mir! Das Schreiben an Alexander von Fersen ist fertig, es braucht nur noch Eure Unterschrift und das Siegel!«

Nun sah Ava auch den Mann, der vorhin gesprochen hatte, aus der Tür treten. Es war Ludwig XVI., dessen fleischige Gestalt mit dem plumpen Gang selbst in dem dunklen Flur unverwechselbar war. Sein Tonfall war scharf.

»Haltet Euch zurück, Marie Antoinette. Die politischen Entscheidungen treffe immer noch ich! Ich werde mich zunächst mit meinen Ministern beraten. Dazu berufe ich gleich morgen früh eine Versammlung ein.«

Mit diesen Worten drängte er sich an seiner Gemahlin vorbei und ging mit großen Schritten den Gang hinunter. Die Königin stand einen Augenblick wie erstarrt da, dann lief sie ihrem Gatten nach.

»Wir verlieren zu viel Zeit!«, hörte Ava sie beschwörend rufen.

Auf ihren Mann einredend, der mit stur geradeaus gerichtetem Blick weiterging, verschwand sie um eine Ecke.

Ava atmete auf. Der Streit des Herrscherpaares hatte sie wahrscheinlich vor massiven Schwierigkeiten bewahrt. Ächzend, denn ihr linker Fuß war in der unbequemen Hockstellung inzwischen eingeschlafen, zwängte Ava sich hinter dem zierlichen Sofa hervor. Sie wollte schon denselben Weg wie der französische König und seine keifende Gattin einschlagen, als ihr Blick an der Flügeltür hängen blieb, die immer noch halb offen stand. Ein Gedanke blitzte in ihrem Kopf auf und ließ sich nicht mehr vertreiben. Es war riskant, ja – aber um Längen besser als das Vorhaben, mit Wasser und Brot zu Kyran in den Kerker zu gehen. Entschlossen drehte sich Ava um und huschte durch das geschnitzte Portal in das königliche Gemach. Mit zitternden Fingern lehnte sie die Tür an, damit niemand sie entdeckte. Dabei schlug ihr Herz so heftig, dass sie glaubte, allein dessen lautes Dröhnen müsste die halbe Schlossgarde alarmieren. Doch alles blieb still. Hastig blickte Ava sich um und hielt den Atem an, denn dieser Raum war umwerfend. Die Wände waren mit dunkelblauer Seide bespannt, auf der silberne Pfauenfedern prangten. Überall hingen Spiegel in riesigen goldverzierten Rahmen, und in der Mitte des Raums stand ein überdimensionales Bett mit vier gedrechselten Säulen, auf dem seidene Kissen und Decken lagen.

Avas Füße mit den groben Holzpantinen versanken in einem dicken Teppich, und als sie den Blick hob, sah sie, dass die gesamte Decke des Raums bemalt war. Am liebsten hätte Ava stundenlang die Putten, Vögel und Ornamente bestaunt, die ein Maler dort kunstvoll angebracht hatte, doch zum

Glück fiel ihr wieder der Grund ihrer – eigentlich streng verbotenen – Anwesenheit ein. Rasch ließ sie ihren Blick durch das Zimmer schweifen und entdeckte in der linken Ecke einen hübschen Sekretär aus honigfarbenem Holz mit geschwungenen Füßen, auf dem einige Bögen Pergamentpapier lagen. Mit einem Satz war Ava bei dem Möbel und atmete auf. Außer dem Schreiben, das die Königin erwähnt hatte, fand sie zwei unbenutzte Blätter. Daneben lag vor einer brennenden Kerze etwas Schmales, Längliches von dunkelroter Farbe. Als Ava es in die Hand nahm, begriff sie, dass es sich dabei um ein Stück Siegelwachs handeln musste, welches man über einer Kerze schmolz, um es anschließend auf die Briefe zu träufeln und sie damit zu verschließen. Offenbar war die Königin in Eile gewesen, denn sie hatte nicht nur die Kerze brennen lassen, auch das Tintenfass war offen. Daneben lag eine Feder, von deren Kiel schwarze Farbe tropfte, was einen hässlichen Fleck auf dem Holz hinterlassen hatte.

Das Wichtigste befand sich jedoch nicht auf dem Schreibtisch: der Siegelring des Königs, von dem Marie Antoinette gesprochen hatte. Ava fluchte, denn den Schmuck trug Ludwig XVI. höchstwahrscheinlich am Finger.

»Verdammt, verdammt«, murmelte sie.

Ohne den Ring war jedes Schreiben wertlos. Ob man so etwas fälschen konnte? Vielleicht mit einer Münze, die ins heiße Wachs gedrückt wurde? Ziellos durchstreifte Ava das Gemach, da blinkte etwas auf einem kleinen runden Tischchen, das neben dem riesigen Bett stand. Ava beugte sich vor und konnte ihr Glück kaum fassen. Dort lag ein protziger Goldring mit einem tiefblauen Stein, auf dem sich ein silbernes Monogramm in Form eines geschwungenen »L« mit einer Krone darüber abzeichnete. Ava wurde vor Erleichterung schwindelig, und sie dankte dem Schicksal, das es trotz vieler Schwierigkeiten doch ab und zu gut mit ihr zu meinen schien.

Schnell schnappte sie sich den königlichen Ring und flitzte damit zum Sekretär. Sie tunkte die Feder in die Tinte, doch dann hielt sie plötzlich inne. Was schrieb so ein König eigentlich – und vor allem: Welche Worte wählte er?

Mist, dachte Ava, was, wenn mein Gekritzel nur Verdacht erregt?

Doch die Zeit drängte, daher beschloss Ava, das Risiko einzugehen. Sie setzte den Federkiel an und drückte die Spitze aufs Papier. Die schwarze Tinte spritzte in alle Richtungen – vor allem aber auf das Pergamentpapier, das nun ebenso wie die hölzerne Unterlage ein riesiger feuchtschwarzer Fleck zierte. Er sah aus wie einer dieser psychologischen Tests, bei dem man Tintenkleckse betrachten und dem Therapeuten sagen sollte, was sie darstellten.

Am liebsten hätte Ava vor Wut das Papier zerrissen, das Tintenfass umgekippt und anschließend das ganze Zimmer verwüstet. Stattdessen zwang sie sich, tief durchzuatmen. Jetzt galt es, unbedingt Ruhe zu bewahren und mit Tinte und Feder sehr behutsam umzugehen, um Buchstaben statt Flecken aufs Papier zu bringen.

Kyran saß im Verlies, und die Einzige, die ihm helfen konnte, war Ava. Er hatte für sie alles riskiert, und sein bisheriges Leben als Student im Jahr 2016 hinter sich gelassen – nur um bei ihr zu sein. Und Ava war glücklich gewesen, ihn zu sehen, auch wenn es gegen jede Vernunft war. Daher musste sie Kyran da herausholen, koste es, was es wolle. Doch die Angst zu versagen wuchs mit jeder Sekunde. Was, wenn sie es nicht schaffte und man ihre List enttarnte? Würde man sie ebenfalls einsperren? Dann aber könnte sie die Aufgabe, die das Schicksal ihr zugedacht hatte, nicht erfüllen, und die zwei Liebenden würden vielleicht niemals zueinanderfinden. Und was Ava dann als Strafe erwartete, wollte sie sich lieber nicht ausmalen. Trotzdem kroch die kalte Furcht bis in ihre Fingerspitzen, und Ava fühlte ihre Zähne aufeinanderschlagen. Mit aller Macht versuchte sie, sich zu beruhigen und ihre zitternden Hände in den Griff zu bekommen. Es gab nur noch einen einzigen Bogen unbenutztes Pergamentpapier – und damit eine letzte Chance, Kyran vor dem drohenden Tod zu retten.

Kapitel 2

Mitgefangen – mitgehangen

»Das ist ein viel zu großes Wagnis und bereits jetzt zum Scheitern verurteilt!« Laron blickte auf das gefaltete und mit rotem Wachs versiegelte Pergament in Avas Hand, dann hob er den Kopf und musterte Ava, als wäre sie verrückt geworden.

»Es ist die einzige Möglichkeit. Bitte, Laron! Dafür werde ich auch alles daransetzen, die Comtesse zu überzeugen, dass ihr beide euch wiedersieht und aussprechen könnt«, flehte Ava und streckte dem jungen französischen Koch das Schreiben entgegen.

Laron wich einen Schritt zurück und schüttelte abwehrend den Kopf. »Wenn herauskommt, dass der Brief nicht vom König verfasst wurde, dann wird nicht nur der Kopf des Gefangenen rollen«, sagte er.

»Ich weiß, dass es sehr viel verlangt ist, aber glaub mir, in Kürze wird auch deine Liebste nicht mehr sicher sein. Wenn das Volk sich auflehnt – und das wird es –, dann ist die Comtesse de Guerin in großer Gefahr, ebenfalls im Kerker, wenn nicht sogar auf dem Schafott zu landen.«

Laron riss die Augen auf. »Woher …«, fing er an, doch Ava schüttelte den Kopf. »Dafür haben wir keine Zeit. Hilfst du mir nun, damit ich danach dir helfen kann, oder nicht?«

Laron zögerte noch eine Sekunde, dann nahm er Ava das versiegelte Schreiben aus der Hand. »Ich wusste nicht einmal, dass du des Schreibens mächtig bist, Lisette«, murmelte er.

Ava nahm ihm seine Worte nicht übel. Wer traute einer einfachen Küchenmagd schon zu, dass sie überhaupt denken konnte?

»Du weißt so einiges nicht von mir«, sagte sie und lächelte. »Aber das ist auch besser so. Und nun müssen wir uns beeilen.«

Mit diesen Worten griff sie nach dem Tonkrug, den sie mit Larons Hilfe in der Schlossküche gefüllt hatte. Allerdings nicht mit Wasser, sondern mit gutem Wein für die Kerkerwachen.

Anfangs war Laron entsetzt gewesen, als Ava ihm ihren Plan anvertraut hatte. Natürlich konnte sie dem jungen Koch nicht die Wahrheit über Kyran erzählen, denn dass Lisette mit ihrem Feuermal mitten im Gesicht einen Liebsten haben könnte, hätte ihr sowieso niemand geglaubt, selbst der gutherzige Laron nicht. Also hatte sie Kyran für ihren Bruder ausgegeben, der fälschlicherweise von den Soldaten für einen Aufständischen gehalten und ins Verlies geworfen worden war. Laron sollte sich gegenüber den Kerkerwachen als königlicher Kammerdiener ausgeben und das gefälschte Schreiben aushändigen, denn wenn ein Küchenmädchen einen Brief des Königs überbrachte, würde sogar einem einfachen Soldaten dämmern, dass an der Sache etwas faul war.

Auf Larons berechtigte Frage, wieso sie den Wachen nicht einfach erzählte, dass es sich bei dem Gefangenen um ihren Blutsverwandten handelte, war Ava kurz in die Bredouille geraten. Gerade noch rechtzeitig war ihr eingefallen zu behaupten, dass sie Angst hatte, man könnte sie dann für eine Spionin halten und ebenfalls einkerkern. Das hatte Laron zum Glück eingeleuchtet, und nach einigem Zögern war er bereit, das Risiko auf sich zu nehmen und als Überbringer des angeblich königlichen Schreibens zu fungieren.

Daher stiegen sie nun hintereinander die grob behauene Treppe hinunter, die zum Kerker des Schlosses führte. An den steinernen Wänden des Gewölbes waren in großen Abständen eiserne Halter mit Pechfackeln befestigt, deren flackerndes Licht gespenstische Schatten warf. Hier unten, in den Tiefen des Schlosses, drang kein Tageslicht hinein – aber auch nichts heraus, nicht einmal die verzweifelten Schreie eines Gefangenen. Ava bekam eine Gänsehaut auf ihren Armen. Die Luft wurde immer klammer und feuchter, und sie musste aufpassen, dass sie sich nicht an der niedrigen Decke des Gewölbes den Kopf anstieß. Ein dumpfer, modriger Geruch nach menschlichen Ausdünstungen, Verzweiflung und Hoffnungslosigkeit stach ihr in die Nase, und ihre Finger, mit denen sie den Weinkrug fest umklammert hielt, wurden bei dem Gedanken eiskalt, was den Gefangenen hier unten wohl im Laufe der Zeit alles widerfahren war.

Sie hatte kaum den Fuß auf die letzte der glitschigen Steinstufen gesetzt, als zwei mit Lanzen bewaffnete Soldaten aus der Dunkelheit ins Licht der Fackeln traten.

»Halt! Wer da und wohin?«, bellte der eine, ein riesenhafter Kerl mit Augen wie schwarze Kohlen und pockennarbiger Haut. Die gekreuzten Lanzen der beiden Wachen zwangen Laron und Ava, abrupt stehen zu bleiben.

Avas Magen schien sich vor Angst in einen dicken Knoten zu verwandeln, und am liebsten hätte sie sich auf dem

Absatz umgedreht und wäre die lange Treppe nach oben gerannt, bis sie wieder die warme Nachtluft auf ihrem Gesicht spürte. Doch sie musste durchhalten – für Kyran.

Sie warf einen nervösen Blick auf Laron. Der junge Mann wirkte ruhig. Aber an seinen zusammengepressten Kiefern konnte Ava erkennen, dass er auch aufgeregt war. Seine Stimme klang jedoch fest, und er sah den Wachen furchtlos ins Gesicht.

»Ich komme im Auftrag des Königs. Als sein Kammerdiener habe ich euch folgendes Schreiben zu überbringen«, sagte er und hielt ihnen das zusammengefaltete Pergament hin.

Der zweite Soldat, etwas kleiner als der Pockennarbige und nicht ganz so furchterregend, nahm es nach einigen Sekunden der Unschlüssigkeit entgegen, doch statt es zu öffnen, starrte er es bloß an.

»Es trägt das königliche Siegel«, drängte Laron. »Macht es auf.«

Langsam und widerwillig brach die Wache das kreisförmige Wachsemblem mit dem verschnörkelten »L« in der Mitte entzwei und faltete das Blatt umständlich auseinander. Beide Soldaten starrten schweigend auf die Tintenbuchstaben. Lange. Viel zu lange. Avas Hände, die bereits kribbelten, als wären sie eingeschlafen, begannen heftiger zu brennen, und sie wurde immer ungeduldiger.

»Was ist, worauf wartet ihr?«

Der Soldat mit dem pockennarbigen Gesicht warf ihr einen finsteren Blick zu.

»Viel zu dunkel hier«, knurrte er, und der andere nickte. »Das Gekritzel kann doch kein Schwein lesen.«

Ava warf Laron einen hilfesuchenden Blick zu. Der junge Koch zuckte unmerklich die Achseln. Er war auch ratlos, warum die beiden Soldaten sich so anstellten. Dann aber ging Ava ein Licht auf: Keiner der beiden Gefängnisaufseher konnte lesen! Warum war sie darauf nicht gleich gekommen? Die Wachen, vor allem die für den Kerker, wurden meistens aus dem einfachen Volk rekrutiert, das keinerlei Schulbildung genossen hatte. Das wollten die beiden aber offensichtlich nicht zugeben. Kurz entschlossen trat Ava einen Schritt nach vorne und griff behutsam nach dem Pergament. »Meine Augen sind an das schlechte Licht gewöhnt«, sagte sie und lächelte die beiden Soldaten kokett an. »In der Küche ist es auch oft schrecklich dunkel – und heiß wie in der Hölle. Da habt ihr beiden es hier unten besser, das kann ich euch flüstern.«

Wenigstens das Flirten hatte sie während ihrer Zeitreisen nicht verlernt, dachte Ava. Früher waren ihr solche Sätze völlig selbstverständlich über die Lippen gegangen. Und es war ein Leichtes für sie gewesen, die Jungs, die sie haben wollte, mit ihrem Lächeln und einem Augenaufschlag zu bezaubern. Etwas, das der armen Lisette bisher sicher völlig fremd gewesen war.

Zu ihrer grenzenlosen Erleichterung sah sie ein kurzes Grinsen über das Gesicht des kleineren der beiden Wächter huschen. »Ach, dir ist da oben zu heiß? Na, dann musst du uns vielleicht öfter hier besuchen kommen«, sagte er, grinste und zwinkerte Ava zu.

Das Feuermal auf Lisettes Wange schien ihn nicht zu stören, oder es war so dunkel, dass er es gar nicht richtig sah. Ava kicherte und schenkte beiden Wachen einen Blick unter gesenkten Wimpern hervor.

»Ihr seid ja zwei böse Jungs! Eigentlich solltet *ihr* in den Zellen sitzen, wenn ihr solche schlimmen Sachen zu einem anständigen Mädchen sagt!«

Jetzt lachte auch der Große dröhnend und schlug sich mit der freien Hand auf seinen Oberschenkel. »Wie heißt du, Kleine?«

»Lisette.« Ava lächelte, und der riesige Kerl musterte sie wohlwollend.

»Auf den Mund gefallen bist du jedenfalls nicht, Lisette. Dann beweise uns einmal, dass deine Augen wirklich besser sind als unsere!«

Ava beugte sich über das Schreiben und tat, als buchstabiere sie konzentriert Wort für Wort. »Im Namen des Königs, Herrscher über Frankreich, Rex urbi et orbi usque in aeternum ...« Sie warf einen raschen Blick auf die Wachen. Deren Miene hatte sich bei den lateinischen Begriffen von Belustigung zu Respekt gewandelt, wie Ava zufrieden feststellte. »... befehlige ich die sofortige Freilassung des vor wenigen Stunden gefangen genommenen jungen Mannes mit Namen Kyran. Er steht im Dienste des Königs, und ihm darf kein Leid geschehen. Gezeichnet: in nomine Luis Seize, anno Domini centum decem et septem und so weiter und so fort«, schloss Ava und rollte das Schreiben energisch zusammen.

Ein paar Sekunden herrschte Schweigen, während die Soldaten sich unschlüssig ansahen. Ava hoffte, dass keiner von beiden aufgrund eines dummen Zufalls doch des Lateinischen mächtig war. Sonst würden sie sofort bemerken, dass es sich um äußerst stümperhafte Sätze handelte, denn Ava hatte damals in der Schule einfach keine Lust gehabt, diese tote Sprache richtig zu lernen. Das rächte sich nun mit katastrophaler Grammatik und abgedroschenen Floskeln, die sie sich hastig im königlichen Gemach aus den Fingern gesogen und mühsam zu Papier gebracht hatte. Immerhin hatte sie das Schreiben gemeistert, ohne erneut Tintenflecken auf dem Pergament zu hinterlassen. Wenn die Fälschung jetzt trotzdem aufflog, war nicht nur sie geliefert, sondern auch Laron und Kyran. Bei dieser Vorstellung bekam Ava erneut Panik, und sie biss sich so fest auf ihre Unterlippe, dass ihr die Tränen in die Augen schossen.

»Nun, also … Wollt Ihr dem Befehl unseres Herrschers nicht Folge leisten und den Gefangenen freilassen?«, schaltete Laron sich ein.

Seine Stimme zitterte leicht, und die Wachen schienen das zu bemerken, denn sie machten immer noch keine Anstalten, dem vermeintlich königlichen Befehl Folge zu leisten.

Mit dem Mut der Verzweiflung trat Ava dicht an die beiden heran und deutete auf den Weinkrug, den sie auf dem Boden abgestellt hatte, um das Schreiben vorzulesen.

»Der König schätzt eure Dienste außerordentlich. Deshalb hat er mich auch zusammen mit seinem Kammerdiener geschickt. Ich soll euch dies hier zukommen lassen …« Ava hob den Krug auf und hielt ihn wie eine Opfergabe vor sich. Die Augen der Soldaten leuchteten.

»Ist das Wein?«, fragte der Große.

»Der beste, den der Vorratskeller des Schlosses zu bieten hat«, antwortete Ava.

»Nun ja, wenn das so ist …« Der schmächtigere Wächter drehte sich um und eilte davon, während er mit der rechten Hand bereits an dem großen Schlüsselbund nestelte, der von seinem Gürtel herabhing.

Der andere musterte Ava wohlwollend. »Wie wäre es, wenn du gleich hierbleibst und uns beim Trinken Gesellschaft leistest, Lisette?«

»Oh, ganz reizend, ja wirklich. Aber ich …«, fing Ava an, da hörte sie Schritte, die sich näherten, und zu ihrer Freude sah sie gleich darauf Kyran aus dem rauchenden Fackellicht treten. Er sah blass aus, und über seine linke Wange zog sich eine blutige Schramme, aber als sein Blick den von Ava fand, wandelte sich sein Erstaunen in einen Ausdruck von Erleichterung, und er lächelte ihr kurz zu. Am liebsten wäre Ava Kyran um den Hals gefallen, doch sie war klug genug, eine gleichgültige Miene aufzusetzen und durch ihn hindurchzusehen, so, als wäre er ein völlig Fremder für sie. Laron, dem Ava die Lüge aufgetischt hatte, bei Kyran würde es sich um ihren Bruder handeln, nickte ihm kurz zu und bedeutete ihm mitzukommen. Als Ava den beiden folgen wollte, packte der Pockennarbige sie am Arm.

»He, nicht so schnell. Wolltest du nicht bei uns bleiben, statt in deiner heißen Küche zu schwitzen?«

Ava erschrak, denn der Wärter hatte das harmlose Geplänkel von vorhin anscheinend für bare Münze genommen. Aus dem Augenwinkel sah sie, wie Kyran stehen geblieben war und angespannt zu ihr herübersah. Auch Laron wirkte unsicher. Die beiden jungen Männer durften ihr auf keinen Fall zu Hilfe kommen, dachte Ava, denn wenn sie die Soldaten reizten, würden unter Umständen beide in einem der dunklen, kalten Kerkerkammern landen. Daher bemühte sie sich um ihr schönstes Lächeln und legte den Kopf schief, während sie einen scherzenden Ton anschlug. »Aber natürlich will ich das. Ich dachte nur, kräftige Männer wie ihr hätten gerne noch etwas Brot und Fleisch zum Wein. Schließlich müsst ihr bei Kräften bleiben, oder etwa nicht?«

Die Soldaten, die bereits jeder einen großen Schluck aus dem Weinkrug genommen hatten, prusteten vor Lachen. »Recht hast du, Süße. Dann eil dich und lass uns nicht zu lange warten. So ein saftiges Stück Fleisch kommt uns gerade recht«, sagte der Kleinere.

»Kommt *tout de suite!*« Ava lächelte und drängte sich leichtfüßig an Laron und Kyran vorbei. Doch als sie sicher war, dass die Wachen sie nicht mehr hören konnten, zischte sie: »Schnell, lasst uns verschwinden!«

Das brauchte sie Laron und Kyran nicht zweimal zu sagen. Hintereinander hasteten sie die glitschigen Stufen des Kerkers hinauf und hörten erst auf zu rennen, nachdem sie den langen Schlossflur durchquert hatten, um viele Ecken gebogen waren und nun endlich in der Schlossküche standen, die ruhig und verlassen dalag. Kaum vorstellbar, dass sich hier noch vor ein paar Stunden alle möglichen Tiere am Spieß gedreht hatten und ein Heer von Küchenjungen und Mägden Platten voll Essen über den steinernen Fußboden getragen hatten.

»Ich dachte schon, die Wachen hätten die List durchschaut, und unser Plan würde im letzten Augenblick scheitern«, sagte Laron und ließ sich außer Atem auf einen niedrigen dreibeinigen Hocker fallen.

Kyran fasste Ava an den Schultern und sah ihr so tief in die Augen, dass ihr schwindlig wurde. »Der Brief des Königs war gefälscht, stimmt's? Es war ein Trick von dir, damit die Soldaten mich freilassen.«

Ava konnte nur nicken, zum Sprechen fehlte ihr die Kraft.

Der ganze Stress und die Angst um Kyran, vermischt mit dem Gefühl riesengroßer Erleichterung, ließ Ava mit einem Mal am ganzen Körper schlottern. Ohne zu zögern, nahm Kyran sie in die Arme, und für einen kurzen Moment vergaß Ava alles um sich herum, ließ sich in seine Umarmung fallen und schmiegte sich eng an ihn – bis sie kurz darauf Larons Stimme hörte.

»Wieso ist dein Bruder unserer Sprache nicht mächtig?«, fragte der junge Koch, und als Ava aufsah, bemerkte sie den misstrauischen Ausdruck in seinem Gesicht.

Sie erschrak, weil sie vergessen hatte, dass Kyran als Zeitreisender natürlich kein Französisch sprach. Auch Kyran sah ertappt aus.

»Mein Französisch ist nicht sehr gut«, formulierte er mühsam in der Fremdsprache.

»Wir sind als Kinder, äh … getrennt worden«, erklärte Ava. »Kyran ist in England aufgewachsen, und wir haben uns erst vor Kurzem wiedergefunden.« Und als sie Larons skeptischen Blick bemerkte, ergänzte sie schnell: »Die Sache ist ziemlich kompliziert.«

Kopfschüttelnd sah Laron von Kyran zu Ava. »Ich weiß zwar nicht, was hier vorgeht, aber wenn ihr beide Geschwister seid, bin ich der Prinz von Frankreich.«

Trotz ihrer Erschöpfung und Angst musste Ava lächeln. »Das würde deine Chancen bei der Comtesse de Guerin jedenfalls enorm verbessern. Aber da es nicht so ist, müssen wir eurer Liebe eben etwas nachhelfen.«

»Ach, Lisette, du hast wirklich ein gutes Herz, aber ich glaube nicht daran. Würde die Comtesse mich lieben, hätte sie vorhin im Park auf mich gewartet!«

»Nein, Laron, so ist es nicht, glaub mir! Es war meine Schuld, dass ihr euch verpasst habt!«, rief Ava. Die Angst, Laron könnte aus Zweifel an ihrer Liebe resignieren, ließ ihr Herz rasen. »Sie hat im Park auf dich gewartet, aber … ich war zu spät, um es dir auszurichten.«

»Es war wegen mir, stimmt's?«, fragte Kyran, der offenbar Bruchstücke von ihrer Unterhaltung verstand. »Ich bin dir dazwischengekommen.«

Laron, der wiederum Kyran nicht verstand, runzelte die Stirn und sah ratlos zwischen den beiden hin und her, aber Ava blieb nichts anderes übrig, als die Wahrheit zu sagen. »Ja.«

»Verdammt. Tut mir leid«, sagte Kyran zerknirscht, ehe er sich an Laron wandte und mit der Faust auf seine Brust tippte. »*C'était moi* – das war ich«, sagte er stockend.

Laron sah ihn fragend an, doch weil Ava nickte, schwieg er und kaute nur auf seiner Unterlippe.

»Gib jetzt bitte nicht auf, Laron! Die Comtesse liebt dich, und sie braucht dich. Nur du kannst ihr Leben retten.«

Laron lächelte schief. »Sag jetzt nicht, dass du das von der alten Hexe erfahren hast«, sagte er, womit er die Wahrsagerin meinte, die beim Empfang der Festgesellschaft aufgetaucht war.

Zunächst hatte die Alte der dicken Giselle in der Küche die Zukunft vorhergesagt, und Laron hatte sich abfällig über ihre Scharlatanerie geäußert. Doch als Ava mit der Wahrsagerin gesprochen hatte, sagte diese ihr auf den Kopf zu, dass Ava aus einer anderen Zeit kam und was ihre Aufgabe hier war. Deshalb hatte Ava keine Zweifel an den Fähigkeiten der seltsamen Frau. Doch das verriet sie weder Kyran noch dem jungen Koch, stattdessen gab sie diesem nur einen freundschaftlichen Knuff. »*Ich* sage dir das, und du tust gut daran, auf mich zu hören.«

Laron zögerte, dann aber gab er sich einen Ruck. »Also gut. Wenn du mir hilfst, ein erneutes Treffen zu arrangieren, Lisette, dann werde ich mit ihr sprechen.«

Ava atmete auf. »Versprochen. Und diesmal wird es klappen.« Sie sah Larons verwirrte Miene und verbesserte sich hastig. »Es wird gut gehen, meine ich. Aber jetzt brauchen wir alle erst einmal etwas Schlaf.«

Erst nachdem sie es ausgesprochen hatte, merkte Ava, wie erschöpft sie tatsächlich war. Ihre Füße brannten nach der stundenlangen Lauferei zwischen Küche, Festsaal und Schlosspark wie Feuer. Und nach all der Aufregung, Kyran aus dem feuchtkalten Schlossverlies zu befreien, schien nun jeder Knochen in ihrem Leib nach Ruhe zu schreien.

»Lange wird die Pause nicht währen, du weißt ja, dass in aller Frühe die Jagdgesellschaft wieder eintrifft«, sagte Laron.

»Wie bitte?«, entfuhr es Ava entsetzt. »Aber ... das geht doch nicht!«

Ava konnte kaum glauben, was sie da hörte. Überall im Land probte das einfache Volk den Aufstand, in Paris stand die Erstürmung des Staatsgefängnisses kurz bevor – und im Schloss feierte man unbekümmert weiter?

Sie war noch nicht dazu gekommen, Kyran aufzuklären, und er hatte natürlich keine Ahnung, in welchem Jahr er gelandet war. Daher sah er Ava ebenso erstaunt an wie Laron. »Natürlich geht das«, sagte Laron. »Die königlichen Jagden dauern mindestens drei Tage, das solltest du eigentlich wissen. Zudem ist es die Gelegenheit, mich dabei der Comtesse zu offenbaren. Sie und ihr Vater werden auch morgen wieder unter den Gästen sein. Immerhin jagt der alte de Guerin im Gefolge des Königs.«

Ava gab nach. »Wie dem auch sei. Wichtig ist nur, dass du und die Comtesse euch seht – und am besten danach zusammen das Schloss verlasst. Denn wenn ihr Vater dahinterkommt, wem das Herz seiner Tochter gehört …« Ava schwieg bedeutungsvoll.

Laron nickte nachdenklich. »Ich werde Victoire zu meinen Verwandten bringen«, sagte er und nannte die junge Comtesse nun zum ersten Mal bei ihrem Vornamen. »Mein Onkel wohnt etwa einen Tagesritt entfernt. Wenn Victoire wirklich bei mir bleiben will, können wir dort bei meinen Verwandten ausharren, ohne dass uns jemand findet. Du hättest dann auch die Möglichkeit, uns einen Brief zukommen zu lassen, wie die Dinge stehen. Dass du des Schreibens mächtig bist, hast du ja vorhin eindrücklich bewiesen.« Laron lächelte.

»Ich kann es versuchen«, sagte Ava vage.

Sie würde sich hüten, Laron von der bevorstehenden Revolution zu erzählen und die Pferde scheu zu machen. Solange sie die beiden weit fort auf dem Land wusste, konnte ihm und der Comtesse de Guerin nichts passieren. Und in ein paar Monaten würde in Frankreich sowieso nichts mehr so sein, wie es einmal war. Bereits im Oktober würde die Nationalgarde, angeführt von Hunderten aufgebrachten Marktfrauen, die königliche Familie mit Waffengewalt zwingen, nach Paris umzusiedeln. Dies wäre der Anfang vom Ende für das Königshaus. Ein herber Schlag für die Monarchie und den Adelsstand – für die beiden Liebenden jedoch der beste

Neustart, den sie sich nur wünschen konnten, auch wenn Ava bis dahin längst fort sein würde.

»*Nur wo, das weißt du nicht. Und ob es Kyran gelingt, dich dann erneut zu finden, steht auch in den Sternen. Bereust du es inzwischen nicht doppelt, was du damals getan hast, Ava?*«, flüsterte das gemeine Stimmchen in ihrem Kopf.

Obwohl Ava versuchte, nicht hinzuhören, konnte sie nicht verhindern, dass die Furcht sie wieder einholte. Was, wenn sie Kyran tatsächlich hier zurücklassen musste? Plötzlich spürte sie eine warme Hand auf ihrem Arm, und als Ava aufblickte, merkte sie, dass Kyran sie fragend und liebevoll ansah. Anscheinend spürte er, dass sie etwas quälte, und obwohl er ihr nicht helfen konnte, fühlte Ava sich trotzdem durch seine Berührung besser. Auch das Brennen und Kribbeln in ihrem Körper, das immer stärker wurde, je weniger Zeit ihr für ihre Aufgabe blieb, ließ nach, sobald Kyran sie berührte. Dankbar drückte Ava seine Hand, ehe sie sich an Laron wandte. »Es ist wohl keine gute Idee, Kyran mit in meine Mägdekammer zu nehmen. Fällt dir vielleicht ein Versteck ein, in dem er vorerst bleiben kann, ohne dass die Wachen des Königs ihn noch einmal entdecken?«

Laron rieb sich nachdenklich die Nase, ehe seine Miene sich erhellte. »Der Schnürboden über dem Festsaal«, sagte er. »Dort oben gibt es nichts außer ein paar ausrangierten Bildern sowie einer Handvoll Kandelaber, deren Silber so schwarz angelaufen ist, dass man es nicht mehr polieren kann. Ich selbst habe vor einigen Wochen eine Kiste angeschlagenes Porzellan dorthin gebracht. Sonst kennt fast niemand diesen Raum, zumal dort nichts Interessantes zu finden ist. Kein Mensch käme wohl auf den Gedanken, dort oben nach jemandem zu suchen. Kommt mit, ich führe euch hin.«

Leichtfüßig lief Laron voraus, und nachdem die drei um mehrere Ecken gebogen und zwei Treppen hinaufgegangen waren, standen sie vor einer getäfelten Wand. Erst bei genauerem Hinsehen entdeckte Ava eine unscheinbare Tür, die auf den ersten Blick fast nicht zu erkennen war, so vollständig verschmolz sie mit dem dunklen Holz der Vertäfelung. Laron drückte die schmale Klinke herunter, und mit einem leisen Knarren schwang das Türblatt nach innen auf und gab den Blick auf enge Holzstufen frei, die steil nach oben führten.

»Ab hier findet ihr euch alleine zurecht«, flüsterte Laron und lächelte verschwörerisch. »Vergiss nur nicht, nach Sonnenaufgang in der Küche zu erscheinen, Lisette.«

»Versprochen ist versprochen«, sagte Ava, und noch ehe sie oder Kyran ein Dankeschön über die Lippen gebracht hatten, war Laron schon davongeeilt.

Ava und Kyran sahen sich sekundenlang in die Augen, und ein verlegenes Schweigen machte sich zwischen ihnen breit. Dann lächelte Kyran und machte eine übertriebene Verbeugung in Richtung der Treppe. »Nach Ihnen, Teuerste.«

Ava musste lachen. »Du hast wohl Angst vor den Mäusen, die da oben lauern?«

»Nicht doch. Ich wollte dich nur auffangen, falls du mir rückwärts die Treppe runterfällst!«

»Oh, wie galant«, scherzte Ava. »Aber ich glaube, dafür sollte ich eher auf den dicken Küchenjungen zurückgreifen. Dann würde ich wenigstens weich landen.«

Kyran grinste. »Na gut, wenn du meine guten Absichten so schmählich infrage stellst …«

Zwei Stufen auf einmal nehmend sprang er die Treppe hinauf. Ava folgte ihm wegen ihres langen Rocks aus grobem Leinen etwas langsamer. Oben angekommen, sahen die beiden sich um. Laron hatte recht – hierher würde sich keine Wache verirren. Ein Streifen fahlen Mondlichts, der durch eine schmale Dachluke fiel, ließ an der einen Wand eine wuchtige Truhe erahnen. Dazwischen ragten die Arme zweier riesiger Silberleuchter mit halb heruntergebrannten Kerzen wie seltsame Pflanzen in die Höhe. Aufgewirbelt durch ihre Schritte tanzte etwas Staub in einem dünnen Strahl silbernen Lichts, und es war vollkommen still.

»Schade, dass wir keine Streichhölzer haben«, sagte Ava mit Blick auf die wuchtigen Leuchter mit den Kerzenstumpen, deren herabgelaufenes Wachs wie erstarrte Tränen wirkte.

Kyran antwortete nicht, aber nach wenigen Augenblicken ertönte ein leises Klicken, und mit einem Mal leuchtete eine kleine Flamme auf. Kurz darauf brannten fünf der sechs Kerzen, und Ava sah staunend auf das Feuerzeug in Kyrans Hand.

»Ich habe immer allen möglichen Kram in meiner Jackentasche«, sagte er entschuldigend.

»Rauchst du?«

»Nein, das Feuerzeug ist für Emilys Grablicht.« Es rutschte ihm einfach so heraus.

Ava starrte ihn an. »Deine Schwester ist tot?«, fragte sie schließlich leise. Sie wusste, dass Kyran eine Zwillingsschwester hatte, nicht aber, dass sie nicht mehr lebte.

Kyran sah sie nicht an, sondern starrte auf den staubigen Holzboden. »Ein Autounfall«, sagte er kurz.

Ava traute sich nicht zu fragen, ob Emily selbst am Steuer

gesessen hatte oder jemand anderer – vielleicht sogar ihr eigener Bruder, denn sie spürte, dass Kyran nicht darüber reden wollte. Also berührte sie nur kurz seinen Arm.

»Das tut mir sehr leid.«

Kyran nickte, und sie schwiegen beide.

Ava war verunsichert. Sollte sie lieber gehen? Vielleicht wollte Kyran mit seinen Gedanken allein sein? Doch bevor sie sich entschließen konnte, ihn zu fragen, spürte sie seine Hand, die nach ihrer griff.

»Entschuldige, Ava. Ich wollte dich nicht mit meiner Vergangenheit belasten. Bitte bleib«, sagte Kyran, als hätte er ihre Gedanken erraten, und wieder staunte Ava, wie nahe sie sich waren.

Sie erwiderte seinen Händedruck und lächelte. »Keine Sorge, ich lasse dich nicht allein hier oben. Aber vielleicht finden wir ja irgendetwas, damit wir es uns ein bisschen bequemer machen können?«

»Gute Idee«. Kyran griff nach dem massiven Silberleuchter und hob ihn mühelos hoch. Die Kerzen flackerten und warfen unruhige Schatten, während sie den Dachboden inspizierten. Tatsächlich entdeckten sie in einer Ecke eine weitere schwere Truhe, auf deren Deckel ein kleines, zerfleddertes Büchlein lag. Es war aufgeschlagen, und die Seiten wirkten vergilbt und aufgequollen. Braune Flecken zierten das Papier, die untere Ecke der rechten Seite war eingerissen. Offenbar zählte auch das Buch zu einem der Gegenstände, die man hierher gebracht hatte, weil niemand sie mehr benutzte. Während Kyran mit der Kerze leuchtete, beugte Ava sich nach vorne und entzifferte die schwarze Schrift. »Peau d`âne«, buchstabierte sie.

»Das heißt doch Eselshaut«, übersetzte Kyran, und Ava nickte, während sie den alten Text überflog.

»Es handelt sich wohl um ein Märchen, denn es ist von einem König und einer Prinzessin die Rede. Sie hüllt sich in die Haut eines Esels, um einer ungewollten Heirat zu entkommen«, murmelte Ava und klappte den schmalen Band zu, um den Titel zu sehen.

»Charles Perrault: *Contes de ma mère l'Oye*« war auf der Vorderseite zu lesen – die Märchen meiner Mutter Gans.

War das etwa der übliche Hinweis, den sie bei jedem ihrer Sprünge erhielt? Doch ehe Ava weiter darüber nachdenken konnte, hatte Kyran sich bereits an den Eisenbeschlägen der alten Truhe zu schaffen gemacht. Sie waren verrostet, aber nach einigem Ziehen und Zerren ließen sie sich doch bewegen. Als Kyran den Deckel hochstemmte, schlug ihnen der Geruch von staubigem Lavendel entgegen.

»Sieh mal«, sagte er, und Ava sah, dass das Kerzenlicht schimmernden Stoff beleuchtete.

Mit spitzen Fingern griff sie in die Kiste und zog zu ihrer Verwunderung ein großes Seidenkissen heraus.

»Da liegen noch mehr drin«, bemerkte Kyran.

Vorsichtig beförderte Ava drei runde sowie ein größeres viereckiges Sitzkissen ans Licht. Alle hatten entweder kleine Risse im Stoff oder ein paar Flecken, doch ansonsten waren sie weder feucht noch schimmelig, und der zarte Lavendelduft, der von ihnen ausging, war so einladend, dass Ava sie sich kurzerhand unter den Arm klemmte und zu der Stelle trug, wo der Boden einigermaßen sauber zu sein schien.

Mit einem erleichterten Seufzen ließen sie sich auf den seidenbezogenen Polstern nieder.

»Noch fünf Minuten und meine Füße wären wahrscheinlich abgebrochen«, stöhnte Ava. »So viel wie in den vergangenen Stunden bin ich früher nicht mal beim Hardcore-Shopping gelaufen!«

Kyran sah sie neugierig an. »Ich sehe auch diesmal niemand anderen als dich, Ava«, sagte er leise. »In wessen Körper steckst du?«

Und so erzählte Ava ihm das wenige, was sie über Lisettes Leben wusste. »Das arme Mädchen hat es wirklich nicht leicht. Sie wird wegen ihres Feuermals oft richtig fies behandelt, und jeder meint, sie herumschubsen zu können. Die Einzigen, die nett zu ihr sind, sind Laron und die ältere Köchin Giselle«, beendete Ava ihren Bericht.

»Und Laron liebt eine Comtesse, so viel habe ich auch schon mitbekommen«, stellte Kyran fest.

»Ja. Und es ist meine Aufgabe, die beiden zusammenzubringen. Dummerweise haben wir nicht nur das Jahr 1789, sondern der 14. Juli steht auch kurz bevor – und du weißt, was das heißt ...«

Kyrans Augen weiteten sich. »Du meinst den Sturm auf die Bastille?«, fragte er. Und als Ava bejahte, schlug er mit der flachen Hand auf das Seidenkissen, sodass eine kleine Staubwolke aufstieg. »Verdammt, da bist du aber diesmal ganz schön in Schwierigkeiten, Ava.«

Sie lächelte kläglich. »Diesmal? Ich habe das Gefühl, ›Problem‹ ist mein zweiter Vorname!«

»Vielleicht kann ich dir helfen, wenn ich weiß, warum du gezwungen bist, diese Aufgaben immer und immer wieder zu erfüllen.«

Kyrans Stimme klang ruhig, aber Avas Herz fing an zu

rasen. Sie war sich absolut sicher, dass er entsetzt wäre, wenn er die Wahrheit erfahren würde. Verlassen konnte er sie zwar nicht, denn sie waren durch ihren gemeinsamen Aufenthalt in einer fernen Zeit zumindest für eine Weile aneinander gebunden. Aber Kyran würde sie für das, was sie getan hatte, sicher verachten, und das wollte Ava um jeden Preis verhindern. Doch was konnte sie tun? Anlügen wollte sie ihn nicht, das hatte er nicht verdient. Aber die Wahrheit würde bedeuten, ihm alles über Pete und das schreckliche Ende ihrer Beziehung zu erzählen – und das brachte Ava nicht über sich. »Das ist eine lange Geschichte«, wich sie daher aus.

Kyran blickte sie an. »Du willst nicht darüber reden, stimmt's?«

Ava ballte die Hände zu Fäusten, sodass ihre Fingernägel schmerzhaft in ihre Haut einschnitten. *Ich kann es dir nicht erzählen, weil ich dich sonst verlieren würde*, hätte sie am liebsten gerufen. *Und ich könnte es einfach nicht ertragen, dass du mich hasst!*

Doch weil Kyran sie unverwandt ansah, zwang Ava sich zu einer Antwort. »Ich hatte dir vor Kurzem ja schon erzählt, dass ich mich verändert habe. Die, die ich einmal war, bin ich nicht mehr. Und ehrlich gesagt kann ich diese Person von damals auch nicht leiden. Ich verstehe selbst nicht, wie ich so sein konnte.« Ava holte tief Luft. »Und ich möchte nicht, dass du die alte Ava in mir siehst. Denn es gibt sie nicht mehr, verstehst du?«

Kyran schwieg ein paar Sekunden, doch dann nickte er. »Okay, ich werde dich nicht mehr fragen. Vielleicht willst du es mir ja irgendwann einmal erzählen. Wenn wir mehr Zeit haben. Jetzt sollten wir uns auf die Rettung von Laron und seiner Comtesse konzentrieren.«

Ava atmete auf. »Ja – und ich muss mich beeilen. Viel Zeit bleibt mir nicht mehr, um es schaffen.«

Kyran beugte sich vor und blickte Ava an. »Was passiert sonst?«, fragte er leise.

»Ich weiß es nicht. Bisher habe ich es immer geschafft, die Liebenden zusammenzubringen«, sagte Ava. »Vielleicht muss ich für immer in einem fremden Körper leben, falls ich einmal versagen sollte. Aber das wäre nicht einmal das Schlimmste …« Sie stockte.

»Was noch?«, fragte Kyran und legte seinen Arm um sie. Dankbar für den Trost lehnte Ava ihren Kopf an seine Schulter und fühlte, wie das Brennen, das sie bis in die Fingerspitzen quälte, nachließ. Sie holte tief Luft. »Mir bleibt scheinbar nur eine gewisse Spanne, um meine … *Aufgabe* zu erfüllen. Ich spüre es anhand von Schmerzen im ganzen Körper, die immer stärker werden, je mehr mir die Zeit davonläuft. Wenn ich versage, sterbe ich vielleicht.«

Kyran nahm ihr Gesicht in beide Hände und sah ihr fest in die Augen. »Du versagst nicht. Und du stirbst nicht! Weil ich bei dir bin und dich beschütze.«

Bei seinen Worten schien etwas in ihrem Inneren zu schmelzen. Der Knoten, der sich wie eine Fessel um ihr Herz gelegt hatte seit dem Tag, an dem ihr Leben nicht mehr dasselbe war wie vorher. Sie fühlte sich plötzlich befreiter. Zwar empfand Ava die ständigen Zeitreisen in unterschiedlichen Gestalten immer noch als Strafe, trotzdem ahnte sie plötzlich, dass alles auch etwas Gutes hatte. Ihr waren Erfahrungen geschenkt worden, die sie sonst nie gemacht hätte. Obwohl sie natürlich schreckliche Sehnsucht danach hatte, wieder eine ganz normale Existenz zu führen. Am Morgen in ihrem eigenen Bett aufzuwachen, in den Spiegel zu sehen und kein fremdes Gesicht zu erblicken. Unbeschwert in einem Café zu sitzen, ohne Angst, etwas falsch zu machen oder ihre Aufgabe nicht meistern zu können. Sie wünschte sich nichts mehr, als auf ihrem eigenen Smartphone ihre Eltern anzurufen und endlich wieder einmal die Stimme ihrer Mutter zu hören, mit dem Studium anzufangen, eine eigene Wohnung zu suchen – einfach ihr Leben zurückzubekommen. Das Schicksal schien dies jedoch in absehbarer Zeit nicht vorzuhaben, aber immerhin hatte es ihr Kyran geschickt. Dankbar schmiegte Ava sich an ihn und sah zu ihm hoch. »Ich bin wirklich froh, dass du hier bist.«

Kyran lächelte. »Weil ich dich vor Mäusen beschütze?«

»Sowieso. Aber auch weil du ein Feuerzeug dabei hast und wir nicht in der Dunkelheit sitzen. Und …« Ava stockte, aber dann traute sie sich: »Weil du mir durch die Zeit gefolgt bist, obwohl das weder vom Verstand noch von der Wissenschaft her erklärbar ist.«

»Und ich wusste nicht einmal, ob es dir überhaupt gefallen würde.«

»Es gefällt mir. Sogar sehr. Ich musste die ganze Zeit an dich denken, während ich diese riesigen Silberplatten zwischen Schlossküche und Festsaal hin- und hergeschleppt habe. Aber ich hätte nie damit gerechnet, dich noch einmal wiederzusehen.«

Kyran legte seine Hand an ihre Wange und musterte sie so eindringlich, dass es Ava durch und durch ging.

Sie hatte das Gefühl, dass sie eine besondere Verbindung

zu Kyran hatte – dabei kannten sie sich doch kaum. Aber eine unsichtbare Macht schien Ava zu ihm hinzuziehen, und sie überlegte, ob die Begegnung mit Kyran vielleicht eine erste Belohnung des Schicksals war für all den Schmerz und die Angst, die sie seit ihren *Sprüngen* erdulden musste. Ava fragte sich, ob sie nicht erst durch ihre Zeitreisen in der Lage war, ihr Herz zu öffnen.

Kyran schien ähnliche Gedanken zu haben. »Warum bist du mir nur so vertraut?«, fragte er leise. »Einerseits ist es, als würde ich dich schon lange kennen, andererseits ist bei dir alles, was ich fühle, neu und aufregend. Wie kann das sein?«

Ava schüttelte den Kopf. »Vielleicht aus demselben Grund, warum meine Schmerzen nachlassen, wenn du in meiner Nähe bist?«

»Glaubst du … es ist so etwas wie Magie – oder Bestimmung?«, fragte er nach einer Weile zögernd.

»Ich weiß es nicht, Kyran. Aber vielleicht passieren solche Dinge, wenn zwei Menschen sich in derselben Sekunde nichts mehr wünschen, als bei dem anderen zu sein.«

»Und du hast es dir gewünscht.«

Ava nickte, und Kyran beugte sich über sie. Sein Gesicht war ganz nahe, und sie schloss die Augen, als sie seine Lippen auf ihren spürte. Er zog sie noch fester in seine Arme, und eng umschlungen fielen sie zurück auf die seidenen Kissen. Ava schmiegte sich so dicht an Kyran, dass sie seinen Herzschlag fühlen konnte.

Sie öffnete die Lider und sah sein Gesicht nur Millimeter entfernt von ihrem. Lange blickten sie sich schweigend an. Zeit und Raum lösten sich auf, weder Vergangenheit noch Zukunft waren wichtig, es gab nur noch sie beide und diesen

Moment. Zärtlich knöpfte Kyran Avas Leinenhemd auf, und sie schälte sich aus dem groben Stoff, während er hastig seine Jacke und danach den Pullover von sich warf. Ava sah ihn an.

»Für einen Mathe-Freak, der viel über Büchern hockte, bist du ganz schön durchtrainiert«, sagte Ava und strich mit den Fingerspitzen über seinen nackten Oberkörper. Die Haut fühlte sich gleichzeitig weich und fest an und im Gegenlicht konnte Ava die feinen blonden Härchen an seinen Unterarmen sehen.

»Du bist wunderschön, Ava«, sagte Kyran und streifte die Träger ihres zerschlissenen Unterhemdchens von ihren Schultern.

Ava schloss die Augen und genoss jede seiner Berührungen. »Was ist das?«, fragte Kyran auf einmal, und als Ava die Augen aufschlug, sah sie, dass er zwischen seinen Fingern ein goldenes Oval hielt, das an einer filigranen Kette baumelte.

»Ach, das ist ein Medaillon. Egal, in welchem Körper ich lande, immer taucht dieser Schmuck irgendwo auf. Man könnte fast meinen, ich werde von diesem Ding gestalkt.«

»Was hat das zu bedeuten?«, fragte Kyran.

»Keine Ahnung. Es befindet sich immer nur ein Stück Papier mit einer verwaschenen Fotografie darin. Beim letzten Sprung war es ein gemaltes Porträt, aber man kann nie erkennen, was es darstellen soll.« Achtlos zog Ava die lange Kette über den Kopf und legte das Medaillon beiseite. »Am besten beachtest du es gar nicht.«

»Okay. Es gibt schließlich wichtigere Dinge.« Kyran zog sie an sich.

Ein Stromstoß durchlief Ava vom Kopf bis zu den Zehenspitzen, doch anders als ihre bisherigen Empfindungen schmerzte es kein bisschen, sondern war warm und wohltuend. Schlagartig vergaß sie das Medaillon. Es zählte nur noch, dass sie mit Kyran zusammen war.

Mit einem leisen Rascheln fiel das Leinenhemdchen zu Boden. Eng umschlungen sanken sie auf die alten Kissen, wo sie Haut an Haut lagen, sodass Ava ihrer beider Herzschlag fühlen konnte. Erneut fielen ihr die geschwungenen Linien auf, die sich an Kyrans Handgelenk befanden. Ava kniff leicht die Augen zusammen und konnte erkennen, dass es sich dabei um zwei Buchstaben und einige Zahlen handelte, die sie aber nicht genau entziffern konnte. Als sie den Kopf hob, traf ihr Blick den von Kyran.

»Emilys und meine Initialen und unser Geburtsjahr. Wir sind im Juni geboren«, beantwortete er ihre unausgesprochene Frage.

»He, du hattest vor einem Monat Geburtstag! Happy Birthday!«

Zu ihrer Erleichterung verschwand der Kummer, der sich wie ein düsterer Schatten über Kyrans Gesicht gelegt hatte, und er lachte leise. »Du verwechselst da was. Wir haben 1789. Streng genommen darfst du mir also erst in mehr als zweihundert Jahren zu meiner Geburt gratulieren.«

»Ich denke mal, Zeit spielt für uns gerade keine große Rolle«, erwiderte Ava.

Sie schlang die Arme um seinen Nacken und zog ihn zu sich herab. Sekundenlang sahen sie sich schweigend an, dann begann Kyran sie erneut zu küssen, und Ava sank in das Blau seiner Augen wie ein Taucher ins Meer, und während sie zusammen durch sanft schillernde Tiefen schwebten, zog Kyran sie noch dichter an sich. Ava hielt ihn ganz fest, weil sie das Gefühl hatte, von einem Strudel erfasst zu werden, während sich ein rasender Farbenwirbel um sie drehte, bis sie auf etwas zutrieb, das stärker war als alles, das sie bisher gefühlt hatte, und sie sich schließlich in weißer Hitze auflöste ...

Sie lagen mit geschlossenen Augen nebeneinander, ohne zu denken, die Finger fest verschränkt, so als wollten sie sich nie wieder voneinander lösen. Wäre es nach Ava gegangen, hätten sie tatsächlich noch länger so zusammenbleiben können. Kyran schien es ähnlich zu gehen, denn als sie die Augen öffnete, sah er sie verliebt an. Sie legte den Kopf auf seine Brust, und seine Finger spielten sanft mit ihren langen Haarsträhnen. Die Kerzen in den riesigen Silberkandelabern waren endgültig heruntergebrannt, und Ava blickte schläfrig zu der schmalen Dachluke hinüber, durch die das Licht fiel. Nur dass es nicht mehr die bleiche Scheibe des Mondes war, die am Himmel stand, sondern die aufgehende Sonne, die den Himmel mit einem flammenden orangefarbenen Streifen überzog. Ava richtete sich hastig auf. »Oh nein! Ich muss ja hinunter in die Schlossküche!«, rief sie und sammelte hastig ihre verstreuten Kleider vom Boden auf.

Kyran seufzte. »Die Jagdgesellschaft?«, fragte er.

Ava nickte. »Aber vor allem geht es um Larons Comtesse. Daher darf ich keine Zeit verlieren!«

Inzwischen war sie halbwegs angezogen und gab Kyran einen schnellen Kuss auf den Mund. »Versprich mir, dass du hierbleibst, egal was passiert. Rühr dich nicht, bis ich wiederkomme und dich hole, okay?!«

Kyran nickte, wenn auch widerwillig, und Ava sah ihm an, dass er am liebsten mitgekommen wäre.

»Ich lasse dich auch nicht gern alleine, aber es ist besser, wenn du dich aus der Sache raushältst – und dich niemand sieht. Ich weiß nicht, ob ich es noch einmal schaffe, dich aus dem Kerker zu befreien.«

»Ich komme dir sicher nicht noch einmal in die Quere, versprochen. Schließlich will ich nicht, dass der Gefängniswärter dir endgültig verfällt.«

»Mach dir keine Sorgen, alles wird gut«, sagte sie und wandte sich zum Gehen.

Was Ava nicht ahnte, war, dass sich das Schicksal Frankreichs zu diesem Zeitpunkt bereits gewendet hatte. Darüber stand nichts in den Geschichsbüchern. Denn sonst hätte Ava gewusst, dass die Aufständischen sich ihre Pläne nicht so einfach durchkreuzen ließen – schon gar nicht von einem gewöhnlichen Küchenmädchen namens Lisette.

Kapitel 3

Verhängnisvolle Maskerade

Als Ava die Schlossküche betrat, herrschte geschäftiges Treiben. Giselle, ungekrönte Königin über das Herdfeuer und die Zubereitung der Speisen, trieb die Küchenjungen und Mägde mit harschen Worten an, und ihr rundes Gesicht war trotz der frühen Stunde bereits knallrot vor Anstrengung. Auch Laron war da und zwinkerte Ava unbemerkt zu, während er routiniert Dutzende roher Fleischstücke mit einer Mischung aus Fett und allerlei zerkleinerten Kräutern einrieb. Ava trat neben ihn. »Wann kommen die Gäste denn von der Jagd zurück ins Schloss?«, fragte sie leise.

»Um die Mittagsstunde herum, wie immer«, antwortete Laron, während seine Hände geschickt das Fleisch wendeten, um nun die andere Seite zu würzen.

»Steh nicht herum, Lisette! Wir haben mehr als genug Arbeit«, rügte Giselle sie. »Hier!«

Mit diesen Worten knallte sie ein Bündel Federn vor Ava auf den Tisch. Erst auf den zweiten Blick erkannte sie, dass es sich dabei um tote Hühner handelte. Die Hälse baumelten schlaff über die Kante, und ihre rötlichen Augen mit den schwarzen Pupillen schienen Ava von unten herauf vorwurfsvoll anzustarren.

»Rupfen, ausnehmen, braten«, befahl die Köchin knapp, und ehe Ava einen Ton herausbrachte, war Giselle schon zum Herd weitergeeilt, um einem der Küchenjungen eine Kopfnuss zu verpassen, weil das Feuer kurz davor war, auszugehen.

Ava legte eine Hand auf einen der schlaffen Tierkadaver. Die Federn fühlten sich hart und staubig an, und bei dem Gedanken, gleich eine Handvoll davon ausreißen zu müssen, drehte sich Avas Magen um.

»Was ist denn nun schon wieder los, Lisette?«, fragte Laron leise und sah sie prüfend an.

»Das ist wirklich ekelhaft! Ich weiß schon, warum ich seit Jahren Vegetarierin bin«, rutschte es Ava heraus, während sie überlegte, ob sich in dem Gefieder am Ende noch irgendwelche Milben oder ähnliches Ungeziefer verbargen.

»Vege… was?«, wiederholte Laron verwirrt, doch in dem Moment hörte man von draußen laute Stimmen und Geschrei.

»Sind das etwa schon die Gäste? Aber es ist viel zu früh! Wir haben ja noch nicht einmal das Ferkel am Spieß«, jammerte einer der Küchenjungen und sah Giselle hilfesuchend an.

Noch ehe die Köchin antworten konnte, kam ein königlicher Domestik in die Küche gestürmt. »Die Jagdgesellschaft wurde angegriffen!«, keuchte er.

»Was? Von wem? Und warum?«, riefen die Küchenmägde durcheinander.

»Ruhe!«, donnerte Giselle. »Lasst den Mann ausreden!« Sie wandte sich an den Diener. »Also, was ist geschehen?«

»Offenbar sind es Aufständische. Sie sind mit Dreschflegeln und Forken auf die königlichen Gäste losgegangen. Die

Gesellschaft hat sich ins Schloss gerettet, aber der Pöbel steht vor den Toren. Der König hat angeordnet, das ganze Essen nach draußen zu bringen, um sie zu besänftigen. Also macht schnell!«

»Warum bringt er's nicht selbst hinaus, sondern lässt uns den Kopf hinhalten?«, murrte Giselle, dann aber klatschte sie in die Hände. »*Alors*, worauf wartet ihr? Bringt das Fleisch vor das Tor und auch die Brotlaibe aus der Vorratskammer. Wir sollten die Aufständischen bei Laune halten, sonst landen am Ende wir am Spieß statt der Tiere!«

Ava sah, wie das Küchenpersonal begann, die Lebensmittel zusammenzuraffen. Bis auf Laron. Der stand einen Augenblick wie erstarrt da, dann aber nahm er das scharfe Küchenmesser und stürmte wortlos aus der Tür.

»Was hat dieser närrische Junge vor?«, schrie Giselle, doch Ava hatte keine Zeit für eine Erklärung, sie rannte Laron hinterher. Ein paar Meter weiter holte sie ihn ein und packte ihn am Arm.

»Tu jetzt nichts Unüberlegtes, Laron!«

Doch er riss sich einfach los. »Ich muss zu Victoire! Ich werde nicht dulden, dass ihr etwas geschieht!«

»Dann lass mich mitkommen. Vielleicht brauchst du mich, um sie von ihrem Vater wegzulocken«, sagte Ava, und nach kurzem Zögern nickte Laron. Schweigend eilten sie den langen Flur entlang.

»Die königliche Gesellschaft wird sich im kleinen Spiegelsaal verschanzt haben«, erklärte Laron nach einer Weile. »Er liegt am weitesten vom Haupttor entfernt, dennoch sieht man durch die großen Fenster sofort, wenn sich jemand nähert.«

Er hatte mit seiner Vermutung recht. Noch bevor sie den Saal erreicht hatten, drangen schon aufgeregte Wortfetzen durch die angelehnte Tür. Vorsichtig drückte Laron gegen einen der verzierten Türflügel und lugte zusammen mit Ava durch den Spalt. Etwa ein Dutzend Männer in hohen schwarzen Stiefeln, weißen Hosen und roten Reitröcken standen zusammen und diskutierten heftig.

»Solchem Gezücht muss man mit aller Härte entgegenwirken«, polterte ein Dicker, dessen weiße Perücke leicht schief saß.

»Ganz meine Meinung. Ein Bauer ist ein Vieh, und ein Vieh muss geschlagen werden«, pflichtete ihm ein anderer bei.

Ava warf Laron einen Blick zu, und sie konnte den Zorn und die Verbitterung in den Augen des jungen Mannes über die Worte der arroganten Adligen sehen.

»Hier ist die Comtesse nicht«, flüsterte Ava und hoffte, Laron auf diese Weise davon abzuhalten, in den Saal zu stürmen und eine Prügelei anzuzetteln – auch wenn es durchaus verständlich gewesen wäre.

Zu ihrer Erleichterung holte Laron tief Luft und nickte. »Dann vermute ich sie im Teesalon der Königin. Er liegt im ersten Stockwerk des Südflügels, und ich habe gehört, dass sich die Damen dort üblicherweise versammeln, wenn ihre Männer bei der Jagd sind.«

Sie machten kehrt und eilten im Laufschritt zurück zu der geschwungenen Treppe, die nach oben führte.

»Verdammt, warum stand von diesem Überfall nicht mal was bei Wikipedia?«, fluchte Ava leise, aber sie musste sich beeilen, ihren langen Rock zu raffen, um nicht über die steinernen Treppenstufen zu fallen. Im ersten Stock angekommen, huschten sie über den Flur, von dem zahlreiche Türen abgingen.

»Weißt du, wo sich dieser Salon befindet …«, fragte Ava, doch dann erklangen plötzlich hysterische Schreie.

Kurz darauf flog eine der Türen auf. Reflexartig drückte Ava sich in eine Türnische, und auch Laron suchte dort Deckung. Mehrere adlige Damen, deren unförmige Reifröcke kaum durch die Tür passten, rannten an ihnen vorbei. Ihre Augen in den kalkweiß geschminkten Gesichtern waren schreckgeweitet. »Es sind zu viele Aufständische, die Wachen werden ihnen niemals standhalten!«, »Sie werden uns alle umbringen!«, »Der König muss handeln!«, kreischten sie durcheinander, während sie in kopfloser Flucht den Gang entlang zur Treppe liefen.

Nur eine schmale Gestalt blieb unschlüssig in der Tür stehen und blickte sich ängstlich um.

»Comtesse – Victoire!«, rief Laron und stürzte auf die junge Frau zu, die beim Klang der männlichen Stimme erst erschrocken zusammenzuckte. Dann aber, als sie erkannte, wer es war, hellte sich ihre Miene auf.

»Laron!«, rief sie.

»Ich lasse dich nicht allein, Victoire«, murmelte der junge Koch, während er sie in die Arme nahm und ihr beruhigend übers Haar strich.

»Aber hast du nicht gehört, was passiert ist? Wenn der Pöbel das Schloss stürmt, sind wir verloren«, schluchzte die junge Comtesse.

»Es sind nur ein paar aufrührerische Bauern. Die Soldaten werden sie abwehren«, behauptete Laron, doch Ava sah ihm an, dass er sich dessen nicht sicher war.

Und Victoire bemerkte es ebenfalls. »Selbst wenn wir gerettet werden, wird mein Vater sofort das Land verlassen – und mich mitnehmen. Er sagt schon seit geraumer Zeit, dass die Stimmung im Land für uns langsam zu gefährlich wird«, schniefte Victoire, und Ava sah, wie schlagartig alle Farbe aus Larons Gesicht wich.

»Nein! Du darfst mich nicht verlassen, Victoire!«

»Der König wird die Aufrührer hoffentlich mit Geld und Speisen zum Abzug bewegen können«, schaltete Ava sich ein. »Dann müsst ihr zusammen zu deinen Verwandten fliehen, Laron – und zwar sobald die Bauern vor den Schlosstoren abgezogen sind!«

Laron nickte. »Und bis dahin sorge ich dafür, dass dir nichts passiert«, sagte er, doch in der Sekunde unterbrach ihn ein lauter Knall.

Die Comtesse schrie auf, auch Ava fuhr der Schreck in die Glieder. Erneut krachte es und gleich darauf noch einmal.

»Was war das?«, flüsterte Ava. Sie sah ihre eigene Furcht in den Augen der jungen Comtesse gespiegelt.

Laron trat an eins der Fenster und spähte hinaus. Als er sich wieder zu den beiden Mädchen umdrehte, war er sehr blass. »Die Meute hat sich gewaltsam Zugang zum Schlossgelände verschafft. Jetzt stehen sie mit einem Rammbock vor der Eingangstür.«

Die Comtesse schlug die Hand vor den Mund, um einen weiteren Schrei zu unterdrücken.

»Wir müssen uns verstecken. Schnell!«, drängte Ava. Damit schob sie die vor Angst starre Victoire den Gang entlang.

Laron folgte ihnen, aber bevor sie drei Schritte getan hatten, ertönte das Splittern von berstendem Holz, gefolgt von rauem Triumphgebrüll.

»Sie haben die Tür aufgebrochen. Damit ist unser Fluchtweg abgeschnitten!«, rief Laron. »Was sollen wir jetzt tun?«

Kurz entschlossen riss Ava die nächstgelegene Tür auf und schob die beiden Liebenden ins Zimmer.

»Los, hier rein, vielleicht befindet sich in dem Zimmer ein Schrank mit einem Versteck oder sogar ein geheimer Gang, wenn wir Glück haben«, sagte Ava.

Gab es nicht in jedem Abenteuerroman, der von Musketieren und tapferen Rittern handelte, mindestens einen Geheimgang, der in ein unterirdisches Labyrinth führte? Ava betete, dass es in Versailles auch so etwas gab.

Offenbar handelte es sich bei dem Raum, in den sie sich geflüchtet hatten, um eine Art Boudoir. Außer einer zierlichen Kommode mit einem Spiegel, auf deren Ablage neben einer Waschschüssel allerlei Bürsten und Pinsel lagen, sowie einem filigranen Stühlchen davor befanden sich im Zimmer nur noch zwei mit Seide bezogene Sessel und ein kleiner Tisch. An der Wand hing ein scheußliches Ölportrait einer dümmlich dreinblickenden jungen Frau, zu deren Füßen ein weißer Hund lag, den der Maler so schlecht getroffen hatte, dass er aussah wie ein Krokodil, das sich in einen weißen Flokati gehüllt hatte. Allerdings blieb Ava keine Zeit für künstlerische Kritik. Mit Schwung schob sie das Bild zur Seite, während sie Laron und der Comtesse erklärte: »Hinter den Gemälden befindet sich meist die Tür zum Geheimgang.«

Doch sie hatten kein Glück. Denn außer der Tatsache, dass die hellblau-gelb gestreifte Seidentapete hinter dem Bilderrahmen deutlich heller war, unterschied sich dieser Teil der Wand in keinster Weise vom Rest des Zimmers. Verzweifelt tastete Ava mit den Händen die Tapete nach einem Spalt oder einer verborgenen Tür ab – vergebens. Ein versteckter Ausgang war reines Wunschdenken gewesen. »Sch…, ich meine, was für ein Pech!«

Wütend ließ Ava das Bild los, das so heftig zurückschwang, dass es mit einem Rums von der Wand fiel.

»Ah, *merde*, Lisette, du kannst auch gleich die Tür aufreißen und den Aufrührern zurufen, dass wir uns hier oben befinden!«, rief Laron.

Offenbar verlor er auch langsam die Nerven, während die Comtesse vor Angst zu weinen anfing. Laron bemerkte es und nahm sie erneut in den Arm. »Dir wird nichts geschehen, Victoire«, murmelte er besänftigend.

»Doch! Das Volk hasst meinesgleichen, und wenn sie uns hier finden, werden sie mich dafür bestrafen, dass ich adlig geboren bin«, wimmerte sie.

Ava sah von ihr zu Laron, und ihr wurde klar, dass sie vor einer schwierigen Wahl stand. Wollte sie das Wohl der Comtesse opfern, um selbst ungeschoren davonzukommen? Doch was wurde dann aus der Erfüllung ihrer Aufgabe? Außerdem würde sie sich nie verzeihen, wenn sie eine Unschuldige wissentlich ins Unglück schicken würde. Doch was konnte sie tun? In dieser Sekunde fiel Ava das Märchen von der jungen Frau in der Eselshaut ein, das sie in dem vergilbten Buch auf dem Schnürboden gesehen hatte. Sie holte tief Luft und trat entschlossen vor. »Okay, Kleidertausch!«

Zwei Augenpaare sahen Ava verständnislos an. »Wie meinen?«, fragte Laron schließlich.

»Du drehst dich bitte kurz zur Wand, Laron. Und Ihr, Comtesse, werdet mir Eure Perücke und das Kleid geben und dafür in meine Dienstbotenkluft schlüpfen.«

»Aber ...«, protestierte Victoire schwach, doch Ava hatte keine Nerven für irgendwelche Einwände. Ein paar aufgebrachte Bauern würden in Kürze vor dieser Tür stehen, und niemand wusste, wie weit sie in ihrer Wut auf die hohen Stände gehen würden.

»Nichts ›aber‹«, sagte Ava daher streng und versuchte, sich ihre Angst nicht anmerken zu lassen.

Natürlich wusste sie, dass es Wahnsinn war, sich freiwillig den Aufständischen auszuliefern, doch wenn sie die Comtesse de Guerin ihrem Schicksal überließ, würden unter Umständen sie und Laron dabei zu Schaden, wenn nicht gar ums Leben kommen. Denn der junge Koch würde seine Liebste bis aufs Blut verteidigen, das wusste Ava. Daher schlug sie gegenüber der Comtesse nun einen strengeren Ton an.

»Wenn Ihr unbehelligt mit Laron entkommen wollt, müsst Ihr Euch als Küchenmagd ausgeben, Victoire. Lasst mich die Rolle der Adelsdame spielen, ich werde mit diesen Leuten schon fertig. Sie werden niemandem etwas tun, sie wollen nur Essen und vielleicht ein paar Schmuckstücke und Münzen. Laron, du gehst am besten direkt zum Marstall. Nimm ein Pferd und reite mit der Comtesse fort.«

Sie sah, wie die beiden einen Blick tauschten, dann schaute Laron Ava an. »Du weißt, dass diese Maskerade für dich gefährlich werden kann, Lisette?«, fragte er ernst.

»Ach, halt die Klappe und guck weg, damit wir endlich die Kleider wechseln können«, knurrte Ava und versuchte, das Zittern ihrer Hände zu unterdrücken, während sie ihre grobe

Bluse mit den Soßenflecken darauf aufzuknöpfen begann. Dann half sie der Comtesse de Guerin, sich aus Reifrock und Mieder zu schälen, und schlüpfte anschließend selbst in die unbequemen Kleidungsstücke. Während Victoire an ihrer Halskette nestelte, von der sie sich sichtlich schwer trennen konnte, wie Ava bemerkte, kämpfte sie selbst mit dem langen Reifrock. Zum Glück war Lisette ein mageres Persönchen, sodass es keine Schwierigkeiten gab, ihren Körper in das fremde Mieder zu zwängen. Trotzdem war es Ava schleierhaft, wie Frauen sich freiwillig dieser Tortur aussetzen konnten, sich in derartige Kleidung schnüren zu lassen. Doch sie konnte nicht weiter darüber nachdenken, denn selbst durch die geschlossene Tür konnte man polternde Schritte, laute Rufe und Lachen im Untergeschoss hören. Kurz darauf vernahm man die entsetzten Schreie der adligen Damen von der Teegesellschaft, denen es offenbar nicht mehr gelungen war, über den Schlosshof zu fliehen.

»Da haben wir ja noch ein paar Goldfasane gefangen! Treibt sie draußen mit den anderen zusammen«, hörte man eine raue Männerstimme rufen.

Es folgten weitere Schreie. Offenbar setzten sich einige der Adelsdamen zur Wehr, denn Ava hörte ein paar deftige Flüche aus rauen Männerkehlen. Vielleicht verschaffte ihnen der Widerstand ein paar kostbare Minuten Zeit, doch trotzdem konnte es nicht mehr lange dauern, bis die Aufständischen sich den ersten Stock vornehmen würden.

»Eilt Euch!«, drängte Ava die Comtesse, die inzwischen in Lisettes einfachen Kleidern steckte und sich gerade abmühte, bei Ava die Bänder des Mieders im Nacken zu verknoten. Anschließend legte sie noch die kostbare dreireihige Perlenkette um Avas Hals, während die mit Mühe ihre Füße in die äußerst unbequemen Schuhe der jungen Adligen quetschte. Danach kam noch die Perücke, und nachdem sie sich die starre, von weißem Puder leicht muffig riechende Haarpracht übergestülpt und ihre eigenen Haarsträhnen mehr oder weniger gekonnt darunter verborgen hatte, musterte sich Ava in dem fleckigen Spiegel, der über der Kommode hing. »Ich glaube, so können wir die Aufständischen hinters Licht führen«, sagte sie, um nicht nur Victoire, sondern auch sich selbst zu bestätigen.

»Aber nein! Du musst dich noch schminken, Lisette, sonst glaubt niemand, dass du adligen Geblüts bist!«, rief die junge Frau, nachdem Ava sich umgedreht hatte.

Sie selbst wischte sich bereits mit einem Leinentüchlein die helle, beinahe weiße Farbe aus dem Gesicht. Anschließend rieb die Comtesse noch über ihre Wangen und Lippen, und nun hatte das Tuch mehrere rote Flecken. Mit ihren dunklen Locken und ohne die künstliche Schminke im Gesicht war Victoire noch hübscher, und Ava bemerkte, wie Laron sie trotz der nahenden Gefahr verliebt ansah. Ein kurzer Stich durchfuhr Ava, denn unwillkürlich dachte sie an Kyran. Würde sie dieses Abenteuer überstehen und ihn wiedersehen? Doch gleich darauf verbot Ava sich, an etwas anderes als an ihre Mission zu denken. Nicht nur ihr und Kyrans Schicksal, sondern auch das zweier anderer Liebenden hing schließlich davon ab, dass die Maskerade gelang.

Aber womit sollte Ava sich nun schminken, um den Eindruck zu erwecken, sie wäre die Comtesse?

Als sie diese Frage stellte, blickte die junge Adelsdame sie verblüfft an. »Ja, siehst du denn nicht, dass dies hier ein Ankleide- und Kosmetikzimmer ist?«, rief Victoire und deutete vorwurfsvoll auf die Bürsten und die Waschschüssel.

»Äh, nein, woher sollte ich das wissen?«

»Verzeih, natürlich. Als einfache Magd …«, fing die Comtesse an, dann aber verstummte sie und zog hastig eine der beiden Laden in der Kommode auf. Tatsächlich befanden sich im Inneren der Schublade einige Tiegel und Töpfchen, und Victoire atmete auf. »Bleiweiß fürs Gesicht und Karmesin für Lippen- und Wangenrot. Wie ich vermutet habe«, sagte sie erleichtert, nachdem sie zwei Döschen inspiziert hatte.

»Moment mal – Blei?« Ava konnte es nicht glauben. Das sollte sie sich ins Gesicht schmieren? »Nichts da, das Zeug ruiniert mir ja den Teint!«

Victoire sah sie befremdet an. »Unsinn! Jede hochwohlgeborene Dame verschönert sich auf diese Weise. Wenn du als solche gelten willst, musst du dich dementsprechend herrichten.«

»Na gut. Eigentlich ist es auch egal, ob ich durch Schminke oder die Guillotine sterbe«, sagte Ava. Sie wollte sich ihre Angst nicht anmerken lassen.

Laron starrte sie an, ehe er sich entschlossen zur Tür wandte. »Nichts da, Lisette. Ich werde nicht zulassen, dass dir etwas geschieht.«

Ava erblickte das Küchenmesser in seiner Hand und stellte sich ihm in den Weg. »Nein, Laron! Du bist alleine gegen viele Männer, die zu allem entschlossen sind – das ist Selbstmord! Denk an Victoire. Du hast versprochen, sie zu beschützen! Mir wird schon nichts geschehen. Die Männer sind vielleicht wütend – aber sie bringen keine wehrlosen Frauen um!« Hoffentlich, fügte Ava in Gedanken hinzu, denn sie war sich alles andere als sicher.

Mit Gewalt verdrängte sie jeden Gedanken an Kyran, der – hoffentlich ahnungslos – auf dem Schnürboden saß und auf sie wartete.

Immerhin hatten ihre Worte bewirkt, dass Laron das Messer weglegte. Ava griff in den Tiegel mit der weißen Paste, doch wie sie es schaffen sollte, die zähe und stark krümelnde Masse in ihrem Gesicht zu verreiben, war ihr ein Rätsel.

Zum Glück griff die Comtesse ein. »Doch nicht so, Lisette! Erst die Pomade!«

Mit diesen Worten öffnete sie ein Kästchen, in der sich eine glänzende gelblich-wabbelige Masse befand. Ehe Ava noch protestieren konnte, hatte Victoire geschickt einen Klumpen Fett mit dem Weiß vermischt und verteilte diese Mischung nun schnell und geschickt auf Avas Gesicht.

»Pfui Teufel!«, rief Ava, denn der ranzige Geruch von Schmalz zusammen mit dem scharfen Aroma des Bleiweiß raubten ihr beinahe den Atem.

Doch die junge Adlige kannte kein Pardon. Sie klappte das nächste Kästchen auf, das dunkelrotes Pulver enthielt, und spuckte entschlossen hinein, ehe sie etwas davon auf Avas Wangen rieb. Im Spiegel sah Ava Lisettes Gesicht. Das Küchenmädchen wirkte durch das bleiche Make-up und das Rot auf ihren Wangen völlig verändert – sogar ihr Feuermal war vollständig unter der weißen Maske verborgen. Trotzdem erschien Ava das geschminkte Gesicht Lisettes grotesk, obwohl dadurch deren Makel, der Grund für zahllose Hänseleien und Beleidigungen, unsichtbar geworden war.

»Jetzt fehlen nur noch die Lippen«, sagte Victoire und

spuckte erneut in das Kästchen mit dem Rot. »Oh nein, das eklige Zeug kommt nicht auf meinen Mund!«, protestierte Ava und sprang vom Stuhl.

In dem Moment ertönte ein lautes Poltern auf der Treppe, und Victoire schrie auf, wobei sie die hölzerne Schatulle fallen ließ, ehe sie zu Laron floh.

Obwohl sie mit dem Erscheinen der revolutionshungrigen Bauern gerechnet hatte, fuhr auch Ava so heftig zusammen, dass ihr beinahe die Perücke vom Kopf rutschte. Schon flog die Tür zum Ankleideraum auf, und zwei grobschlächtige Männer in schmutzigen Leinenhemden und zerrissenen Kniehosen standen vor ihnen.

»Was haben wir denn da? Noch ein adliges Vögelchen«, grinste der eine und starrte Ava hasserfüllt an, während der andere Laron und die aufgelöste Comtesse musterte. »Und was macht ihr zwei hier?«

In dieser Sekunde sah Ava, dass etwas unter den langen Ärmeln von Lisettes grober Leinenbluse, die die Comtesse trug, hervorschimmerte. Es war das zur Halskette passende Perlenarmband, das Victoire offenbar vergessen hatte abzunehmen. Wenn die Aufrührer den Schmuck ebenfalls entdeckten, wäre alles umsonst gewesen, dachte Ava erschrocken. Schnell trat sie zwei Schritte nach vorne, sodass sie nun halb vor der Comtesse stand. »Ich habe meine Diener angewiesen, Euch meinen Schmuck zu überlassen. Dafür müsst Ihr jedoch uns Frauen verschonen!«

Der Anführer der Bauernmeute lachte, als hätte Ava soeben einen grandiosen Witz gemacht. Doch offenbar schöpfte er keinen Verdacht, dass Victoire in ihrem groben Rock und der fleckigen Schürze darüber etwas anderes als eine Magd sein könnte, denn er würdigte sie und Laron kaum eines Blickes, sondern wies nur harsch zur Tür. »Ich zähle bis drei, dann seid ihr beiden verschwunden«, knurrte er den jungen Koch an. »*Un, deux* ...«

Ava durchbohrte Laron mit ihrem Blick und machte eine kurze Kopfbewegung. »*Hau ab*«, sollte dieser stumme Befehl bedeuten, und tatsächlich setzte Laron sich nach kurzem Zögern in Bewegung, wobei er die völlig verängstigte Victoire an der Hand hinter sich herzog.

»*Trois*«, sagte der Mann, gerade als die beiden die Tür erreicht hatten.

Sie huschten hinaus, und der Mann schlug die hölzernen Flügel hinter Laron und seiner Liebsten zu. Trotz ihrer eigenen Panik fühlte sich Ava für einen kurzen Moment erleichtert: Laron und seine Comtesse würden bald in Sicherheit sein, und Ava hoffte, dass sie ihre Aufgabe damit gemeistert hatte. Nur – was würde aus ihr oder besser gesagt aus Lisette werden?

Als hätte er ihre Gedanken erraten, wandte sich der grobschlächtige Kerl, der offenbar die zornige Meute anführte, wieder Ava zu. »Netter Versuch, uns mit Brot und ein paar funkelnden Steinen kleinzuhalten, *Mademoiselle*«, sagte er mit einem bösen Lächeln, das eher dem Fletschen eines Wolfs glich. »Hältst du uns wirklich für so dumm? Das Volk hungert, aber hier geht es um viel mehr als ein paar Bissen zwischen den Zähnen. Du hütest also besser deine Zunge und leistest keinen Widerstand, sonst könntest du die nächste Gans sein, die gerupft wird.«

Mit diesen Worten griff er nach Avas Kette und zog grob daran. Die harten Perlen schnitten in Avas Hals, sodass sie sekundenlang dachte, der Schmuck würde sie erdrosseln. Dann aber riss die Schnur, an der die Perlen aufgefädelt waren, und Ava schnappte nach Luft, während die einzelnen, matt schimmernden Kugeln über den Parkettboden sprangen und in alle Ecken rollten.

»Mitkommen«, befahl der Mann, und flankiert von einer Handvoll Bauern verließ Ava das Zimmer und stolperte in den ungewohnt hohen und zum schnellen Laufen völlig ungeeigneten Schuhen einer Comtesse die geschwungene Treppe hinunter und zu einer der Flügeltüren hinaus. Zu ihrer Erleichterung war von Laron und Victoire nichts mehr zu sehen. Bestimmt war es den beiden gelungen, sich in den weitläufigen Räumen des Schlosses zu verstecken, um später dann ihre Flucht antreten zu können.

Doch jetzt galt ihre größte Sorge Kyran. Was würde aus ihm werden, wenn ihr etwas passierte? Müsste er dann für den Rest seines Lebens hier im Frankreich des 18. Jahrhunderts bleiben? Ein Gefangener der Vergangenheit – durch Avas Schuld? Ein Schauer lief ihr über den Rücken, aber es war nicht die Angst vor ihrem Schicksal, sondern die Sorge um Kyran. Am liebsten hätte Ava sich losgerissen und wäre zu ihm gelaufen, doch die hohen Schuhe sowie der ausladende Reifrock verhinderten jegliche Fluchtpläne, und außerdem durfte sie auf keinen Fall riskieren, dass die Aufständischen auch noch auf Kyran aufmerksam wurden. Also biss sie die Zähne zusammen und ließ sich von den Männern flankiert in die Mitte des Schlosshofes führen. Dorthin hatten die marodierenden Bauern bereits die anderen Adelsdamen getrieben, die sich nun wie eine Schar verängstigter Hühner zusammendrängten. Der Wortführer schubste Ava grob in den Kreis.

»Wo bleibt der Rest?«, brüllte er, und auch seine vier Mitstreiter sahen sich unruhig um.

»Unsere Männer werden kämpfen. Sie lassen sich nicht von einem Haufen niederer Kreaturen wie euch einschüchtern«, schluchzte eine ältere Adelsdame und sah die Bauern hasserfüllt an.

»Halt's Maul, dumme Gans, sonst schneide ich dir die Zunge raus«, brüllte der Anführer, und die Frauen kreischten auf. Eine etwas pummeligere Adlige fiel in Ohnmacht, doch keiner der Männer kümmerte sich darum.

Ava kniete sich neben die Frau, deren Taft-Oberteil so eng saß, dass sich Ava fragte, ob man sie wohl mit einer Kanone in das Mieder hineingeschossen hatte. Die Frau lag regungslos und mit geschlossenen Augen am Boden, und ihr sowieso schon totenblass geschminktes Gesicht wirkte beinahe durchsichtig. Mehrere schwarze Schönheitspflästerchen zierten ihr Gesicht, und Ava bemühte sich, keins davon abzureißen, während sie der Adelsdame leicht auf die Wangen schlug.

»Hallo, aufwachen! *Madame*, könnt Ihr mich hören?«

»*Mon Dieu*, sie ist tot! Die Marquise Duvall ist tot!«, quietschte eine der Frauen, und erneut brachen die anderen in hysterisches Schluchzen aus.

»Ruhe!«, fauchte einer der Männer und trat drohend näher.

Zu Avas Erleichterung schlug die bewusstlose Frau in diesem Moment die Augen auf, und mithilfe zweier anderer Damen gelang es Ava, sie wieder auf die Füße zu stellen.

»Reißt Euch zusammen, *Mesdames* – sonst wird alles nur noch schlimmer«, zischte sie den Versammelten zu.

Diese musterten die fremde junge Frau argwöhnisch, aber wenigstens befolgten sie Avas Rat. Jedenfalls so lange, bis die restlichen Revolutionäre aus dem Schloss kamen – bewaffnet mit Messern, Sicheln und Dreschflegeln und ein klägliches Häuflein Männer vor sich hertreibend, das einmal die stolze Jagdgesellschaft gewesen war.

Bei dem Anblick quietschten einige Frauen erneut vor Entsetzen. Einige ihrer Ehemänner trugen Schürfwunden im Gesicht, und zwei von ihnen hatten jeweils ein Veilchen unter den Augen. Sie hatten wohl versucht, den Angreifern Widerstand zu leisten.

Eine ältere Adlige drängte sich grob zwischen Ava und eine andere junge Frau, die ebenfalls kostbar gekleidet und mit Schmuck behangen war. »Wo ist mein Gatte, der Comte de Villegnon? Warum ist er nicht hier?«

Ava sah, wie die Männer in ihrer feinen Jagdkleidung unbehagliche Blicke tauschten.

Da trat einer der Aufständischen vor. In seinen Händen hielt er eine Art Beutel aus grobem Sackleinen. »Meint Ihr den hier?« Mit diesen Worten schleuderte er den Sack vor die Füße der älteren Dame. Dabei löste sich das Seil, mit dem der Beutel zusammengeschnürt war, und heraus rollte der abgeschlagene Kopf eines Mannes. Bei diesem Anblick brach unter den Adelsdamen schlagartig Panik aus, sie weinten, und ihre schrillen Schreie gellten über den Schlosshof.

Ava sah den blutigen Halsstumpf des Geköpften und seine Zunge, die ihm aus dem halb geöffneten Mund hing, und sie spürte, wie die Welt langsam ihre Kontur verlor. Ihre Beine fühlten sich mit einem Mal an wie aus Gummi, und vor ihren Augen begannen schwarze Punkte zu tanzen. Mit aller

Kraft kniff Ava sich heftig in den Unterarm, sodass sie vor Schmerz kurz nach Luft schnappte, aber immerhin wurde die Umgebung vor ihren Augen wieder scharf, und sie kippte nicht um. Im Gegensatz zu der Ehefrau des ermordeten Adeligen, die beim Anblick des Kopfes wie ein gefällter Baum nach vorne fiel. Auch die pummelige junge Frau verdrehte die Augen und sank ein zweites Mal in die Knie.

Diesmal wagte Ava nicht, sich um die am Boden liegenden Frauen zu kümmern, denn die Rebellen kannten scheinbar keine Gnade, und jede Gegenwehr wurde brutal niedergeschlagen.

Eine fast gespenstische Stille legte sich nun über den Schlosshof.

Da trat der Anführer des Mobs vor. »Ich will jetzt wissen, wo das Königspaar ist – und wehe, einer von euch lügt mich an. Dem wird es nicht besser ergehen als dem da!«

Mit der Spitze seines abgetragenen Stiefels stieß er gegen den Kopf des toten Grafen, sodass dieser leicht auf und ab wippte – die makabre Parodie eines Nickens. Einer der Männer aus der Jagdgesellschaft drehte den Kopf zur Seite und übergab sich würgend, was die Bauern in höhnisches Lachen ausbrechen ließ.

»Bei der königlichen Jagd auf Wild seid ihr alle offenbar nicht so zimperlich«, höhnte der eine, ehe er drohend seine Axt schwang. »Also – wo ist der König?«

Ein älterer Herr, dessen Reitkleidung immer noch fleckenfrei war und makellos saß, trat vor. Ob das wohl der Comte de Guerin, Victoires Vater, war? Obwohl sein Gesicht bleich und eingefallen aussah, klang seine Stimme fest. »Sie sind fort. *Le Roi* ist bereits im Morgengrauen mit einer Kutsche nach Paris zum *Palais des Tuileries* aufgebrochen. Seine Gattin war bei ihm. Wann sie zurückkehren, ist ungewiss.«

Die Bauern tauschten Blicke, dann trat einer nahe an den Adligen heran und hielt ihm ein Messer an die Kehle. »Wenn du versuchst, uns zum Narren zu halten …«, knurrte er drohend, und Ava hielt den Atem an. Würde es gleich den nächsten Toten geben?

Der ältere Mann blickte den Aufständischen ins Gesicht. »Ich lüge nicht. Ihr mögt mich töten, aber den König wird keiner von euch hier in Versailles finden.«

Mit einem groben Fluch schubste der Bauer den Mann zur Seite und wandte sich seinen Kameraden zu. Einige Sekunden berieten die Rebellen sich leise, während die Jagdgesellschaft stumm zu Boden starrte und die Frauen leise schluchzten. Schließlich wandte der Anführer sich um und musterte die Adligen finster. »Dann werden wir den König eben zwingen, zurückzukommen und uns anzuhören.« Seine Stimme bekam einen hämischen Unterton. »Und Ihr, *Mesdames et Messieurs*, werdet uns dabei helfen. Ein Bote wird nach Paris reiten und dem Herrscher die Botschaft überbringen, dass seine edlen Freunde im Verlies von Versailles sitzen. Ohne Wasser und Brot …«

Die Worte des Mannes wurden durch empörte Aufschreie der Männer unterbrochen. Ungerührt fuhr er fort, »… und jeden Tag, den der König sich feige seiner Verantwortung entzieht und sich in den *Tuileries* versteckt, wird ein Kopf rollen.«

Erneut drohte unter den Adligen ein Tumult auszubrechen, laute Schluchzer und Flüche schwirrten durch die Luft, aber sobald die Bewaffneten drohend Sensen, Dolche und Dreschflegel erhoben, verstummten sie.

Ava hatte die ganze Zeit über geschwiegen, doch jetzt übermannte sie die Verzweiflung. Kyran saß auf dem Dachboden und wartete ahnungslos auf ihre Rückkehr. Laron hatte bei seiner überstürzten Flucht mit der Comtesse bestimmt nicht an den jungen Mann gedacht – und Ava hatte keine Chance mehr, Kyran wenigstens eine Nachricht zukommen zu lassen, was mit ihr geschehen war. Wie lange würde er dort auf sie warten, ehe er sein Versteck verließ, um Ava zu suchen, und sich damit ebenfalls in Gefahr brachte? Der gewaltbereite Mob würde sich wahrscheinlich im Schloss breitmachen, und Ava wollte sich lieber nicht ausmalen, was mit Kyran geschah, wenn er einem von ihnen in die Arme lief. Er trug fremde und für diese Zeit merkwürdig aussehende Kleidung, sprach kaum Französisch – Grund genug für diese aufgebrachten und misstrauischen Männer, ihn auf der Stelle zu töten.

Doch auch ihr Schicksal stand in den Sternen, denn ob Ava die Kerkerhaft heil und lebend überstehen würde, war genauso ungewiss. Die Worte des Rebellen waren deutlich gewesen, und Avas Gefühl sagte ihr, dass mindestens noch ein Mensch sterben würde, ehe der König aus Paris zurückkehrte. Ihre einzige Hoffnung waren die Geschichtsbücher, in denen nichts von einem Massaker an Adligen stand. Und wurde der König im Herbst des Jahres 1789 nicht sowieso von einer Horde bewaffneter Frauen und mit Unterstützung der Nationalgarde aus Versailles in genau das Palais nach Paris gebracht, in dem er sich zurzeit aufhielt? Eigentlich müsste dies doch der Beweis sein, dass Ludwig der Sechzehnte zunächst wieder seine Residenz in Versailles bezogen hatte.

Doch wer wusste schon, wie präzise die Historie tatsächlich überliefert und aufgeschrieben worden war, dachte Ava. Zunächst musste sie jedenfalls den Befehlen der bewaffneten Aufständischen folgen. Sie hatte keine andere Wahl. Zusammen mit den Adligen wurde sie quer über den Schlosshof geführt und dann hinab ins Verlies von Versailles – ohne zu wissen, ob sie das Tageslicht noch einmal erblicken oder zusammen mit Lisette, gefangen in deren Körper, sterben würde.

Kapitel 4

Der Preis der Liebe

Kyran schreckte aus einem unruhigen Schlummer, in den er gefallen war. Noch halb im Traum tastete er nach Ava, doch statt über ihre zarte Haut strichen seine Finger nur über den rauen Holzboden des Speichers. Kyran fuhr mit einem Ruck hoch und riss die Augen auf. Der Platz neben ihm war leer, und allmählich kehrte seine Erinnerung zurück: Er befand sich in Frankreich, Ende des achtzehnten Jahrhunderts, kurz vor der Revolution. Und Ava, die ihr Dasein als Küchenmagd fristen musste, hatte ihn gebeten, auf sie zu warten.

Wie spät mochte es sein? Automatisch klopfte Kyran seine Jackentaschen ab und zog eine zerrissene Kinokarte sowie sein Smartphone samt einem Mini-Lautsprecher heraus – ein Überbleibsel von der letzten Feier im Studentenwohnheim. Kopfschüttelnd dachte Kyran, dass er wirklich anfangen sollte, seine Jackentaschen regelmäßig zu leeren, und drückte auf den Einschaltknopf des Handys. Dann erst fiel ihm die Sinnlosigkeit seines Tuns ein: 1789 hatte es ja noch nicht einmal Strom gegeben. Trotzdem war er neugierig, ob der Akku reagieren würde. Aber das Display blieb schwarz. Kyran wollte das Gerät schon wieder einstecken, da leuchtete auf einmal der Bildschirm auf. Dann drehte sich zunächst endlose Sekunden lang ein kleines farbiges Rädchen. Kurz darauf erschien zu seiner Verblüffung die gewohnte Benutzeroberfläche mit allen Symbolen.

»Erstaunlich«, murmelte Kyran und starrte sein Smartphone an. Alles schien normal, bis auf … Er kniff die Augen zusammen und tatsächlich: Weder Datum noch Uhrzeit erschienen auf dem Display, an ihrer Stelle befanden sich nur zwei schwarze Balken. Kyran tippte mit dem Zeigefinger auf das Telefon-Symbol, unter dem er die Nummern seiner Eltern und Freunde gespeichert hatte. Die Liste war leer. Hastig öffnete er den Ordner mit seinen Mails, doch auch hier blinkte ihm weißes Nichts entgegen. Sekundenlang starrte er auf das Display, bis er verstand, warum die Listen leer waren: Seine Freunde und seine Eltern, nicht einmal seine Großeltern, waren zu der Zeit, in der er sich gerade befand, noch lange nicht geboren – also existierten sie in diesem Moment auch nicht. Kyran schluckte und schaltete sein Telefon wieder aus.

Was würde passieren, wenn er tatsächlich für immer hier festsaß – an einem längst vergangenen Ort und wahrscheinlich ohne die Chance, in dieser Zeit länger als nur ein paar Tage zu überleben?

Kyran machte sich keine Illusionen. Entweder würden ihn die königlichen Soldaten töten, wenn sie ihn noch einmal in die Finger bekamen, oder er würde den Wirren der Revolution zum Opfer fallen. Und dann wäre er einfach verschwunden, ausradiert wie ein falsch geschriebenes Wort.

Natürlich würden seine Eltern ihn irgendwann vermissen und nach ihm suchen, erst auf eigene Faust und später mithilfe der Polizei. Doch alle Spuren würden im Sande verlaufen und Kyran als einer der vielen ungelösten Fälle in eine Akte eingehen, die nach fünf oder zehn Jahren ins Archiv wanderte und irgendwann ebenso vergessen wurde wie er selbst. Für Kyrans Eltern blieb nur die traurige Gewissheit, ihre beiden Kinder verloren zu haben – erst Emily, dann ihn.

Plötzlich überkamen ihn Zweifel, ob es wirklich klug gewesen war, Ava unter allen Umständen bei ihren Reisen durch die Zeit folgen zu wollen und sich Hals über Kopf in eine Sache zu stürzen, deren Ausgang völlig ungewiss war. Bisher hatte er gehofft, dass er seine Zeitreisen irgendwie beeinflussen könnte, aber nun war er sich nicht mehr so sicher. Würden er und Ava jemals wieder in ihrer eigenen Zeit ankommen, ein ganz normales Leben führen?

Sobald er an sie dachte und sich erinnerte, wie nahe sie sich vor wenigen Stunden gewesen waren, verflogen seine Bedenken. Er hätte nicht anders handeln können, ohne seine Feigheit ein Leben lang zu bereuen. Bei Ava hatte Kyran endlich das Gefühl, angekommen zu sein. Obwohl oder vielleicht gerade weil sie ihm immer wieder zu entgleiten drohte, war er überzeugt, dass ihre Schicksale auf eine merkwürdige, unerklärliche Art miteinander verwoben waren. Sie nie wiederzusehen erschien ihm unerträglich. Es war die Angst, noch einmal einen geliebten Menschen zu verlieren, so wie damals Emily.

Mit seiner Zwillingsschwester hatte Kyran eine starke Vertrautheit verbunden. Manchmal war es, als würde einer von ihnen das tun, woran der andere gerade dachte. Wenn das Telefon klingelte, hatte er immer gewusst, wann Emmy dran war, und sie brauchten nicht viele Worte, um zu erklären, wie es dem anderen ging. Es war, als existierte ein unsichtbares

Band zwischen ihnen. Bis ein betrunkener Autofahrer es zerrissen hatte. Ausgerechnet an diesem Tag war Kyran nicht für seine Schwester da gewesen. Und er hatte auch die Gefahr nicht gespürt, weil er zu wütend gewesen war. Im Nachhinein war der Anlass, warum er und Emily sich gestritten hatten, lächerlich und nichtssagend, aber es hatte dazu geführt, dass sie nach dieser Party alleine nach Hause gegangen war, ohne ihn. Bei der Erinnerung kniff Kyran die Augen zusammen und ballte die Fäuste, als könnte er dadurch den Schmerz daran hindern, ihn mitten ins Herz zu treffen – vergeblich. Die Erinnerung fraß sich wie eine Zündschnur durch seinen Kopf, und er spürte ein Brennen hinter seinen geschlossenen Lidern. Dieser eine dumme Streit hatte sein Leben in ein Vorher und Nachher geteilt, und er würde alles dafür geben, wenn er wenigstens ein paar Stunden davon noch einmal erleben dürfte.

Doch im Moment war er sehr weit von seinem eigenen Geburtsjahr entfernt, nämlich mehr als 200 Jahre. Kyran blickte auf seinen Unterarm, auf dem er nach Emilys Tod ihrer beider Initialen mit dem gemeinsamen Geburtsdatum hatte eintätowieren lassen – verbunden über den Tod hinaus. Merkwürdigerweise war das Tattoo noch da, obwohl er und seine Zwillingsschwester eigentlich noch zwei Jahrhunderte von ihrer Geburt entfernt waren. Kyran konnte es sich nur damit erklären, dass er zwar in die Vergangenheit gereist war, das Tattoo jedoch zu seinem Körper gehörte und daher noch vorhanden war. Doch etwas war trotzdem anders! Da kaum ein Lichtstrahl durch die schmalen Scharten des Speichers fiel, musste Kyran zweimal hinsehen. Als er erkannte, was es war, schien die Luft um ihn herum einzufrieren, sodass er sekundenlang keinen Muskel rühren konnte. Nur sein Herz schlug so schnell und heftig gegen seine Rippen, dass es sich anfühlte, als würde es im nächsten Augenblick explodieren. Das gleiche Gefühl hatte er schon einmal erlebt, und zwar als die Polizisten vor ihrem Haus gestanden hatten und keine Worte fanden, um ihm und seinen Eltern zu erklären, warum Emily nicht nach Hause kommen würde – nie wieder.

Und genau wie damals war Kyran auch jetzt wie gelähmt. Gleichzeitig schien er an der Decke zu schweben und von oben auf sich selbst herunterzublicken, wie er dort saß und mit weit aufgerissenen Augen immer noch auf die schwarzen Linien der Tätowierung starrte. Die Anfangsbuchstaben *K* und *E* waren immer noch auf seinem Handgelenk verewigt. Doch ihr gemeinsames Geburtsdatum ... Kyran schauderte und fühlte eine unsichtbare, kalte Hand, die seinen Nacken zu umklammern schien. Obwohl sie mit Nadel und schwarzer Farbe in seiner Haut verewigt worden waren, hatten sich die Ziffern auf unerklärliche Weise verändert. Wo vorher die Zahl *97* gestanden hatte, war die letzte Stelle jetzt eine Fünf. Was bedeutete, dass Kyran – wollte man dem eintätowierten Datum glauben – auf einmal zwei Jahre früher geboren war.

»Unsinn«, murmelte er, »wie soll das möglich sein?«

Er versuchte, seine Benommenheit abzuschütteln, indem er aufstand und tief durchatmete. Vielleicht war das Licht zu düster gewesen, oder er spürte noch die Nachwirkungen seiner Reise durch die Zeit. »So was macht man ja auch nicht jeden Tag«, sagte er zu sich selbst, doch seine Worte klangen flach und hohl wie das Echo einer alten Tonaufnahme. Um sein Unbehagen loszuwerden, rieb er sich mit beiden Händen heftig übers Gesicht, trat nah an eines der winzigen

Fenster heran und stellte sich so, dass das milchige Sonnenlicht direkt auf seinen Unterarm fiel. Es kostete Kyran Überwindung, erneut hinzusehen. An dem wiederkehrenden Schock, der seinen Herzschlag für zwei Sekunden aussetzen ließ, merkte er, wie sehr er gehofft hatte, seine Augen hätten ihm vorhin nur einen Streich gespielt. Vergebens.

Die geschwungenen Zahlen tanzten vor seinen Augen, und mit einem Mal erinnerte sich Kyran an die Worte des Antiquars im Buchladen *Spell & Curse*. Der Alte hatte ihm prophezeit, dass er einen Preis für sein Vorhaben, die Zeit auszutricksen, zahlen würde – und nun wusste Kyran, was damit gemeint war: Nach dem Geburtsdatum auf seinem Handgelenk war er zwei Jahre älter geworden und nun nicht mehr neunzehn, sondern einundzwanzig Jahre alt.

Kapitel 5

Entlarvt

»Einundzwanzig, zweiundzwanzig, dreiundzwanzig. Sie sind vollzählig!«, rief der Anführer der Rebellen, die das Schloss gestürmt und nun die Adligen vor dem Eingang zum Kerker zusammengetrieben hatten.

Ava schauderte, denn ursprünglich waren es zwei volle Dutzend gewesen. Doch einer der Adelsmänner hatte bereits sein Leben eingebüßt. Zum Glück war es nicht der Vater von Victoire, sondern ein anderer Graf. Sein abgeschlagener Kopf lag im Innenhof von Versailles – eine schaurige Mahnung für den König, falls dieser sich überhaupt dazu durchrang, seine sichere Zuflucht in Paris zu verlassen und in seine Residenz zurückzukehren, wie es die Aufständischen forderten. Wenn nicht, würden den Schlosshof bald mehr blutige Häupter säumen.

Ava dachte an Laron und seine Comtesse. Sie hoffte, dass die beiden Versailles inzwischen weit hinter sich gelassen hatten und in ein paar Stunden bei Larons Verwandten ankommen würden, wo sie endgültig in Sicherheit wären.

In diesem Augenblick spürte Ava ein warmes Kribbeln im ganzen Körper, und das Brennen und Pulsieren, mit dem ihr Blut mit rasender Geschwindigkeit durch ihre Adern geflossen war, ließ nach. Vor Angst hatte Ava den stetig wachsenden Schmerz ausnahmsweise nur am Rande wahrgenommen, doch jetzt fiel ihr auf, dass sie sich trotz ihrer misslichen Lage seltsam leicht und befreit fühlte. Victoire und dem jungen Koch ging es also gut – und sie hatten endlich zueinandergefunden. Doch die Erleichterung währte nur kurz, denn Ava wurde bewusst, dass ihr nun nicht mehr viel Zeit blieb, bis sie Lisettes Körper verlassen musste, und sie erschrak. Was sollte aus dem jungen Küchenmädchen werden, wenn es in seinen Körper zurückkehrte und sich mitten in einem Albtraum wiederfand? Als Gefangene von Aufständischen, eingesperrt in einem dunklen, feuchten Verlies und zu allem Überfluss völlig ahnungslos, wie sie dorthin gekommen war? Die arme Lisette würde sich zu Tode ängstigen und – bei dieser Vorstellung hielt Ava die Luft an – sich womöglich erst recht in Gefahr begeben, wenn sie anfangen würde zu schreien oder sich gar zu wehren. Was die aufgestachelte Meute dann mit ihr anstellen würde, wagte Ava sich nicht auszumalen.

Hätte sie anders handeln müssen, um Lisette zu schützen? Aber was wäre dann aus dem jungen Liebespaar und Avas Aufgabe geworden? In diesem Fall erwies sich das Schicksal als besonders grausam, weil es ein Opfer forderte: die Comtesse oder das Küchenmädchen. Und Ava hatte sich entschieden. Tränen der Verzweiflung über Lisettes Unglück schossen ihr in die Augen, während der Anführer der Bauern leise und unverständlich mit dem pockennarbigen Wächter verhandelte, dem Ava in der Gestalt Lisettes vor einigen Stunden noch den Krug mit Wein überreicht und mit ihm und seinem Kumpel geschäkert hatte. Doch unter der dicken weißen Schminke und in den teuren Kleidern einer feinen Dame erkannte der Mann sie natürlich nicht, und sein Blick ging gleichgültig über sie hinweg, als er den Aufständischen winkte, ihm zu folgen. Ava biss die Zähne zusammen, als sie im Pulk mit den anderen Adligen vorwärtsgestoßen wurde und zum zweiten Mal innerhalb weniger Stunden die klammen, feuchten Kerkerstufen hinunterstolperte. Nur dass diesmal sie die Gefangene war und Kyran keine Ahnung hatte, was ihr gerade widerfahren war.

Als sie daran dachte, dass sie vor Kurzem noch in seinen Armen gelegen hatte und ihn nie mehr verlassen wollte, war es um Avas Beherrschung geschehen, und sie schluchzte laut auf. Was sollte aus Kyran werden, wenn sie in Kürze *sprang* und ihn hier zurückließ? Konnte er noch einmal einen Weg finden, ihr in eine andere Zeit zu folgen? Oder würde er denken, sie hätte ihn im Stich gelassen? Ava weinte um ihre Liebe, die sie Kyran vielleicht nie wieder zeigen konnte – aber auch um Lisette, die unschuldige Seele, der wahrscheinlich Schreckliches bevorstand. Warum nur war das Schicksal so grausam? Dabei hatte Ava nichts Böses gewollt, doch egal, was sie tat – sie war offenbar dazu verdammt, andere mit sich ins Unglück zu reißen.

»Was heulst du hier herum, verdammt noch mal?«, schnauzte einer der Männer sie an, als er die Tränen bemerkte, die Ava die Wangen hinunterliefen. In ihrer Verzweiflung und Angst um Lisette und Kyran platzte Ava heraus: »Bitte, Herr, Ihr müsst mich gehen lassen! Ich bin in Wirklichkeit gar keine Comtesse, sondern eine der Mägde aus der Schlossküche!«

Der Mann blickte sie sekundenlang mit offenem Mund

an. Dann brach er in schallendes Gelächter aus. »Habt ihr das gehört?«, prustete er und deutete mit seinem schmutzigen Zeigefinger, unter dessen Nagel ein dicker schwarzer Schmutzrand prangte, auf Ava. »Sie will uns doch tatsächlich weismachen, dass sie nicht zu diesem reichen Pack gehört, sondern sich nur verkleidet hat!«

»Aber es stimmt!«, rief Ava. Jetzt, da Laron und Victoire den Rebellen entkommen waren, konnte sie doch die Wahrheit sagen – oder jedenfalls einen Teil davon. »Ich wurde gezwungen, mit einer Comtesse meine Kleidung zu tauschen. Sie ist unerkannt in der Tracht eines Küchenmädchens aus dem Schloss geflohen!«

Die anderen Männer blieben einen Moment lang stumm, und Ava schöpfte schon vorsichtig Hoffnung, doch dann fingen auch sie an zu lachen.

Einer von ihnen trat nahe an Ava heran. »Du kleines adliges Luder wagst es, uns ins Gesicht zu lügen?«, zischte er.

Noch ehe Ava reagieren konnte, beugte er sich etwas zurück – und spuckte ihr ins Gesicht. Zwar gelang es Ava, rasch den Kopf zur Seite zu drehen, trotzdem traf sie der nasse Klumpen an der rechten Wange. Mit einem angewiderten Aufschrei wischte sie sich mehrmals heftig mit dem spitzenbesetzten Ärmel ihres Kleides übers Gesicht, ungeachtet der weißen Schminke, die wie Kleister an dem Stoff kleben blieb.

»Noch eine solche Dummheit und dein Kopf ist der nächste, der über den Hof rollt«, drohte der Kerl und hob die Hand.

Ava wappnete sich gegen den Schlag, als die Stimme des Wachsoldaten die angespannte Stille durchschnitt.

»Halt, aufhören! Sie sagt die Wahrheit!«

Der Bauer fuhr zu ihm herum. »Was sagst du da?«

Der Soldat, der mindestens ebenso groß und massig wie der Aufständische war, baute sich vor ihm auf und stand nun zwischen ihm und Ava. »Ich sagte, sie lügt nicht. Sie ist tatsächlich ein Küchenmädchen. Ich erkenne sie wieder, denn noch vor ein paar Stunden war sie hier und hat mir und meinem Kumpan etwas zu trinken gebracht.«

Doch der Aufständische blieb unbeeindruckt. »Eine gewöhnliche Magd, ja? Was du nicht sagst. Aber wieso trägt so jemand dann eine Perücke, Perlen und teure Kleider?«

»Du hast gehört, was sie gesagt hat. Offenbar wurde sie gezwungen, diese Kleidung anzuziehen. Aber ich weiß, dass es Lisette ist. Sie hat mir nämlich ihren Namen verraten.«

Zu Avas Überraschung zwinkerte der Wächter ihr zu, und im Gegensatz zu dem gemeinen Feixen der Aufrührer war sein Lächeln echt – und voller Zuneigung. Er trat neben sie und nahm sanft ihr Gesicht zwischen seine schwieligen Hände.

Ava zuckte erschrocken zusammen, doch der Mann brummte beruhigend und wandte sich erneut an die Bauern. »Seht her. Das Mädchen hat ein Feuermal im Gesicht. Durch die Schminke war es verdeckt, aber als sie sich übers Gesicht gewischt hat, habe ich es gesehen. Nicht nur der zweite Kerkerwärter, sondern jeder in der Schlossküche würde sie wiedererkennen, das schwöre ich. Also lasst sie gehen! Sie ist eine von uns!«

Einer der Männer, ein Hüne mit eng stehenden Augen und einer mehrfach gebrochenen Nase, die schief in seinem Gesicht saß, schob sich dicht an den Wächter heran. »Wenn du uns auch zum Narren halten willst ...«, begann er drohend, doch Avas Beschützer sah ihn abschätzig an.

»Warum sollte ich?«

»Gegenfrage – warum beschützt du sie?«

Der Gefängniswärter schwieg kurz, dann hob er den Kopf und sah die Bauern einen nach dem anderen an.

»Weil sie ein ebenso hartes Leben führt wie ihr und ich. Und weil sie trotzdem ihr freundliches Wesen behalten hat. Sie hat uns etwas zu trinken gebracht, obwohl wir als Kerkerwächter verfemt sind und selbst vom niedersten Dienstpersonal geschnitten werden. Keiner schert sich um uns. Aber Lisette hat mit uns geredet und gelacht. Sie hat uns behandelt wie Menschen. Und daher lasse ich nicht zu, dass ihr ein Leid geschieht.«

Ava sah den massigen Kerl mit den tiefen Kerben, die das Leben und eine frühe Pockenerkrankung in sein Gesicht gegraben hatten, verblüfft an. Solche Worte hätte sie von jemandem wie ihm nicht erwartet. Den Aufständischen schien es genauso zu gehen, denn einige glotzten ihn mit offenem Mund an.

Der Wortführer kratzte sich nachdenklich am Kopf, ehe sein Blick zu der feinen Gesellschaft wanderte, die sich an die feuchten Kerkerwände drückte und wortlos das Schauspiel verfolgt hatte. »Ihr da! Wusstet ihr von der Maskerade?«

Die edlen Damen tauschten nervöse Blicke, ehe die älteste von ihnen, deren Mann bereits seinen Kopf verloren hatte, widerwillig zu sprechen begann. »Nein. Aber das Mädchen kam uns nicht bekannt vor, das ist wohl richtig.«

»Und dann seht ihr schweigend zu, wie man sie der Lüge bezichtigt?«, brüllte der Gefängniswärter die Adligen an, und das Grüppchen wich zurück und drängte sich verängstigt noch enger zusammen. Der massige Kerl schnaubte verächtlich. »Ihr hättet sie, ohne mit der Wimper zu zucken, ins Verderben laufen lassen, nicht wahr? Feiges Pack. Es wird mir ein Vergnügen sein, für euch die finstersten Zellen auszusuchen, die im Kerker zu finden sind!«

Ohne auf das aufbrandende Gejammer der Adligen zu achten, drehte er sich zu dem Anführer der Bauern um. »Bist du nun zufrieden? Dann lass dieses Mädchen in Frieden!«

Der Mann nickte und wirkte für einen Moment beinahe eingeschüchtert, doch dann schien ihm bewusst zu werden, dass er sich keine Blöße geben durfte, und er blaffte Ava an. »*Alors*, worauf wartest du noch? Fort mit dir!«

Ava nickte. Bevor sie ging, drehte sie sich noch einmal zu den Bauern um und wies auf die Adligen. »Tötet sie nicht. Sie sind nicht von Grund auf böse. Sie wissen es nur nicht besser.«

Mit diesen Worten machte sie kehrt und setzte den Fuß auf die erste Treppenstufe, da hörte sie Schritte hinter sich. »Lisette, warte!«

Es war der Kerkerwächter. Er war ihr nachgeeilt und fragte nun etwas atemlos: »Du kommst doch wieder? Ich meine …« Er stockte, und Ava sah gerührt, dass er fast ein wenig rot wurde. »Ich wollte sagen … Du gehst nicht aus dem Schloss fort, oder?«

Ava lächelte ihn an. »Ich komme wieder. Lass mich nur erst diese schrecklich kratzige Perücke und die unbequemen Schuhe loswerden.«

Die Augen des Mannes leuchteten, und sein Lächeln war so voller Freude, dass sein Gesicht mit einem Mal völlig verändert wirkte und es Ava ganz warm ums Herz wurde. Plötzlich wusste sie, dass Lisette sich, wenn sie in Kürze in ihren Körper zurückkehrte, auf irgendeine Art und Weise an diesen Mann erinnern würde. Dass er ihr geholfen hatte, weil er sie liebte. Und vielleicht würde sie ihn ja auch lieben können. Ava hoffte es für das Küchenmädchen – und den einsamen Wärter.

Aber jetzt beeilte sie sich, denn sie spürte, wie ihre Zeit ablief. Sie musste so schnell wie möglich zu Kyran. Sie nahm sich vor, alles zu tun, damit er mit ihr kommen konnte, egal auf welche Weise sie *springen* und in welcher Zeit sie landen würden – sie gehörten zusammen.

Also rannte sie die Treppe hinauf und aus dem Kerker hinaus. Sie sah in den blauen Himmel und atmete die klare Sommerluft ein, dann streifte sie hastig die klobigen Schuhe ab und lief barfuß quer über den Schlosshof, wobei sie es vermied, zu jener Ecke zu sehen, in der immer noch der Kopf des Unglücklichen lag, dessen einziger Fehler es gewesen war, zur falschen Zeit reich geboren und allzu elitär erzogen worden zu sein.

Außer Atem riss sie schließlich die Tür zum Schnürboden auf. Durch den Luftzug aufgewirbelte Staubpartikel tanzten im schräg einfallenden Licht der Fensterluken, die Kissen lagen noch genauso am Boden wie vor ein paar Stunden, doch ansonsten war der Raum leer. Kyran war verschwunden.

Was war passiert, wo war er? Hatte ihn hier oben jemand gefunden, war er geflohen, oder suchte er nach ihr? Oder – bei dieser Möglichkeit wurde Ava schwarz vor Augen – war er etwa bereits erneut auf einer Reise durch die Zeit? Doch wie sollte Ava ihn dann jemals wiederfinden? Würden sie beide dann auf ewig in verschiedenen Epochen umherirren – zwischen ihnen die Zeit – und einer immer auf der Suche nach dem anderen?

Die Fragen schossen wie Gewehrkugeln durch Avas Kopf, und die Angst, zu spät gekommen zu sein, drückte ihr mit einem Mal alle Luft aus dem Brustkorb. Sie hörte selbst, wie dünn und schwach ihre Stimme klang, als sie Kyrans Namen rief. Endlose Sekunden lang schien nur das Echo seines Namens in der stickigen Luft des alten Speichers zu hängen. Dann aber sah Ava im Augenwinkel einen Schatten, und gleich darauf wurde in der staubigen Düsternis eine hochgewachsene Silhouette sichtbar.

»Kyran! *Mon Dieu*, ich dachte, du wärst verschwunden!«

Ohne zu überlegen, stürzte sie in seine Arme.

»Ich habe mich vorsichtshalber versteckt. Es hätte schließlich jemand vom Dienstpersonal sein können, der hier hochkommt«, sagte er, ehe er Ava eine Armlänge von sich wegschob und sie belustigt musterte. »Hast du eben wirklich ›*mon Dieu*‹ gesagt?«

Ava schüttelte den Kopf und grinste. »Ich wollte eigentlich ›oh Mann‹ sagen, aber irgendwie kommt mir Lisettes Französisch immer wieder in die Quere.«

»Wie ist die Sache mit Laron und seiner Comtesse ausgegangen? Konntest du …?«

»Alles ist gut«, unterbrach Ava ihn, denn sie spürte bereits den vertrauten Schwindel, der ihren nächsten *Sprung* ankündigte. »Aber meine Zeit hier ist in wenigen Augenblicken abgelaufen.«

Schlagartig erlosch Kyrans Lächeln und machte einem besorgten Ausdruck Platz. »Was ist, wenn …«, sagte er, doch Ava fasste ihn an beiden Händen und blickte ihm in die Augen.

»Ich lasse dich nicht hier zurück, versprochen. Egal wie, wir gehen zusammen!«

Er schluckte. »Aber wir wissen doch gar nicht, wie wir das anstellen sollen.«

»Halt mich einfach ganz fest und tu genau das, was du in dieser Gruft auch getan hast, ja?«

»Du meinst, mich darauf zu konzentrieren, bei dir zu sein.«

Ava nickte, und Kyran umarmte sie erneut. »Ich muss dir noch etwas sagen, Ava. Es geht um mein …«, fing er an, aber sie schüttelte den Kopf. »Nicht jetzt, Kyran – wir werden gleich *springen*. Sag es mir, wenn wir angekommen sind, ja?«

Sie sah, wie Kyran wieder schluckte, dann nickte er. »Falls wir ankommen …«

»Das werden wir, ich verspreche es dir. Ich liebe dich!«

Nun war es heraus, dachte Ava, aber sie fühlte, dass es die Wahrheit war. Sie liebte Kyran – dafür, wie er sie ansah, wenn sie in seinen Armen lag. Für sein Lachen und seine Stimme, aber auch für seinen Mut, ihr zu folgen, ohne zu wissen, was sie beide als Nächstes erwarten würde.

Kyran sah sie an. »Wenn ich noch einmal die Wahl hätte, würde ich alles genauso machen, das sollst du wissen.«

Ava schmiegte sich an ihn und schlang ihre Arme um seinen Hals. Sie fühlte, wie die Welt um sie herum zu verschwimmen begann und die Farben ineinanderflossen wie bei einem Aquarell. Sie klammerte sich an Kyran, ebenso wie er sich an sie. »Ich werde dich nicht verlassen.«

»Ich liebe dich, Ava. Und ich will mit dir kommen. Immer«, antwortete Kyran.

Das Letzte, was Ava sah, war das Blau seiner Augen, ehe die Welt in tausend Splitter zerbrach und sie mit sich riss.

Kapitel 6

Der Betrüger

Ein lautes Scheppern war das Erste, was Ava hörte, als sie wieder zu sich kam. Ein beträchtliches Gewicht lastete auf ihr und drohte, ihr die Luft abzudrücken. Sie riss die Augen auf und fand sich auf einem Fußboden mit schwarz-weißem Rautenmuster wieder. Halb auf ihr lag Kyran, die Arme immer noch fest um sie geschlungen.

Er schien noch ziemlich benommen, aber als er sie ansah, breitete sich ein Lächeln auf seinem Gesicht aus. »Ava!«

»Wir haben es geschafft!«, rief sie beglückt.

Sie war tatsächlich *gesprungen*, ohne Kyran zu verlieren. Minutenlang hielten sie sich einfach nur fest, sprachlos vor Freude. Dann machte Ava sich los, setzte sich auf und blickte sich um.

Sie befanden sich in einer Küche. Zwischen einem altmodischen Gasherd und den abgewetzten Beinen eines Holztisches lagen ein Kochlöffel, eine Backform und ziemlich viel Mehl. Da Kyran in enger Umarmung mit ihr *gesprungen* war, waren sie beide bei ihrer Landung offenbar zu Boden gegangen. Gespannt, welchen Körper sie diesmal wohl eine Zeit lang besetzen würde, blickte Ava an sich herunter. Immerhin war sie eine Frau. Sie trug ein Kleid und darüber eine

Schürze, was zusammen mit den verstreuten Utensilien darauf schließen ließ, dass die Unbekannte offenbar gerade gekocht oder gebacken haben musste, als Ava in ihren Körper gesprungen war.

»Nicht schon wieder eine Köchin«, ächzte Ava, denn ihr waren die toten Tiere in der Schlossküche von Versailles noch gut in Erinnerung. Schnell rappelte sie sich auf.

»Wie sehe ich aus?«, fragte sie Kyran, der noch etwas benommen wirkte.

»Ein bisschen blass, aber ansonsten scheint dir nichts passiert zu sein«, antwortete er.

Ava fiel ein, dass Kyran sowieso der Falsche für diese Frage war. Durch eine merkwürdige Laune des Schicksals sah er seit ihrer ersten Begegnung immer Avas wahre Gestalt, das Mädchen mit den langen dunklen Haaren und den braunen Augen, das sie früher einmal gewesen war, ehe sie zur Seelenwandlerin wurde. Sie seufzte und gab ihm einen Kuss. »Ich muss einen Spiegel finden.«

Sie stand auf und fühlte ein starkes Kribbeln im Körper und das vertraute Magenziehen. Es war sogar heftiger als sonst, und hätte Kyran sie nicht gestützt, wäre sie gleich wieder in die Knie gegangen. Ava atmete ein paar Mal tief durch und fragte sich, ob ihr diesmal etwa noch weniger Zeit als sonst blieb, ihre Aufgabe zu erfüllen. Dazu müsste sie allerdings zunächst einmal wissen, wer sie überhaupt war, wo sie sich befand und welches Liebespaar sie zusammenbringen musste.

Die vertraute Furcht vor dem Versagen drohte sie zu überwältigen, doch Ava unterdrückte dieses Gefühl mit aller Macht. Wie immer würde sie einen Schritt nach dem nächsten machen, befahl sie sich und wartete, bis das Schwindelgefühl nachließ. Sie band sich die Schürze ab und klopfte etwas Mehl von ihrem weitschwingenden Kleid, das knallrot mit weißen Polka Dots war.

Kyran musterte sie immer noch. »Oh«, sagte er auf einmal. »Du hast ja wieder diese Kette um den Hals!«

Ava schielte an sich hinunter. Tatsächlich war ihr das goldene Medaillon auch diesmal wieder durch die Zeit gefolgt. »Verflixt«, murmelte sie, »langsam wird mir das Ding doch unheimlich.«

»Vielleicht ist ja diesmal etwas anderes darin«, sagte Kyran. Vorsichtig drückte sie auf den Verschluss, und gleich darauf sprang der Deckel auf. Schweigend starrten Ava und Kyran auf das, was sich in seinem Inneren befand.

»Ein Foto«, stellte er fest.

»Und wieder ist es so verschwommen, dass man nichts erkennt.« Ava seufzte. »Manchmal glaube ich, dieser Schmuck ist nur dazu da, um mich zu ärgern.«

Sie wollte den eiförmigen Deckel schon zuklappen, als Kyran sie davon abhielt. »Warte, es ist nicht völlig unscharf. Sieh mal, das könnte doch die Wölbung einer Stirn sein, und hier ist dann die Nase. Anscheinend ist die Person im Profil fotografiert worden.«

»Ja, so weit war ich auch schon einmal«, erwiderte Ava. »Außerdem kann man wie beim letzten Mal lange Haare erkennen, siehst du?« Sie deutete mit dem Finger auf einen hellen Fleck. »Aber es könnte genauso gut eine alte Frau mit weißen Haaren oder ein junger Mann mit langen blonden Haaren sein. Es ist ja nicht immer ein Foto, sondern manchmal auch ein Gemälde, je nach Epoche, in der ich lande. Ich weiß nicht mal, ob es immer dieselbe Person auf dem Bild ist.«

»Vielleicht ist es immer einer der Liebenden, die du zusammenbringen musst. Hast du schon mal in das Medaillon geguckt, nachdem du es geschafft hast?«, fragte Kyran.

Ava starrte ihn an. »Nein, habe ich nicht. Aber das könnte die Lösung sein! Du bist echt clever, weißt du das?«

»Ja. Und genau das macht mich so unwiderstehlich«, sagte Kyran.

Er grinste und zog Ava dicht an sich. »Und vielleicht meint es das Schicksal diesmal ja gut mit uns.«

Bei dem Wort »Schicksal« fiel Ava Kyrans Bemerkung im Speicher von Versailles ein, dass auch bei ihm etwas Seltsames geschehen sein musste. Doch ehe sie den Mund aufbekam, um ihn danach zu fragen, ertönte ein aufgeregtes Klopfen von draußen, und eine gedämpfte weibliche Stimme rief: »Maria!«

»Verdammt«, murmelte Ava, und ihr Blick flog zu Kyran. »Du musst dich verstecken!«

Er verdrehte die Augen. »Na toll. Ich weiß ja nicht einmal, wo wir hier sind!«

Kurzerhand zog ihn Ava hinter sich her aus der Küche und in einen schmalen Flur, der mit einem kleinen Tischchen und vielen Bilderrahmen vollgestopft war. Für eine nähere Betrachtung blieb keine Zeit, daher öffnete sie einfach die nächstbeste Tür. Kurz erhaschte sie einen Blick auf ein überdimensioniertes Himmelbett mit vielen bestickten Kissen und einem wuchtigen Schrank aus dunklem Holz. Hastig schob sie Kyran in das Zimmer.

»Keinen Mucks, hörst du? Ich sehe zu, dass ich die Person vor der Tür schnell wieder loswerde.«

Er nickte, und sie schloss behutsam die Tür hinter sich.

»Maria!«, rief jemand erneut, diesmal schon ungeduldiger. »Ich weiß, dass du zu Hause bist, also mach auf!«

»Ja, ja, ich komme schon«, sagte Ava und lief zu der Wohnungstür am Ende des engen Korridors.

Hoffentlich war sie auch wirklich diese Maria, sonst hätte sie in zwei Sekunden ein Problem, dachte Ava.

Sie wollte die Tür öffnen, wurde jedoch von einer Kette davon abgehalten. Ungeschickt rüttelte Ava an dem altmodischen Mechanismus, doch es dauerte eine ganze Weile, bis sie begriff, wie man die Kette zurückschieben musste, um die Tür öffnen zu können. Durch den schmalen Spalt sah sie eine Frau mit hochgesteckten schwarzen Haaren, die das Gesicht verzog. »Ach, Maria! Du bist wirklich durcheinander, *cara mia*.«

Ihre Worte waren eindeutig nicht in Avas Muttersprache, sondern sie redete …

»Italienisch?«, platzte Ava erstaunt heraus. Ihr Vater hatte irgendwann einmal angedeutet, dass seine Ahnenlinie Verbindungen nach Italien aufwies, und er und Avas Mutter hatten sogar mal eine Reise dorthin gemacht, als Ava noch ein kleines Mädchen war. Sie konnte sich nicht mehr erinnern, in welcher Stadt sie mit ihren Eltern gewesen war, doch die klangvolle Sprache hatte ihr damals schon gut gefallen. Ava hätte gerne Italienisch gelernt, aber auf dem College hatte ihr die Zeit gefehlt – und auch die Disziplin, wenn sie ehrlich war. Jetzt merkte sie, dass sie die Sätze offenbar aus dem Stegreif beherrschte, wie immer, wenn sie in einen Körper *sprang*.

Die Schwarzhaarige kniff die Augen zusammen. Ava wartete auf das gewohnte Prickeln und das Schwindelgefühl, das ihr normalerweise zeigte, dass sie zumindest eine Hälfte des Liebespaares gefunden hatte, das es zusammenzubringen galt – aber nichts passierte. Der Schwindel und das Prickeln in den Händen und Füßen, das sie seit ihrer Landung verspürte, blieb zwar, aber ansonsten fühlte sie sich unverändert.

Seltsam, dachte Ava.

Ihre Besucherin merkte nichts von ihrer Irritation, sondern drängte sich energisch an Ava vorbei in die Küche. Als sie die Bescherung aus Mehl und Backutensilien auf dem Fußboden sah, schlug sie die Hände über dem Kopf zusammen.

»Du bist ja gar nicht mehr bei dir, Maria! Wenn ich diesen Mistkerl erwische, mache ich Hackfleisch aus ihm.«

»Wen?«, fragte Ava, denn sie war in Gedanken mit der Frage beschäftigt, wie Maria wohl aussehen mochte.

Am liebsten wäre sie schnell ins Badezimmer gehuscht, um endlich in den Spiegel zu sehen. Ob diese Maria wohl auch so dichte schwarze Haare hatte wie ihre Besucherin? Die nahm Ava jetzt bei den Schultern und schüttelte sie sanft, als wollte sie sie aufwecken.

»Wen? Also wirklich, Maria, was ist los mit dir? Paolo natürlich! Unverzeihlich, was dieser Schuft dir angetan hat. Würde unser *padre* noch leben …« Sie machte eine bedeutungsvolle Pause, dann fuhr sie sich mit der Handkante einmal quer über den Hals. »Wie er es damals von unserem Großvater gelernt hat«, sagte sie, und ihre Augen blitzten.

Ava verdrehte die Augen und beglückwünschte sich in Gedanken: Offenbar war die Besucherin Marias Schwester – und sie beide Sprösslinge einer Mafia-Familie. Immerhin war ihr Vater schon tot und konnte daher keinen Schaden mehr anrichten. Wer wusste, was diesem Paolo sonst noch gedroht hätte, am Ende wäre er mit einem Betonklotz an den Füßen im Meer gelandet – irgendwo in Italien.

Dann aber fiel Ava ein, dass sie noch nicht einmal den Ort wusste, an dem sie gelandet war. Rom? Florenz? Vielleicht befand sie sich aber auch in einem kleinen Dorf. Und wer war dieser Paolo überhaupt? Den Andeutungen der Schwester nach zu urteilen wahrscheinlich Marias Mann oder Freund. Hatte er sie misshandelt oder verlassen? Avas Kopf begann von den vielen unbeantworteten Fragen zu schwirren. Dazu kam noch die Hitze, die trotz der geschlossenen Fensterläden in der kleinen Wohnung wie eine Dunstglocke hing. Ihre Besucherin kramte in ihrer riesigen knallroten Handtasche, die sie auf den Küchentisch geworfen hatte, und fischte eine zerfledderte Zeitschrift heraus.

»Aber ich habe gute Neuigkeiten für dich, Schwesterchen. Dein Schicksal wendet sich. *Ecco* – da steht es!« Triumphierend tippte sie mit dem Finger auf eine aufgeschlagene Seite.

Ava beugte sich darüber. Es war ein Horoskop, und der rot lackierte Fingernagel ihrer Besucherin lag genau auf Avas Sternzeichen.

»*Ihre Vergangenheit lastet auf Ihnen …*«, entzifferte sie, und ihr wurde noch schwindliger. Wohin sie auch sprang – die Prophezeiung fand immer einen Weg zu ihr. Doch es half nichts, und daher zwang Ava sich, weiterzulesen. »*Doch Ihre Chancen auf das Glück steigen dank des Planeteneinflusses von Venus. Sehen Sie aber genau hin, und hüten Sie sich davor, Ihre eigenen Gefühle die Oberhand gewinnen zu lassen.*«

Ava runzelte die Stirn. Das war mehr als kryptisch, und

sie konnte zunächst gar nichts damit anfangen. Worauf bezogen sich diese Zeilen? Avas Blick glitt über die knallbunten Anzeigen, die neben der Spalte mit den Sternzeichen prangten, bis er am oberen rechten Rand hängen blieb. Dort stand das Datum: 4. Mai 1956. Vor Avas innerem Auge tauchten Bilder von der jungen Sophia Loren in diversen Filmen der Fünfzigerjahre auf.

»Wie romantisch«, murmelte sie leicht verzückt.

Die Besucherin hatte Ava nicht aus den Augen gelassen und entriss ihr nun das zerfledderte Blättchen.

»Romantik – ja! Romantik mit Paolo – nein!«, rief sie theatralisch. »Er hat dich betrogen, *carissima*! Mit dieser sizilianischen *puttana*! Ich bin deine Schwester, und ich lasse nicht zu, dass er dir das Herz endgültig bricht. So wahr ich Francesca Rossi heiße!«

»Danke«, sagte Ava aufatmend, weil sie nun wenigstens den Namen ihrer unbekannten Schwester kannte.

Francesca deutete Avas Erleichterung anders und tätschelte ihr die Wange. »Aber natürlich, meine Kleine. Ich passe auf dich auf! Wenn du möchtest, wohne ich ein paar Tage bei dir, koche für dich und räume auf ...«

Mit diesen Worten marschierte Francesca schnurstracks auf die Tür zu, hinter der Kyran sich versteckt hielt.

»Nein!«, rief Ava schrill.

Francesca fuhr zu ihr herum. »Was ist denn?«

Ava suchte hastig nach einer Ausrede. »Es ist viel zu warm zum Aufräumen. Lass uns ... äh, einen Kaffee trinken gehen, ja? Ich muss an die frische Luft«.

»Gut!« Ihre Schwester hakte Ava unter. »Wir gehen zu Giovannis Bar.«

»Ich gehe nur schnell ins Bad und mache mich ein bisschen frisch«, flötete Ava.

Endlich würde sie die Gelegenheit haben, sich im Spiegel zu sehen, dachte sie. Ungeduldig riss sie die Tür neben der Küche auf.

»Seit wann hast du deinen Lippenstift in der Speisekammer?«, hörte sie Francesca verblüfft hinter ihrem Rücken fragen.

»Ach, ich dachte nur … Vielleicht möchtest du ja etwas essen, während du wartest?«, stammelte Ava.

Marias Schwester schüttelte den Kopf, und Ava blickte sich um. Wo zum Teufel war das Badezimmer? Außer Vorratskammer und Schlafzimmer gab es keinen Raum mehr in der Wohnung.

»Also, was ist?« Mit diesen Worten stöckelte Francesca zur Wohnungstür. Ava folgte ihr. »Deine Handtasche, Maria! Himmel, wo hast du nur deinen Kopf?«, rief Francesca und griff nach einer riesigen Tasche aus steifem, weißem Lackleder, die sie Ava in die Hand drückte.

»Danke, Schwesterherz. Wenn ich dich nicht hätte«, sagte Ava und meinte es auch so.

Francescas strenge Miene wurde weich. »Ach, meine Kleine, das wird schon wieder. Ich dachte ja auch, ich würde nie einen Mann finden, den ich liebe – bis Danilo kam. Irgendwann klopft auch bei dir der Richtige an die Tür«, sagte sie und verschwand nach draußen. »Aber nun beeil dich. Wenn du Glück hast, ist das Etagenbad gerade frei.«

Ava schluckte. Bedeutete das etwa, Maria musste sich Bad und Toilette mit den anderen Hausbewohnern teilen? Unbehaglich folgte sie Francesca in den Hausflur, wobei sie gerade noch rechtzeitig daran dachte, den Schlüsselbund, der innen im Schloss steckte, abzuziehen und mitzunehmen. Kyran tat ihr leid, der schon wieder untätig herumsitzen und auf sie warten musste, aber es war nicht zu ändern. Die Schwestern mussten noch ein halbes Stockwerk nach unten gehen, bis Francesca auf eine schmale weißgestrichene Holztür wies, die fast nahtlos mit der Wand verschmolz. »Wolltest du nicht …?«

»Ja, natürlich«, presste Ava hervor und drückte vorsichtig die Klinke herunter.

Die Tür schwang auf und gab den Blick auf unfassbar hässliche braunbeige Fliesen frei. In der Mitte stand eine Badewanne, deren ehemals weißes Porzellan jetzt gelblich war und über deren Kopfteil ein unförmiger Boiler schwebte, der so wacklig aussah, als würde er jeden Moment herunterkrachen. An der Seite befand sich ein kleines Waschbecken, aber die Toilette fehlte. Es gab nur ein Loch zu einem Abflussrohr im Boden, aus dem Ava ein undefinierbarer Geruch entgegenschlug.

»Jemand hat das Klo geklaut!«, rief Ava verblüfft.

»Wie bitte?«, rief Francesca und steckte den Kopf durch die Tür.

Ava deutete auf die kreisrunde Öffnung. »Guck doch selbst. Oder ist die Schüssel kaputtgegangen?«

»Also wirklich, Maria! Deine Witze sind heute genauso seltsam wie du. Das hier *ist* die Toilette, das weißt du ganz genau.«

Kopfschüttelnd zog Francesca sich in den Hausflur zurück, während Ava angeekelt zwei Schritte zurückwich. Von wegen »gute alte Zeit«, wenn es nicht mal anständige Badezimmer gab. Immerhin befand sich über dem Waschbecken ein Spiegel, und endlich sah Ava Marias Gesicht. Sie war eine umwerfend schöne Frau mit dicken, dunkel glänzenden Locken, die sie zu einem hohen Pferdeschwanz gebunden hatte. Merkwürdigerweise kam Ava ihr Gesicht irgendwie vertraut vor: Ihre großen, fast schwarzen Augen hatten dichte, lange Wimpern, und der Mund war fein gezeichnet. Ein bisschen war sie – vom Typ her –, wie Ava ausgesehen hatte, als sie noch ihren eigenen Körper besaß. Doch im Gegensatz zu Ava besaß die junge Italienerin ein rundes Gesicht mit zierlichem Kinn und einen langen, schlanken Hals. Da der Spiegel groß genug war, zeigte er auch einiges von ihrem Dekolleté, und auch das konnte sich sehen lassen.

»Wow, ich sehe ja Bombe aus«, sagte Ava, und ihr Lächeln, das das Spiegelglas zurückwarf, machte Maria noch attraktiver.

Zufrieden verließ Ava das schäbige Badezimmer und schob das immer stärker werdende mulmige Gefühl auf den dumpf-fauligen Geruch des Abflusses. Sie war froh, diesem Raum zu entkommen, und ging hinter Francesca eine enge, ausgetretene Holztreppe hinunter. Sie überließ es ihrer Schwester, die halbrunde Haustür mit prächtigen Schnitzereien und bunten Glasfenstern im oberen Teil aufzustoßen.

Einen Augenblick kniff Ava geblendet vom Sonnenlicht die Augen zu. Doch nachdem sie sich an die Helligkeit gewöhnt hatte, sah sie, dass sie in einer schmalen Gasse stand, auf deren anderer Seite ein breiter Wassergraben war. Wie auf Kommando glitt lautlos ein dunkler, länglicher Schatten auf dem Wasser vorbei.

»Oh, eine Gondel!«, rief Ava und schnappte nach Luft. »Ist das etwa … der Canal Grande?!«

Francesca rollte die Augen. »Ganz richtig, *Carissima*, schließlich bist du in Venedig. Und das seit achtzehn Jahren. Und jetzt komm endlich!«

Ungeduldig zerrte sie Ava am Arm mit sich zu einer kleinen Bar, nur einige Hundert Meter von Marias Haus entfernt. Ein paar wacklige Tische und Stühle standen auf dem Gehsteig, auf denen ein paar alte Männer saßen, die schäbige Hosen und ehemals weiße, jetzt leicht gelbliche Ripp-Unterhemden trugen. Sie lasen Zeitung oder spielten Schach.

Die beiden Schwestern wurden lauthals von ihnen begrüßt, und auch der dicke Wirt, den Francesca *caro Giovanni* nannte, hieß sie wortreich willkommen. Mit großer Geste führte er sie an einen freien Tisch, von dem aus sie einen wunderbaren Blick auf den Kanal und seine zahlreichen filigranen Brücken hatten. Rechts und links säumten halb verfallene, aber immer noch prunkvolle Palazzi der venezianischen Familien die Wasserstraße, und im Hintergrund erhob sich majestätisch die Kuppel des Markusdoms.

Obwohl sich Ava bewusst war, dass die Zeit drängte und sie noch keinerlei Hinweis auf ihre neue Aufgabe erhalten hatte, genoss sie die milde Sonne Italiens, den herrlichen Ausblick aufs Wasser und die Silhouette der Stadt. Es war ein kostbarer Augenblick der Ruhe und ließ sie selbst das Prickeln und Brennen ihres Blutes für kurze Zeit fast vergessen, so schön war dieser Anblick. Der einzige Wermutstropfen war, dass Kyran nicht an ihrer Seite sein konnte. Aber für Ava war es ein Genuss, nach der ganzen Aufregung und Angst in Versailles nun einfach in einem Straßencafé zu sitzen und dunklen, aromatischen Kaffee zu schlürfen, den Giovanni ihr brachte. Im Vorbeigehen tätschelte er ihr väterlich die Schulter. »Paolo ist ein *stronzo*«, sagte er aufmunternd, und Ava fragte sich, ob inzwischen ganz Venedig über diesen Schuft Paolo Bescheid wusste, nur sie nicht.

Nach einer Weile ging Francesca zu Giovanni an den Tresen, um zu bezahlen und ein wenig mit ihm zu plaudern. Ava saß in der Zwischenzeit mit geschlossenen Augen im Halbschatten, als auf einmal ihr Blut in den Ohren zu rauschen begann und winzige Nadelstiche ihre Fingerspitzen trafen. Schnell schlug Ava die Augen auf und sah eine blonde Frau die Gasse entlangkommen, Arm in Arm mit einem schlanken, aber kräftigen jungen Mann in einem hellen Anzug, dessen schwarze Haare ihm lässig in die Stirn fielen. Viel mehr konnte Ava nicht erkennen, denn seine überdimensionale Sonnenbrille verdeckte die Hälfte seines Gesichts.

Die Stärke des Schwindels, der Ava nun erfasste, ließ keinen Zweifel zu: Vor ihr stand das Paar, das es zusammenzubringen galt – aber offenbar hatten die beiden sich bereits gefunden. Ava atmete auf und dankte insgeheim ihrem Schicksal, weil es diesmal wirklich gnädig mit ihr war – vielleicht als Belohnung für all die Angst und Mühen in Versailles.

Im Gegensatz dazu konnte Ava jetzt sofort in Marias Wohnung zurückkehren, in der Kyran auf sie wartete und mit ihm gemeinsam *springen*. Oder – bei diesem Gedanken wurde Ava ganz warm ums Herz – ihre Mission neigte sich dem Ende zu, und dies hier war ihr letzter Fall? Würde sie dann endlich ihr altes Leben zurückbekommen? Durch die vielen *Sprünge* wusste sie nicht einmal mehr genau, ob man in ihrer eigentlichen Realtiät inzwischen 2016 oder schon 2017 schrieb, aber sie sehnte sich danach, endlich wieder irgendwo anzukommen – und zu bleiben. Vielleicht war die Tatsache, dass es diesmal zwei Liebende ohne ihre Hilfe geschafft hatten, ein gutes Omen?

Erfüllt von Optimismus lächelte sie die beiden strahlend an. Bei Avas Anblick waren sie stehen geblieben, und Ava wunderte sich ein bisschen, was für ein ungleiches Paar sie doch waren. Während der junge Mann auf eine natürlich-lässige Art gut aussah, hatte die blonde Frau bei ihrem Äußeren auf das Motto »Masse statt Klasse« gesetzt. Der dunkle Ansatz und der gelbliche Ton ihrer in künstliche Wellen gelegten Haare ließen deutlich erkennen, dass die gewollte Ähnlichkeit mit Marilyn Monroe mehr Wunsch als Wirklichkeit war. Ihre Augen hatte die junge Italienerin mit schwarzem Kajal großzügig umrandet, und unter der Masse an falschen Wimpern konnte sie kaum die Lider offen halten. Ihre Füße steckten in spitz zulaufenden Schuhen mit Bleistiftabsatz, aber der Lack war abgestoßen und wies Schrammen auf. Auch ihr gelbes Kleidchen, das weit über den Knien endete und ihre braun gebrannten Beine mehr als deutlich zur Schau stellte, wirkte billig und saß reichlich eng. Ihr Busen sprengte fast das Oberteil, was jedoch zumindest beim männlichen Teil der Gäste für Furore sorgte. Ava bemerkte amüsiert, wie die alten Herren verstohlene Blicke auf die Kunst-Blondine warfen und einer der Schachspieler darüber seinen nächsten Zug vergaß.

Den jungen Mann an ihrer Seite schien die Aufmerksamkeit nervös zu machen, denn er strich sich fahrig durch die Haare und schob seine Sonnenbrille nach oben. Jetzt sah Ava seine haselnussbraunen Augen unter buschigen Brauen und die kühn gebogene Nase.

»Ciao, Maria«, sagte er etwas heiser. »*Come stai* – wie geht es dir?«

Ah, er und Maria kannten sich, dachte Ava. Vielleicht waren sie Nachbarn oder zusammen zur Schule gegangen. Daher bemühte sie sich um einen freundlichen Gesichtsausdruck.

»Mir geht's prächtig, danke. Genauso wie euch, wie ich sehe.« Sie lächelte und bemerkte, wie die Blonde einen kurzen Blick mit dem Mann an ihrer Seite tauschte. Sie wirkten beide verunsichert, was Ava gut verstehen konnte – schließlich war ihre Liebe noch so frisch, dass die beiden Seelenverwandten Ava sogar zuvorgekommen waren. Worüber sie heilfroh war, fiel ihr die Lösung ihrer Aufgabe doch diesmal quasi in den Schoß. Daher lächelte Ava beide ermutigend an. »Ihr seid füreinander bestimmt, das weiß ich.«

Wie ich und Kyran, fügte Ava in Gedanken hinzu, und die Sehnsucht nach ihm wurde mit einem Mal so stark, dass sie das Gefühl hatte, keine Sekunde mehr warten zu können. »Entschuldigt mich, ich muss dringend nach Hause«, sagte sie. Ohne die erstaunten Mienen des Paares zu bemerken, stand Ava auf und ging beschwingt in die Richtung von Marias Wohnung. Und so konnte sie nicht sehen, dass deren Schwester Francesca in der Tür der Bar stand und ihr fassungslos nachblickte.

Kapitel 7

Eifersucht ist eine Leidenschaft

Ava schloss die Wohnungstür hinter sich und rief Kyrans Namen. Er trat mit verstrubbelten Haaren aus dem Schlafzimmer und rieb sich gähnend die Augen.

»Entschuldige, ich muss wohl eingeschlafen sein«, sagte er.

»Stell dir vor, was für ein Glück ich diesmal hatte! Das Liebespaar hat sich ganz ohne meine Hilfe gefunden«, berichtete sie.

»Wie schade, ich dachte, ich käme noch ein wenig in den Genuss des italienischen Essens!«

Ava lachte. »Wir haben noch etwas Zeit, ehe ich Marias Körper verlasse. Für einen Espresso und etwas Süßes reicht die Zeit vielleicht noch!«

»Okay, ich nehme das Süße zuerst«, sagte Kyran und sah ihr tief in die Augen.

Ava schmiegte sich an ihn, und als sie seine Umarmung fühlte und den ihr inzwischen schon vertrauten Geruch seiner Haut einsog, vergaß sie alles um sich herum.

Es zählte nur, dass sie beide zusammen waren. Sie zog ihn ins Schlafzimmer, und Kyran schob achtlos mit dem Fuß ein aufgeschlagenes Buch zur Seite. Ava erhaschte noch einen Blick auf die Zeichnung eines Mädchens, das eine goldene Kugel in der Hand hielt und über einen Brunnen gebeugt war, auf dessen Rand ein Frosch saß. Doch ehe Ava noch einen weiteren Gedanken daran verschwenden konnte, fielen sie und Kyran eng umschlungen auf das riesige Himmelbett. Und als er Ava zärtlich zu küssen begann, wusste sie, dass selbst ihre ständigen Reisen ein wenig von ihrem Schrecken verloren hatten, seitdem Kyran an ihrer Seite war.

Diesmal ließen sie sich Zeit. Kyran öffnete den Reißverschluss von ihrem Kleid, und seine Lippen strichen langsam ihren Nacken hinunter zwischen die Schulterblätter. Er bedeckte ihren Rücken mit federleichten Küssen.

Ava drehte sich um und schlang ihre Arme um Kyrans Hals. So blieben sie ein paar Sekunden liegen und blickten sich wortlos in die Augen.

Ava seufzte. »Ich könnte ewig mit dir so liegen, weißt du das? Am liebsten würde ich mit dir in Italien bleiben. Wir könnten am Kanal spazieren gehen, Pizza essen, die Gondoliere im Sonnenuntergang betrachten …«

Bei ihren Worten wurde Kyran ernst.

»Was ist?«, fragte Ava.

»Sollten wir nicht eigentlich langsam *springen*? Ich meine, du hast deine Aufgabe doch erfüllt, oder nicht?«

Erst jetzt fiel Ava auf, dass das Gefühl ausblieb, welches sie üblicherweise verspürte, wenn sie anfing, einen fremden Körper zu verlassen. Sie fühlte sich immer noch leicht schwindlig.

»Vielleicht dauert es diesmal länger, oder ich spüre es nicht so stark wie sonst«, antwortete sie, aber auch sie war irritiert. »Immerhin halten wir uns sowieso gerade fest genug, sodass du auf jeden Fall mit mir *springst*.«

»Lass uns in das Medaillon schauen«, sagte Kyran. »Vielleicht ist die Fotografie ja jetzt besser zu erkennen!«

Er fasste nach der Kette und öffnete geschickt den Deckel. Ava warf einen Blick auf das Stück Papier und hörte Kyrans enttäuschten Seufzer. »Genauso unscharf wie vorher!«

»Dann hat das Bild vielleicht gar nichts mit dem Liebespaar zu tun«, stellte Ava fest.

»Bist du sicher …«, fing Kyran an, als ein lautes Hämmern an der Wohnungstür ihn unterbrach.

»Oh nein, nicht schon wieder Francesca«, stöhnte Ava, ehe sie aufsprang und das Oberteil ihres Kleides hochzog. Ein kurzes, heftiges Brennen schoss durch ihren Körper, und sie hielt kurz den Atem an, bis der Schmerz nachließ.

»Was ist?«, fragte Kyran, der gesehen hatte, wie sie das Gesicht verzog.

»Schon vorbei, es war nichts«, beruhigte ihn Ava wider besseres Wissen, denn dieses Gefühl war kein gutes Zeichen. Sie rief in Richtung Tür. »Ich komme gleich!«, während sie hastig den Reißverschluss ihres Kleides hochzog und ihre langen Locken, die sich aus dem Pferdeschwanz gelöst hatten, wieder zusammenzuknoten versuchte. Dummerweise war das Haargummi irgendwo zwischen den Laken verschwunden.

»Maria!«, rief eine Männerstimme von draußen.

Kyran sah Ava mit hochgezogenen Brauen an. »Das klingt nicht nach Francesca.«

»Weißt du was, ich mache einfach nicht auf. Soll der Postbote oder wer auch immer da draußen steht, doch einfach später wiederkommen. Dann sind wir sowieso nicht mehr hier«, beschloss Ava, doch in diesem Augenblick wurde erneut an die Tür geklopft.

»*Aprire la porta, Maria* – mach die Tür auf. Ich gehe hier nicht weg, bis ich mit dir geredet habe!«, schrie der Mann.

»Klingt aber nicht nach dem Postboten«, meinte Kyran, und Ava beschloss, lieber nachzugeben, ehe der Kerl da draußen noch durch das Holz brechen würde.

Das Klopfen hielt an, und als Ava schwungvoll die Tür aufriss, fiel der Besucher beinahe mit ausgestrecktem Arm vornüber in den Flur. Er fing sich im letzten Moment und hob den Kopf. Da erkannte Ava ihn. Es war der junge Typ von der Straße, der die blonde Frau im Arm gehalten hatte. Avas Schwindelgefühl wurde schlimmer, und ihre Finger prickelten – vor ihr stand ein Teil ihrer Schicksalsaufgabe. Aber wo war seine Begleiterin? Fast hätte sie ihn danach gefragt, aber er blickte sie so wütend an, dass sie instinktiv einen Schritt zurückwich. Doch er folgte ihr und zischte: »Wie konntest du vorhin nur so etwas zu mir sagen?«

Ava erschrak. Wer war dieser Mann, und warum war er so sauer auf sie?

»Was meinst du damit?«

»Nun tu doch nicht so!«, rief er und warf theatralisch beide Hände in die Luft. »Gestern noch hast du mir eine Szene gemacht! Erst hast du geweint und danach Tomatensoße auf mich geschüttet. Alles wegen Giulietta!«

Seine Worte schwirrten in Avas Kopf herum wie ein wilder Bienenschwarm.

»Wer ist Giulietta?«

»Ja, wer ist schon Giulietta«, sagte der junge Mann und

blickte zu Boden. »Als du vorhin gesagt hast, du freust dich für mich, hat das sehr wehgetan, Maria. Denn das bedeutet, du bist über mich hinweg. Du liebst mich nicht mehr. So schnell geht das also.«

Ava starrte ihn an, und langsam dämmerte ihr, wer da vor ihr stand. »Paolo?«

»Ja?«, fragte er hoffnungsvoll.

Ava konnte es nicht glauben. Dieser Sonnenbrillen-Macho hatte die schöne, starke Maria betrogen? Mit dieser dilettantisch blondierten – wie hatte Francesca sie genannt – *puttana*? Wegen ihr hatte Paolo Marias Herz gebrochen. Ava hatte vor Jahren einmal einen Film mit einer italienischen Schauspielerin gesehen, und sie wusste, was eine temperamentvolle Südländerin in diesem Falle zu tun hatte. Sie holte aus und verpasste Paolo eine schallende Ohrfeige. Gleich darauf erschrak sie. Was, wenn er zurückschlagen würde? Doch der junge Venezianer machte keine Anstalten. Im Gegenteil.

»Ich wusste es!«, jubelte er. »Du liebst mich noch!«

Ava konnte sich über die italienische Logik nur wundern. Dann aber überrollte sie eine Erkenntnis, für die sie sich am liebsten selbst geohrfeigt hätte, weil sie nicht schon früher darauf gekommen war: In diesem Fall war sie keine Außenstehende, die ein Liebespaar wieder zusammenführen musste, sondern sie war selbst ein Teil des Paares! Daher hatte sie von Anfang an in Marias Körper dieses starke Prickeln verspürt, und vor der Espressobar hatte sich das Gefühl nicht wegen der Blonden verstärkt – sondern weil Paolo derjenige war, den es wieder mit Maria zu versöhnen galt! Jetzt verstand sie auch die Zeilen des Horoskops, die sie warnten, ihre eigenen Gefühle nicht die Oberhand gewinnen zu lassen. Sie musste also ihre Liebe zu Kyran kurzzeitig hintenanstellen, um ihre Aufgabe erfolgreich zu erfüllen.

»Mannomann«, murmelte Ava, denn das bedeutete, dass sie Theater spielen und Paolo sogar küssen musste, damit sie Marias Körper wieder verlassen konnte. Natürlich nicht ohne Kyran, doch die Aussicht, dass ihr Liebster hinter der Schlafzimmertür wartete, während sie mit einem anderen herumknutschte, ließ Ava zögern. Im Gegensatz zu Paolo. Als italienischer Chauvi war er offenbar überzeugt, alles wäre gut, und er riss Ava ungestüm in seine Arme.

»He«, rief sie empört, »lass mich los! Was bildest du dir ein!«

Dann aber dachte sie, was soll's, je eher sie die Sache hinter sich brachte, desto schneller würde die echte Maria wieder mit ihrem Liebsten vereint sein. Also schloss sie die Augen und wartete auf Paolos Kuss. Im selben Moment flog die Schlafzimmertür auf, und Kyran stand wie ein Racheengel im Flur – das Hemd halb aufgeknöpft und die blonden Haare zerzaust.

»Lass sie los!«, fuhr er Paolo an.

Kyran sprach zwar kein Italienisch, aber seine Ansage war deutlich. Paolo ließ die Arme sinken und glotzte den fremden jungen Mann fassungslos an, ehe er den Kopf zu Ava drehte.

»M… Ma… Maria!«, stotterte er und deutete mit einem zitternden Finger auf Kyran.

Ava seufzte. Sie war so kurz davor gewesen, ihre Mission ohne Probleme zu erfüllen, und jetzt kam ihr Kyran in die Quere, wenn auch in bester Absicht. Paolo hatte sich inzwischen gefangen.

»*Maledetto cretino!*«, brüllte er. »Was machst du bei meinem Mädchen, eh?«

Seltsamerweise schien auch Kyran ihn zu verstehen. »Sie gehört zu mir. Was machst *du* hier?«, gab er zurück und reckte kampflustig das Kinn.

»Kyran«, sagte Ava, »ich erkläre es dir später, aber kannst du mich bitte mit Paolo kurz alleine lassen?«

Kyran zögerte, doch da hatte der junge Italiener sich schon auf dem Absatz umgedreht und stürmte hinaus in den Flur. Auf dem Treppenabsatz blieb er noch einmal stehen und drehte sich zu Ava um. Zu ihrer Überraschung sah sie, dass er mit den Tränen kämpfte.

»Du hattest recht, Maria. Ich war ein Egoist und ein Idiot. Das habe ich vorhin auf der Straße erkannt und wollte es wiedergutmachen. Aber ich bin zu spät gekommen. Du hast einen anderen, und ich …« Er verstummte und schüttelte den Kopf, ehe er bitter auflachte. »Du hast mich zum *cornuto* gemacht. Gratulation. Schlimmer hättest du mich nicht demütigen können.«

»Was sagt der Kerl?«, wollte Kyran wissen, der Ava vorsichtshalber gefolgt war. »Ich habe nur *cornuto* verstanden – ist das nicht so eine Waffel, die man in der Eisdiele bekommt?«

Beim Klang von Kyrans Stimme verfinsterte sich Paolos Miene und wortlos polterte er die schmale Stiege hinunter. Kurz darauf knallte die Haustür zu.

Ava drehte sich um. »Nein, Kyran. *Cornuto* bedeutet, dass jemandem Hörner aufgesetzt wurden. Ich weiß jetzt, dass Maria und Paolo ein Paar waren, aber er hat sie betrogen. Nun wollte er Maria zurück, aber da ich in ihrem Körper stecke und mit dir hier bin, glaubt Paolo jetzt, du wärst Marias neuer Liebhaber.«

Kyran starrte sie mit offenem Mund an, dann schüttelte er den Kopf. »Ich glaube, ich bin im falschen Film!«

»Willkommen im Club«, entgegnete Ava erschöpft, bevor sie tief Luft holte und energisch ihr zerknittertes Kleid glattstrich. »Es hilft nichts. Ich muss Paolo nachgehen und mich mit ihm versöhnen. Wenn er dazu überhaupt noch bereit ist. Vorher komme ich nicht aus Marias Körper heraus.«

Kyran runzelte die Stirn. »Dir ist schon klar, dass mir das gar nicht gefällt, oder?«

Ava schüttelte den Kopf. »Tut mir leid, aber ich muss ein Paar zusammenbringen – du weißt ja: Das ist die Bedingung, damit ich wieder *springen* kann.«

»Aber du musst diesen Paolo dazu nicht unbedingt küssen, oder?«

»Ich fürchte doch.«

Kyran verdrehte die Augen. »Mann, Ava. Das Ganze hier strapaziert meine Toleranzgrenze ganz schön.«

Ava spürte einen Anflug von Gereiztheit. »Ich habe mir das nicht ausgesucht, okay? Mir wäre es auch lieber, ich wäre nicht Maria. Aber was soll ich machen? Willst du für immer hier festsitzen?«

Kyran seufzte. »Natürlich nicht. Aber … Ach, irgendwie habe ich mir die Sache einfacher vorgestellt. Beziehungsweise«, korrigierte er sich, »ich habe überhaupt nicht richtig nachgedacht, wie das mit den *Sprüngen* abläuft – und wo wir überall landen würden.«

Ava schluckte. War das jetzt ihr erster Krach, dachte sie, und ein flaues Gefühl breitete sich in ihrem Magen aus.

»Bereust du deine Entscheidung, mit mir gekommen zu sein?«

Langsam schüttelte Kyran den Kopf. »Nein, Ava. Entschuldige. Vergiss einfach, was ich gesagt habe. Und nun geh und finde diesen italienischen Trottel, um deine Mission zu erfüllen.«

»Tröste dich, sobald Maria und Paolo sich geküsst haben, bin ich frei.«

Kyran schnaubte. »Wenigstens muss ich dir dabei nicht zusehen«, murmelte er.

Ava ging zu ihm und schlang ihre Arme um ihn. »Es ist doch nur ein Kuss, und Paolo bedeutet mir nichts«, flüsterte sie. Sie spürte Kyrans Nicken mehr, als sie es sah.

»Ich weiß«, sagte er und schob Ava sanft von sich. »Dann sieh zu, dass du es schnell hinter dich bringst und eine gute Ausrede findest, ohne diesen Macho-Büffel hierher zurückzukommen. Ich glaube nämlich nicht, dass ich es schaffe, dir durch die Zeit zu folgen, wenn du nicht bei mir bist.«

Ava nickte. »Ich komme wieder, versprochen.«

Erst als sie draußen auf der Straße stand, ging Ava auf, dass sie keine Ahnung hatte, wo sie Paolo suchen sollte. Wieder einmal verfluchte sie die Tatsache, dass sie zwar den Körper einer anderen Person übernahm, nicht aber deren Wissen und Erinnerungen. Für Maria wäre es bestimmt ein Leichtes gewesen, ihren reumütigen Liebhaber ausfindig zu machen. Ratlos blickte Ava sich um, aber da sie auch nicht wusste, wo sie Marias Schwester Francesca finden konnte, beschloss sie notgedrungen, zurück zu Giovannis Bar zu gehen.

Der dicke, gutmütige Wirt hatte Paolo *stronzo* genannt,

also kannte er ihn wohl. Vielleicht konnte Giovanni ihr auch verraten, wo er wohnte. Mit dem Gefühl, sich auf einer Schnitzeljagd zu befinden, trottete Ava in der italienischen Frühsommerhitze zurück zu dem kleinen venezianischen Café. Die Tische und Stühle im Freien waren nicht mehr besetzt, aber von drinnen klang Giovannis aufgebrachte Stimme nach draußen. Nach kurzem Zögern betrat Ava den schmalen Raum, dessen Längsseite beinahe komplett von einer riesigen Espressomaschine eingenommen wurde, die hinter einem halbrunden Tresen thronte, ebenso wie der Barbesitzer. Um die andere Seite der Theke war eine Handvoll Barhocker gruppiert, und auf einem von ihnen hockte zusammengesunken: Paolo. Seine Augen waren rot unterlaufen, und vor ihm stand eine Batterie leerer Schnapsgläser, die er offenbar in Rekordzeit geleert hatte, denn seit seinem theatralischen Abgang aus der Wohnung konnten kaum mehr als zwanzig Minuten vergangen sein. Soeben knallte Giovanni ihm ein gefülltes Glas vor die Nase.

»Aber das ist der Letzte, hörst du! Danach ist *finito*. Herzschmerz hin oder her, ich habe keine Lust, dich besoffen aus dem *Canale di Cannaregio* zu fischen!«

Ava blieb in der Tür stehen und beobachtete, wie Paolo den Schnaps in einem Zug hinunterkippte. »Ich habe sie verloren, Giovanni«, jammerte er mit schwerer Zunge. »Maria ist die Einzige, die ich liebe – aber sie will mich nicht mehr. Stattdessen hat sie jetzt einen anderen …« Paolo verzog das Gesicht, ehe er mit abgrundtiefer Verachtung hervorstieß: »… und er ist nicht mal Italiener, sondern – blond!«

»Tja, vielleicht hat sie sich an dir ein Beispiel genommen –

vor allem, was die Haarfarbe betrifft«, sagte Giovanni trocken.

»Aber ... das mit Giulietta war doch etwas völlig anderes!«, schrie Paolo.

»Ach ja?« Giovanni zog die Augenbrauen hoch.

»Ich wollte doch nur einmal ausprobieren, ob ich noch auf Frauen wirke. Du weißt schon, schließlich war ich Maria schon drei Jahre lang treu. Es war nichts Ernstes mit Giulietta!«

»Für Maria anscheinend schon«, sagte Giovanni leise. »Du bist wirklich ein Vollidiot, Paolo. Eine Frau wie Maria einfach wegzuwerfen. Eigentlich sollte ich froh sein, dass sie dich los ist, denn sie ist viel zu gut für dich. Dumm nur, dass sie dich immer noch liebt – weiß der Himmel, warum!«

»Nein, das tut sie nicht!«, rief Paolo.

Nun war der richtige Zeitpunkt gekommen, sich bemerkbar zu machen. »Doch, das tut sie«, sagte Ava und trat ein paar Schritte ins Innere des dämmrigen Cafés.

Die Köpfe von Paolo und Giovanni fuhren gleichzeitig zu ihr herum, und zwei erstaunte Augenpaare musterten sie. Dann aber schien Paolo trotz seines beträchtlichen Promillegrades die Bedeutung von Avas Worten zu realisieren, denn ein strahlendes Lächeln überzog sein Gesicht, und er sprang vom Barhocker, der polternd umfiel.

»Maria!«, rief er. Dieses eine Wort drückte all seine Liebe für sie aus.

Ava war gerührt, doch sie ließ es sich nicht anmerken, sondern blickte den jungen Mann, der nun reumütig vor ihr stand, streng an.

»Eins muss klar sein. Wenn ich dich zurücknehme, dann

wird sich so etwas wie mit Giulietta niemals mehr wiederholen – niemals! Hast du mich verstanden?«

»Ja!«, rief Paolo. »Ich meine, nein. Ich werde keine andere mehr ansehen, Maria, versprochen! Nur noch dich.«

Sein Blick wanderte durch den Raum, und plötzlich leuchteten seine Augen auf. Leicht schwankend ging er zu der Ecke des Cafés, in der sich eine halbrunde Nische mit der Figur der Muttergottes befand. Ihr zu Ehren hatte der Wirt Giovanni einen Strauß blassrosa Rosen in einer Vase platziert, den Paolo nun herausnahm. »Ich schwöre bei allen Märtyrern, dass ich es ernst meine!«

»He«, protestierte Giovanni. »Die Blumen sind für die heilige Maria!«

Paolo sah ihn verständnislos an. »Ja eben.« Mit großer Geste überreichte er Ava die Rosen.

»Gut«, sagte sie zufrieden. Doch dann fiel ihr ein, dass sie ruhig noch etwas mehr Druck machen könnte. »Ich verzeihe dir. Aber wenn du mich noch einmal betrügst oder mir wehtust, dann werde ich mit dir das tun, was mein *padre* getan hätte, Gott hab ihn selig«, sagte Ava und wiederholte Francescas Geste von heute Morgen, indem sie sich mit der flachen Hand quer über den Hals fuhr.

Paolo nickte begeistert. »Das ist meine Maria, wie sie leibt und lebt«, sagte er zu Giovanni gewandt.

Der Wirt schüttelte den Kopf. »Gut, dass der arme Lorenzo dieses Drama nicht mehr miterleben muss. Dein Vater hat in seinem Leben wahrhaftig genug Blut gesehen, Maria.«

»Also war er wirklich bei der Mafia?«, fragte Ava.

Giovanni blickte sie entgeistert an. »Lorenzo? Unsinn! Dein Papa war der sanfteste Mann, den ich kannte. Er hat sich ja sogar bei jedem Schwein, das er schlachten musste, persönlich entschuldigt. Ein Wunder, dass er seine Metzgerei überhaupt so lange betrieben hat.«

Ehe sich Ava von ihrer Überraschung erholen konnte, hatte Paolo sie um die Taille gefasst. »Meine Maria! Jetzt kann uns nichts mehr trennen!«, rief er und wirbelte sie lachend im Kreis herum, wobei er beinahe hingefallen wäre.

Ava vermutete, dass der italienische Likör, den er reichlich genossen hatte, daran nicht ganz unschuldig war.

»Nun küss mich endlich, *stronzo*«, sagte sie und schloss die Augen, um sich vorzustellen, es wären Kyrans Lippen, die sich nun auf ihre legten.

Ein Gefühl der Erleichterung durchflutete Ava, ihr Blut hörte auf, wie kochende Lava durch ihre Adern zu fließen, und sie wusste: Sie hatte ihr Ziel erreicht – und damit neigte sich auch die Zeit, die ihr in Marias Körper blieb, dem Ende zu.

Energisch schob Ava Paolo von sich. »So. Ich gehe jetzt nach Hause, und du wirst erst einmal wieder nüchtern, ehe du meine Wohnung betrittst.«

Sie wandte sich an Giovanni. »Bitte sorg dafür, dass er einen starken Kaffee bekommt, ja? Am besten drei oder vier Tassen.«

Der Wirt nickte. »Du hast wirklich ein großes Herz, Maria. Ich werde ihn noch eine Stunde hierbehalten, *va bene*?«

»*Perfetto*. Grazie, Giovanni.« Mit einem letzten Blick auf den selig grinsenden Paolo beeilte Ava sich, zu Marias Haus zurückzugehen – ihr Gefühl sagte ihr, dass es höchste Zeit war.

In Marias Haus ging Ava sofort ins Schlafzimmer, wo Kyran auf sie wartete.

Als er sie in der Tür stehen sah, lächelte er leicht. »Du hast es geschafft, richtig?«

»Eigentlich hast *du* es geschafft«, sagte sie. »Ich glaube, Paolo hat erst kapiert, was er an seiner Maria hatte, als er sie zu verlieren drohte.«

»Du meinst, die Eifersucht hat ihn zur Vernunft gebracht?«

Ava nickte und kicherte bei der Erinnerung an Paolos fassungslose Miene, als Kyran vorhin aus dem Schlafzimmer gekommen war.

»Ich bin jedenfalls froh, dass du jetzt wieder ganz mir gehörst«, sagte er und umarmte Ava.

Sie schmiegte sich an ihn und sog den ihr schon so vertrauten Geruch seiner Haut ein. »Ich habe dir die ganze Zeit gehört«, flüsterte sie und spürte, wie seine Arme sich noch fester um sie schlossen. Sie hob ihr Gesicht und wollte ihn küssen, da bemerkte sie seinen ernsten Blick. »Stimmt etwas nicht?«, fragte Ava.

Kyran zögerte. »Ich weiß nicht, wie ich es dir erklären soll, Ava. Ich habe etwas herausgefunden …«, fing er an und stockte.

Avas Herz setzte ein paar Schläge aus. Wusste Kyran etwa von ihrer Vergangenheit – und was sie damals Schreckliches getan hatte? Erneut sah sie vor ihrem inneren Auge die Brücke, den fallenden Regen und die zuckenden Lichter der Polizeiautos … Ava schloss die Augen und hielt den Atem an. Nicht daran denken, befahl sie sich, doch es half nichts. Die Bilder von dem Körper dort unten, abgedeckt mit einem weißen Laken, würden Ava ihr ganzes Leben lang verfolgen, egal in welchem Jahrhundert und in welchem fremden Körper sie sich befand.

»Mein Tattoo ...«, hörte sie Kyran in diesem Augenblick sagen, und sie brauchte ein paar Sekunden, ehe sie begriff, dass er nicht von ihr oder ihrer Schuld sprach.

Verwirrt blickte Ava ihn an. »Was ist damit?«

Kyran lachte, aber es klang nicht fröhlich.

»Es ist total irre, aber ... es verändert sich. Ich weiß nicht, wie ich es erklären soll.«

»Du meinst, die Farbe bleicht aus?«

Kyran seufzte. »Nein. Hier, sieh selbst.«

Er hielt ihr sein Handgelenk hin, und Ava sah die zierlich geschwungenen Linien, die mit schwarzer Tinte unter seine Haut geritzt waren: Die Anfangsbuchstaben »K&E« sowie das Datum seiner und Emilys Geburt.

Ava runzelte die Stirn. »Ja und?«

Kyran holte tief Luft. »Wir sind 1997 zur Welt gekommen. Und dieses Datum hat mir der Tätowierer damals auch gestochen...«

Ava blickte auf seinen Arm. »Dort steht aber 1993!«

Kyran nickte, und sie bemerkte, wie blass er war.

»In Versailles habe ich gesehen, dass sich das Tattoo plötzlich in 1995 verwandelt hatte. Zuerst habe ich noch gehofft, dass die Farbe verlaufen wäre oder so was. Aber dann habe ich begriffen, dass sich die Zahl tatsächlich verändert hatte. Und als ich vorhin einen Blick auf mein Handgelenk geworfen habe ...«

Ava starrte auf die schwarze Tinte, und die Ziffern begannen vor ihren Augen zu verschwimmen. »Du meinst, das Datum deiner Geburt ändert sich nach jedem *Sprung*?«, brachte sie schließlich heraus.

Kyran nickte. »Ich werde offenbar jedes Mal zwei Jahre älter. Das bedeutet, ich bin inzwischen dreiundzwanzig.«

Seine Stimme klang ruhig, aber als Ava in seine Augen sah, merkte sie, dass er Angst hatte. Auch sie fühlte jetzt eine merkwürdige Schwäche in den Beinen, ihre Hände begannen unkontrolliert zu zittern, und sie bekam eine Gänsehaut. Was hatte sie nur getan? Nun wurde nicht nur sie bestraft, sondern auch Kyran, den sie liebte.

»Das wollte ich nicht! Es tut mir so leid«, flüsterte Ava, während ihr die Tränen in die Augen schossen.

Reicht es nicht, dass ich verdammt bin?, hätte sie am liebsten geschrien. *Müsst ihr auch noch Kyran für das, was ich getan habe, büßen lassen?*

Doch sie wusste ja nicht einmal, an wen sie ihre Worte hätte richten sollen. Ein Gefühl der Aussichtslosigkeit packte Ava und drohte sie in eine Finsternis zu schleudern, die lichtlos und ewig war. Sie vergrub das Gesicht in ihren Händen, doch Kyran nahm sie und zog sie sanft weg.

»Mach dir keine Vorwürfe, Ava. Du konntest nicht wissen, welche Konsequenzen es haben würde, als ich dir gefolgt bin.«

»Aber was ist, wenn …«, setzte Ava an, aber dann verstummte sie. Sie durfte Kyran nicht noch mehr verunsichern, aber er hatte verstanden, was sie sagen wollte.

»Du meinst, wenn ich immer älter werde, je öfter wir *springen*? Ich weiß es nicht.«

Ava sah ihn an und merkte, wie sehr Kyran versuchte, seine Angst und Verzweiflung niederzukämpfen. Bei der Vorstellung schossen ihr erneut Tränen in die Augen. Er könnte irgendwann ein alter Mann sein, während sie, eine Seele ohne eigenen Körper, für alle Zeiten einundzwanzig bleiben würde.

Kyran nahm sie in den Arm. »Denk jetzt noch nicht darüber nach, was sein wird. Wichtig ist im Moment nur, dass wir beide zusammen sind.«

Und bevor sie noch etwas erwidern konnte, küsste Kyran sie, und Ava spürte, dass sie jetzt gleich *springen* würden. Sie und Kyran schienen miteinander zu verschmelzen und abzuheben. Sie schwebten durch diesen heißen italienischen Sommerabend, und ein Sog riss sie in einen dunklen Wirbel, immer höher, bis ihrer beider Herzschlag das Einzige war, das Ava hörte. Ihr letzter Gedanke, ehe sich die Welt in schwarze Funken auflöste, war: *Lass mich Kyran nicht verlieren.*

Kapitel 8

Die Verdammten

»*Ave Maria gratia plena. Dominus tecum, benedicta tu in mulieribus* …«

Die lateinischen Silben drangen gedämpft in Avas Bewusstsein und klangen verzerrt, als befände sie sich unter Wasser. An ihrem Rücken spürte sie einen kalten Steinboden, auf dem sie offenbar lag. Wo war sie diesmal gelandet? Ein bitterer Geschmack in ihrem Mund und das vertraute Brennen in ihren Fingerspitzen sagten ihr, dass eine neue Aufgabe auf sie wartete. Trotzdem konnte sie diesmal nur mit Mühe die Augen öffnen und sah zunächst alles verschwommen.

Erst als sie sich ächzend aufrappelte, und der Schwindel langsam nachließ, nahm die Umgebung wieder Farbe an – und Ava blickte mitten in das Szenario des Jüngsten Gerichts: Vor Angst verzerrte Gesichter, flehend erhobene Hände, ein Dämon, der seine Krallen nach den Bittstellern ausstreckte – und über allem thronte auf einer weißen Wolke der allmächtige Gott. Es war ein Deckengemälde von erschreckender Bildhaftigkeit, und Avas Ahnung, wo sie sich befand, bestätigte sich, als sie den Kopf drehte. Sie war in einer Kirche gelandet.

»… *et benedictus fructus ventris tui, Jesus* …«

Die Stimmen näherten sich, und Ava sah sich ängstlich um. Wo war Kyran? Hatte er ihr folgen können, oder war er etwa zurückgeblieben – in einem anderen Land und in einer längst vergangenen Zeit? Da bemerkte sie aus dem Augenwinkel einen Schatten und zuckte zusammen, aber gleich darauf erkannte sie Kyrans vertraute Silhouette und atmete auf.

»Du bist hier, Gott sei dank.«

»Im wahrsten Sinne des Wortes«, erwiderte er trocken. »Wenn man bedenkt, wo wir dieses Mal gelandet sind.«

Auch er sah etwas mitgenommen aus und taumelte beim Aufstehen leicht, weshalb er sich auf eine hölzerne Kirchenbank sinken ließ. Erst jetzt fiel Ava der merkwürdige Geruch auf, der wie eine Dunstglocke im Kirchenschiff hing und den sie erst nach kurzer Überlegung wiedererkannte.

»Weihrauch!«, sagte Kyran, der ihren Gesichtsausdruck richtig deutete.

Ava schaute an sich hinunter – und erschrak. »Sieh dir mal meine Klamotten an!«, rief sie.

Sie war in eine braune Kutte gekleidet, die bis auf ihre Füße hinabreichte. Darüber trug sie noch eine Art Tuch, das wohl über den Kopf gezogen wurde und aus zwei Stoffstreifen bestand, die ihr über Brust und Rücken fielen. Mit spitzen Fingern hob Ava den Saum der Kutte – und ihr entfuhr ein Laut des Widerwillens, denn ihre Füße, die in ebenso einfachen wie groben Riemensandalen aus hartem Leder steckten, schrien förmlich nach einer Pediküre. Die Nägel waren lang und gelblich verfärbt, und auf den Zehen sprossen mehrere schwarze Haare. Zudem hatte sie gefühlt Schuhgröße dreiundvierzig.

»Oh nein«, murmelte Ava.

Sofort erinnerte sie sich daran, dass sie in einem Gotteshaus war und Fluchen wahrscheinlich einer Todsünde gleichkam. Schuldbewusst schlug sie die Hand vor den Mund – und fühlte unter ihren Fingern borstige Haare.

»Uah«, entfuhr es ihr, denn jetzt bestand kein Zweifel mehr: Die Person, in deren Körper sie sich befand, besaß nicht nur große Füße, sondern trug auch noch einen Bart. »Na toll. Ich bin ein Mann«, stellte Ava fest. »So wie es aussieht, ein Mönch«, fügte sie hinzu und sah Kyran hilflos an.

Jetzt hörte sie auch den Klang ihrer Stimme, den sie anfangs vor lauter Aufregung gar nicht wahrgenommen hatte. Die Tonlage war deutlich tiefer als sonst. Verdammt, dachte Ava, denn es war das erste Mal, dass sie in einem männlichen Körper gelandet war.

»*Sancta Maria, Mater Dei, ora pro nobis peccatoribus ...*«, ertönte wieder das dumpfe Gemurmel, das aus mehreren Kehlen zu kommen schien. Nur war Ava momentan mit ihren eigenen Problemen beschäftigt, sodass sie kaum darauf achtete.

Kyran hatte die Stirn gerunzelt und musterte sie mit zusammengekniffenen Augen. »Ich kann es nicht erkennen«, sagte er leise. »Wie immer sehe ich nur dich. Wenn auch nicht so deutlich wie sonst. Irgendwie wirken deine Umrisse verschwommen. Als ob ich ein unscharfes Foto betrachten würde.«

Bei seinen Worten überfiel es Ava wie ein Blitz. »Mist – wir haben vergessen, in Italien das Medaillon noch mal zu öffnen! Jetzt wissen wir wieder nicht, wen das Bild dargestellt hat.«

Ava fasste in ihren Nacken – und tatsächlich: Durch den

groben Leinenstoff ihrer Kutte fühlte sie die feinen Glieder der Kette um ihren Hals. Sie sah Kyrans fragenden Blick und nickte. »Es ist immer noch da.«

»Lass es uns später öffnen, hier drin ist es zu dunkel«, sagte er.

Ava sah nach oben. Tatsächlich lag der gesamte Kirchenraum in einem fahlen Dämmerlicht. Durch die schmalen Luken an den Seitenwänden fielen nur spärliche Sonnenstrahlen ins Kirchenschiff, gedämpft durch das farbige Glas der Kirchenfenster. Einzig der Altarraum war von mehreren armdicken Wachskerzen erleuchtet. Eine von ihnen lag vor Avas Füßen, daneben ein verkohlter Holzspan. War sie etwa in den Körper des Mönchs gesprungen, als dieser gerade die Kerzen entzündet hatte?

»*... nunc et in hora mortis nostrae.*«

Der lateinische Singsang war jetzt sehr deutlich zu vernehmen, und Ava wurde klar, dass die Stimmen von draußen kamen. Mehrere Personen standen offensichtlich vor der Kirchentür, die einen Spaltbreit offen war.

»Da kommt jemand. Schnell, versteck dich«, flüsterte sie Kyran zu, doch ehe sie etwas Geeignetes entdeckten, erklang ein lautes »Amen«.

Gleich darauf traten ein Dutzend Männer, die die gleichen braunen, langen Kutten trugen wie Ava, durch die Tür in der Kirche. Ava und Kyran erstarrten, und auch die Männer verstummten schlagartig und richteten ihre Blicke auf die beiden. Schließlich löste sich ein älterer Mönch, dessen Bart vollkommen weiß war und dessen Fülle in beinahe groteskem Gegensatz zu seinem vollständig kahlen Schädel stand, aus der Gruppe und schritt energisch auf Ava zu.

»Bruder Lukas, was geht hier vor?« Sein Blick blieb an der umgefallenen Kerze auf dem Fußboden hängen.

Ava war immer noch schwindlig. Sie brauchte eine Weile, bis ihr klar wurde, dass sie mit »Bruder Lukas« gemeint war. Verzweifelt suchte sie nach einer Ausrede, aber sie war von ihrem Sprung noch benommen, und ihr Gehirn schien noch nicht richtig zu arbeiten. »Ich, äh … ich muss wohl hingefallen sein.«

Als Beweis griff sie sich an den Kopf und ertastete nicht nur eine Beule, die offenbar von einem Sturz kam – sondern auch eine kahle Stelle! »Himmel!«, entfuhr es Ava. Diesmal hatte sie wirklich Pech und musste nicht nur einen Bart in Kauf nehmen, sondern litt außerdem unter Haarausfall. Dann aber fiel ihr ein, dass sich der Mönch, in dessen Körper sie sich nun einmal befand, garantiert kein bisschen für sein Aussehen interessierte. Und schnitten sich die Klosterbrüder nicht sogar absichtlich diese kreisrunden Glatzen, die man Tonsur nannte?

Der alte Mönch musterte die Schwellung und zog die Augenbrauen zusammen. »Ist dir unwohl, Bruder?«

»Nein, nein, schon okay«, wehrte Ava ab, und die Miene des Alten wechselte von Sorge zu Verwirrung, ehe ein misstrauischer Ausdruck in seine Augen trat.

»Wer ist dieser Fremde neben dir? Was tut er in unserer Kirche?«

Zum Glück sprach der Mönch Avas Muttersprache, sodass auch Kyran diesmal keine Schwierigkeiten hatte, ihn zu verstehen. Trotzdem wollte Ava partout keine Begründung einfallen, wie sie Kyrans Anwesenheit erklären sollte. Vor allem weil ihr Kopf schmerzte und sie nicht einmal wusste, wo und in welcher Zeit sie sich befand.

»Ich habe die Kirche betreten, weil ich eigentlich … zur Beichte wollte«, hörte sie Kyran sagen. »Als ich näher kam, sah ich Bruder, hm … Lukas am Boden liegen. Es ging ihm anscheinend nicht gut, daher habe ich ihm auf die Füße geholfen«, fuhr er fort.

Bewundernd blickte Ava ihn an. Diese Ausrede wäre ihr in diesem Moment nicht eingefallen. Sie beeilte sich, zu nicken und möglichst dankbar auszusehen. Tatsächlich hellte sich bei Kyrans Worten die finstere Miene des alten Mönchs auf.

»Dann seid Ihr ein Gottesfürchtiger, der in unser Haus gekommen ist, um die Absolution zu erfahren. In diesem Falle seid uns herzlich willkommen, Fremder«, sagte er gütig, und auch die anderen Ordensbrüder, die inzwischen neben ihnen standen und eine abwehrende Haltung eingenommen hatten, entspannten sich.

Im Gegensatz zu Ava. Die gestelzte Sprechweise des Alten und dass er Kyran mit »Ihr« angesprochen hatte, ließ sie das Schlimmste fürchten. Doch schon legte der Ordensmann Kyran väterlich die Hand auf die Schulter.

»Gewährt uns die Freude und nehmt an unserem Frühgebet teil, fremder Herr. Hier in unserem Kloster haben wir selten Gäste. Zurzeit verirren sich nicht viele Wanderer in unsere Grafschaft Essex. Ihr könnt Euch denken, warum …«

Obwohl Kyran genauso wenig Ahnung hatte wie Ava, sah sie ihn nicken.

Der alte Mönch seufzte. »Es sind dunkle Zeiten, selbst für mich als Abt dieses Klosters. Eigentlich dachte ich, wir hier in Brentwood würden von dem Bösen verschont bleiben. Immerhin war unsere Kathedrale früher ein Aufenthaltsort für die Menschen, die nach Canterbury pilgerten. Aber der Satan hat seinen Pferdefuß längst auch auf unseren Kontinent gesetzt, und würde unser guter König James nicht mit aller Macht dagegen vorgehen, wäre die Saat der Hexen und Teufelsbuhlen wahrscheinlich noch stärker als bisher aufgegangen.«

Ava konnte kaum glauben, was sie da hörte. Als sie zu Kyran blickte, sah sie ihren Schrecken in seinen Augen gespiegelt. Ava wurde erneut schwindlig. Kein Zweifel, der Klostervorsteher meinte es ernst. Und die Erwähnung des englischen Königs James konnte nur eins bedeuten: Ava und Kyran waren im England des frühen 17. Jahrhunderts gelandet – mitten in die Zeit der Hexenverfolgungen.

»Nun aber lasst uns mit *Prim* und *Laudes* beginnen, wir wollen den Herrn unseren Gott nicht länger warten lassen«, unterbrach der alte Abt Avas Gedanken und setzte sich Richtung Altar in Bewegung.

Langsam folgten ihm die anderen Ordensmänner und nahmen in den vorderen Kirchenbänken Platz. Ava, die von ihren Eltern konfessionslos erzogen worden war, konnte trotz einiger Jahre Lateinunterricht mit den Begriffen nichts anfangen und warf Kyran einen hilfesuchenden Blick zu. Was, wenn von den Mönchen erwartet wurde, dass sie einzeln etwas vorbeteten? »*Prim* und *Laudes* sind die Frühgebete, die meist aus Liedern und Psalmen bestehen«, flüsterte Kyran ihr zu, während sie sich am Schluss des schweigenden Zuges einreihten.

»Ich beherrsche weder das eine noch das andere«, zischte Ava. Am liebsten hätte sie ihre grobe Kutte gerafft und wäre davongerannt. Nur der Gedanke an ihre bevorstehende Aufgabe hielt sie davon ab, und sie beschloss, notfalls zu behaupten, sie hätte durch den Sturz die Texte der Psalmen vergessen.

Zum Glück achtete keiner der Mönche auf sie. Mit gesenkten Köpfen knieten sie auf den harten Holzbänken und murmelten monoton die Gebete. Ava brummte einfach leise vor sich hin und bewegte ab und zu stumm die Lippen, während sie überlegte, welches Paar sie wohl diesmal zusammenbringen musste. Sie hoffte, dass sie nicht erneut ein Teil davon war, denn das würde für den Mönch, dessen Körper sie besetzt hatte, die Verletzung des Zölibats und damit den Ausschluss aus dem Kloster bedeuten. Allerdings verspürte sie bislang nur das schwache Brennen in ihren Adern und nicht das heftige stechende Kribbeln, das sie gleich zu Beginn ihres letzten *Sprungs* in Marias Körper empfunden hatte. Obwohl sie diese Tatsache ein wenig beruhigte, hatte sie wie immer Angst vor dem, was auf sie zukam.

»*Mea culpa, mea culpa, mea maxima culpa*«, erhob sich der Chor der Stimmen. Ava verstand nicht viel Latein, aber diese Worte kannte sie. »Durch meine Schuld, durch meine große Schuld«, übersetzte Ava leise und schloss die Augen.

Immer wieder wurde sie daran erinnert, was sie getan hatte. Als ob sie jenen Tag im April jemals vergessen würde! Am liebsten wäre sie nun wirklich aufgesprungen und aus der Kirche gerannt, aber sie biss die Zähne zusammen und blickte starr auf das von vielen Kerben durchzogene Holz der Kirchenbank.

»*Nondum omnium dierum solem occidisse*«, hörte sie den Abt sagen, ehe er es in ihrer Sprache wiederholte: »Noch ist nicht aller Tage Abend.«

Wieder waren es Worte, die für sie bestimmt zu sein schienen. Ava spürte eine Gänsehaut auf ihren Armen. Zum Glück war Kyran mit ihr *gesprungen* und an ihrer Seite, dachte Ava. Sie warf ihm einen verstohlenen Blick zu. Er sah zu Boden und war das Abbild eines im Gebet versunkenen Mannes. Ava betete auch – allerdings dafür, dass diese Messe möglichst schnell zu Ende sein möge, ohne dass einer von ihnen doch noch aufflog. Tatsächlich war nach etwa einer halben Stunde alles vorbei. Schweigend formierten sich die Mönche erneut zu ihrem Zug und wandelten durch den Gang nach draußen. Ava und Kyran folgten ihnen.

Ava stand schon vor dem nächsten Problem: Wie sollte sie ihre Zelle im Kloster finden? Vielleicht arbeiteten die Mönche aber auch nach dem Frühgebet, und jeder hatte seine spezielle Aufgabe. Welche Arbeit verrichtete wohl dieser Bruder Lukas? Ava merkte, wie ihr trotz der Morgenkühle unter ihrem kratzigen Gewand der Schweiß ausbrach. Sie dachte fieberhaft über eine glaubwürdige Ausrede nach, wie sie ihren vermeintlichen Gedächtnisverlust erklären könnte – eventuell mit ihrem Sturz?

Der Abt legte seine Hand auf ihren Arm. »Auf ein Wort, Bruder!«

Ava zuckte zusammen. Hatte der Vorsteher sie etwa durchschaut?

Der Alte musste die Furcht in ihrem Gesicht gesehen haben, denn er schenkte ihr ein aufmunterndes Lächeln. »Ich weiß, es ist keine leichte Aufgabe, die vor dir liegt. Doch fürchte dich nicht, sondern vertraue auf Gott. Dann wirst du auch den Anfechtungen des Satans und seiner Brut widerstehen, wenn du den Todgeweihten ins Antlitz blickst. Du weißt ja: *Nemo prudens punit, quia peccatum est, sed ne peccetur* – kein Kluger straft, weil gefehlt worden ist, sondern damit in Zukunft nicht gefehlt werde.«

Ava wusste nicht, was er ihr sagen wollte. »Äh, ja natürlich«, brachte sie nur heraus.

Dem Abt schien das zu genügen, denn er tätschelte wohlwollend Avas Schulter und wollte sich schon abwenden, als Kyran sich zu Wort meldete, der bis dahin schweigend etwas abseits gestanden hatte. »Darf ich Euren Klosterbruder vielleicht begleiten, hochwürdiger Vater?«

Ava fiel bei dieser Anrede die Kinnlade runter. Woher wusste Kyran, wie man einen Klostervorsteher anredete? Er hatte wohl ins Schwarze getroffen, denn der Abt blieb stehen und strich sich über seinen weißen Bart, während er nachdachte. »Vielleicht hilft es mir, zu verstehen, was in Eurer Grafschaft vor sich geht«, fügte Kyran hinzu. »Seht, ich komme ursprünglich aus London und bin auf dem Weg zu meinen Verwandten nach … hm, Ipswich. Wenn ich weiß, welche Gefahren durch Hexen lauern, kann ich mich auf meiner Reise besser schützen.«

Der Abt nickte langsam. »Ein kluger Gedanke, junger Herr. Ja, geht mit unserem Bruder zum Hexenturm. Ihr werdet eine Menge über die Gehilfen des Teufels lernen. Gottes Segen für Euch – und natürlich auch für dich, Bruder Lukas.«

Mit diesen Worten wandte sich der Abt zum Gehen und war kurz darauf hinter einer hohen Hecke verschwunden. Ava starrte ihm nach, dann drehte sie sich zu Kyran um.

»Er meinte nicht im Ernst, dass wir bei einer Hexenverbrennung dabei sein sollen, oder?«

Auch Kyran sah blass aus. »Ich weiß es nicht, Ava. Der Abt sprach vom Hexenturm, nicht von einer Hinrichtung.«

Avas Magen rebellierte. War sie wirklich so dumm gewesen, zu glauben, ihre rastlose Reise durch die Zeit würde sich dem Ende zuneigen – nur weil es das Schicksal bei ihrem vorherigen *Sprung* in den Körper von Maria ein wenig besser als sonst gemeint hatte? Dabei war sie jetzt erneut in einem Albtraum gelandet.

»Was glaubst du, welches Jahr wir haben?«, unterbrach Kyran ihre düsteren Überlegungen.

Ava schüttelte den Kopf. »Ich weiß es nicht. Der Abt sprach von König James, daher nehme ich an, er meint den Sohn von Maria Stuart, James den Ersten.«

»Ja, daran habe ich auch gedacht. Er wurde 1603 zum König von England gekrönt und ist ungefähr zwanzig Jahre später gestorben, also können wir zumindest die Zeitspanne, in der wir uns befinden, etwas eingrenzen.«

Ava nickte, und Kyran runzelte nachdenklich die Stirn.

»Seine fixe Idee, dass es auch in Schottland und England Hexen gibt, kam doch auf, als die Reise seiner Braut von Dänemark nach Schottland unterbrochen werden musste, oder? Ich habe mal einen Dokumentarfilm darüber gesehen«, erklärte er, und Ava erinnerte sich jetzt vage an eine Passage aus den Geschichtsbüchern, in denen von einem Sturm die Rede war, weshalb das Schiff der künftigen Königin umkehren musste.

Als sie Kyran davon erzählte, nickte er. »Als James selbst nach Dänemark segelte, geriet auch er in Seenot. Später sagte eine alte Frau unter Folter aus, dass sie eine Hexe sei und den Sturm heraufbeschworen hatte, um den König zu töten.«

»Klar«, murmelte Ava, »wenn man mir die Finger in der Daumenschraube zerquetscht hätte, würde ich auch alles gestehen, was man mir vorwirft. Diese verdammten Fanatiker! Und wir stecken dummerweise mittendrin!«

»Vielleicht hilft dir ja der Besuch in diesem Hexengefängnis, um deine Aufgabe zu erfüllen«, meinte Kyran.

Ava durchzuckte ein erschreckender Gedanke. Am Ende war eine der als Hexen verurteilten Frauen Teil eines Liebespaares, das Ava in Gestalt von Bruder Lukas zusammenführen musste? Aber wie sollte sie das bewerkstelligen, wenn die Frau quasi bereits dem Tod geweiht war? Als sie Kyran ihre Befürchtungen erzählte, legte er ihr den Arm um die Schulter.

»Nun warte doch erst einmal ab. Vielleicht ist ja alles ganz anders und der Fall viel einfacher zu lösen, als du denkst.«

»Nett von dir, aber glaubst du das wirklich?«

Kyran kniff kurz die Lippen zusammen und schüttelte dann den Kopf. »Nein.«

Ava blickte ihn an und bekam sofort wieder heftige Schuldgefühle. Wenn sie Kyran in Gefahr brächte oder sogar verlöre, würde sie sich das niemals verzeihen. Vor allem da es nicht das erste Mal war. Ava schluckte.

»Es tut mir so leid, Kyran«, flüsterte sie. »Ich wünschte, ich könnte alles rückgängig machen, was passiert ist. Dann hätten wir uns unter anderen Umständen kennengelernt und …«

Doch Kyran legte ihr sanft die Hand auf den Mund. »Nein, Ava. Es war meine Entscheidung, dir zu folgen. Auch wenn ich nicht ahnen konnte, was auf mich zukommt.«

Mit diesen Worten streifte er seinen Jackenärmel nach

oben. Avas Blick fiel auf Kyrans Tattoo an seinem Handgelenk. Wieder hatte sich sein Geburtsdatum verändert – wo vorher die letzte Ziffer noch eine Drei gewesen war, sah Ava nun als Geburtsjahr 1991 in Kyrans Haut eingeritzt. Sie sog scharf die Luft ein. »Das bedeutet, du bist jetzt …«

Kyran nickte. »… fünfundzwanzig Jahre alt, ja. Ich hoffe, du stehst auf reife Männer.«

Doch Ava war nicht nach scherzen zumute. Wie würde ihre Zukunft aussehen? Gab es so etwas für sie beide überhaupt, wenn Ava nicht einmal wusste, wo sich ihr Körper befand und ob es sie überhaupt noch gab? Auch wenn Kyran sie bei jedem *Sprung* in ihrer wahren Gestalt sah, befand Avas Seele sich trotzdem in einem fremden Körper. Die Vorstellung, vielleicht nie wieder in ihren eigenen zurückzukehren und dennoch unsterblich zu sein, war schrecklich, und Ava musste sich zusammenreißen, um nicht vor Verzweiflung zu schreien und um sich zu schlagen.

Wie schon so oft schien Kyran zu wissen, was in ihr vorging, denn er fasste sie sanft am Arm. »Hör auf zu grübeln. Momentan können wir an unserer Lage sowieso nichts ändern, und für düstere Gedanken haben wir auch keine Zeit. Wir müssen los, ehe der Abt zurückkommt und Verdacht schöpft und sich fragt, warum wir noch hier herumstehen.«

Kyran hatte recht, aber trotzdem tat sich schon das nächste Problem auf.

»Aber wo sollen wir hin? Wir wissen doch gar nicht, wo sich dieser Hexenturm befindet.«

Am liebsten hätte Ava jetzt doch geflucht, weil sie mal wieder mitten in die Geschehnisse hineingeworfen worden war, ohne Zusammenhänge zu kennen. Aber alles Hadern war sinnlos.

»Wenn es wirklich ein Turm ist, sollte er leicht zu finden sein. Ansonsten müssen wir uns eben unauffällig durchfragen«, schlug Kyran vor. »Die Info zu bekommen, wo angebliche Hexen eingekerkert sind, dürfte unser geringstes Problem sein.«

Tatsächlich lag das Kloster nicht weit von Brentwood entfernt. Ava und Kyran folgten einem unbefestigten Weg, der direkt in die Gassen führte, die sternförmig auf den Ortskern zuliefen. Dort schien gerade Markt zu sein, denn auf dem runden Platz standen zahlreiche grob zusammengezimmerte Stände, hinter denen Händler ihre Waren anpriesen. Lederwaren, Tongeschirr oder Lebensmittel wurden angeboten, und die Marktleute überschrien sich gegenseitig, um Besucher anzulocken. Fasziniert betrachteten Ava und Kyran das bunte Treiben. Die Frauen trugen lange Kleider in Braun, Grau oder Schwarz und auf den Köpfen runde Hauben, wie Ava sie bisher nur von mittelalterlichen Gemälden kannte. Die Männer waren mit ihren Leinenhemden und langen Lederwesten darüber noch einfacher gekleidet. Ihre Hosenbeine steckten in kniehohen Stiefeln aus derbem Leder. Der Geruch, der über dem Platz lag, war eine Mischung aus überreifem Gemüse, Pferdeäpfeln und Abwassergestank, und Ava warf Kyran einen Blick zu, der sagte »Nichts wie weg hier«.

Ava überlegte gerade, wen sie wohl am besten in ein Gespräch verwickeln sollte, um herauszubekommen, in welcher Richtung der Hexenturm lag, da verstummte auf einmal das Stimmengewirr um sie herum. Irritiert drehten Ava und Kyran sich um und sahen einen einfachen Holzkarren über den Marktplatz rollen, vor den ein Pferd gespannt war, das wohl auch schon einige Jahre auf dem Buckel hatte, denn sein Gang war müde, und man sah die einzelnen Rippen durch das struppige Fell. Den Kutschbock stellte ein einziges quer über den Karren genageltes Brett dar, auf dem zwei Männer saßen, die unterschiedlicher nicht hätten sein können: Der Ältere war groß, Ava schätzte ihn auf beinahe zwei Meter, und besaß Schultern wie ein Ringkämpfer. Unter buschigen Brauen funkelten braune Augen, während der Rest des Gesichts fast vollständig von einem dunklen, struppigen Bart verborgen wurde. Neben ihm hockte ein schlanker junger Mann, der gegen den Hünen geradezu zierlich wirkte. Gelocktes hellbraunes Haar fiel ihm weich in die hohe Stirn. Das Gesicht war schmal und die Nase kurz und gerade. Der Junge sah gut aus, was ihm aber nicht bewusst zu sein schien, denn er blickte niemanden an, und seine hellen Augen hatten einen ernsten, beinahe traurigen Ausdruck.

Noch während Ava ihn musterte, spürte sie das vertraute Ameisenkribbeln in ihren Fingerspitzen, während gleichzeitig ihr Blut mit doppelter Geschwindigkeit durch ihren Körper jagte. Für sie bestand kein Zweifel – der junge Mann gehörte zu Avas nächster Schicksalsaufgabe. Aber wer war er? Und warum starrte die Menge ihn und seinen riesigen Begleiter so an? Noch ehe Ava diesen Gedanken zu Ende gedacht hatte, hörte sie zwei Frauen neben sich tuscheln.

»Da ist der Scharfrichter mit seinem Sohn. Bestimmt ist er auf dem Weg ins Verlies und bereitet für morgen alles vor!«

Ava schauderte, gleichzeitig aber erkannte sie ihre Chance und packte Kyran am Arm. »Los, hinterher!«

Er stellte keine Fragen, sondern folgte Ava, die sich an die Räder des Karrens heftete. Wegen der vielen Leute, die durch die Gassen strömten, kam der magere Gaul nur langsam vorwärts, sodass sie keine Probleme hatten, mit dem Wagen Schritt zu halten. Keiner der beiden Männer auf dem Bock warf einen Blick zurück, und die eisenbeschlagenen Reifen holperten und knirschten auf dem unebenen Pflaster. Doch kurz bevor der Henker in eine Seitengasse abbog, drehte er sich mit einem Mal um und entdeckte Ava und Kyran. Unter seinem dunklen Blick wurde Ava ganz mulmig, aber zu ihrer Überraschung verbeugte sich der riesenhafte Mann auf dem Kutschbock ein wenig und lächelte sogar leicht.

»Bruder Lukas, Gott zum Gruß! Wollt Ihr aufsitzen?«

Ava schüttelte den Kopf. Sie legte keinen Wert darauf, neben einem Mann zu sitzen, der berufsmäßig Leute umbrachte. Doch dann wurde ihr klar, dass der Scharfrichter und der Mönch sich wohl kannten, und sie zwang sich zu einem Lächeln.

»Nein, habt vielen Dank. Auf Schusters Rappen läuft es sich gut, und zudem habe ich heute noch einen Begleiter dabei.« Ava pries insgeheim die vielen historischen Schnulzen, die sie mit vierzehn Jahren beinahe nonstop auf DVD angesehen hatte. Hoffentlich hatte sie sich gewählt genug für die damalige Zeit ausgedrückt und der Henker schöpfte keinen Verdacht.

Zu ihrer Erleichterung hob dieser gleichmütig die Hand. »Wie es Euch beliebt. Wir sind sowieso gleich da. Ich nehme an, Ihr wollt den Verurteilten die Beichte abnehmen?«

Ava nickte, denn was blieb ihr anderes übrig? »Und Ihr habt Euren Sohn mitgebracht?«, fragte sie vorsichtig.

Das hatte die Marktfrau schließlich behauptet, und Ava wollte etwas mehr über den Jungen erfahren, der ein Teil ihrer Mission war. Dessen Miene hatte sich bei ihren Worten verfinstert, und er starrte trotzig zu Boden.

Der Mann seufzte. »Er muss allmählich das Handwerk lernen. Lange werde ich das Schwert nicht mehr führen können. Ein paar Jahre noch, dann verlassen mich die Kräfte. Bis dahin muss Simon in der Lage sein, mich würdig zu ersetzen.«

Ava musterte verstohlen den jungen Mann, der nun in die Ferne sah und die Worte seines Vaters gar nicht gehört zu haben schien. Auch der Scharfrichter bemerkte das und schüttelte missbilligend den Kopf.

»Es hilft nichts, Simon. Du bist in diese Zunft hineingeboren worden, und du weißt, was das bedeutet.«

Endlich blickte der junge Mann seinen Vater an, aber seine Augen funkelten wütend. »Ja, ich weiß! Als Sohn eines Scharfrichters steht mir kein anderer Weg offen. Das hast du mir schon hundert Mal gesagt.«

»Aber wenn es doch Gesetz ist! Ich musste schließlich auch in die Fußstapfen *meines* Vaters treten.«

Statt einer Antwort kniff Simon nur die Lippen zusammen und drehte den Kopf weg.

Der Henker seufzte und zuckte mit den Schultern, ehe er die Zügel anzog, damit sein Pferd anhielt. »Wir sind da.«

Erst jetzt bemerkte Ava, dass sie vor einem eisernen Tor standen, das in eine massive Mauer aus dicken, roh behauenen Steinblöcken eingelassen war.

»Heda! Aufmachen!«, brüllte der Scharfrichter, und wenige Sekunden später tauchten zwei Wachen im Innenhof auf, die schweigend einen riesigen Eisenriegel hochstemmten und die Torflügel öffneten, damit der Pferdekarren hindurchfahren konnte. Auch der Mönch schien ihnen bekannt zu sein, denn sie ließen Ava ebenso stumm passieren. Nur als Kyran ihr folgen wollte, stellte sich einer der Wachen in den Weg.

»Lasst ihn! Er gehört zum Kloster und begleitet mich auf Weisung unseres Abtes hin«, sagte Ava und hoffte, dass ihr Tonfall selbstbewusster klang, als sie sich fühlte.

Unter der Kutte zitterten ihr nämlich die Knie, und das kam nicht nur von der Furcht, dass die Soldaten ihr womöglich nicht glauben würden. Ava hatte auch schreckliche Angst davor, erneut in ein Kerkerverlies hinunter zu müssen. Zwar war diesmal immerhin nicht Kyran der Gefangene, so wie in Versailles, aber die Menschen, die Ava gleich zu Gesicht bekommen würde, waren wohl unwiederbringlich dem Tod geweiht.

Wenigstens würde Kyran sie begleiten, denn nachdem die Wachen einen kurzen Blick gewechselt hatten, winkten sie ihn durch. »Vergelte es Euch Gott«, sagte Kyran salbungsvoll und zog Ava am Arm mit sich. Eilig überquerten sie den Innenhof.

Der Henker und sein Sohn Simon waren inzwischen verschwunden, nur das alte, müde Pferd stand noch in die Deichsel gespannt und döste vor sich hin. Ava klopfte dem Tier im Vorbeigehen kurz den Hals und beneidete es, weil es hier draußen bleiben durfte, während sie hinein in den finsteren Turm musste – ein Bauwerk jenes dunklen Zeitalters, in dem Aberglaube und Fanatismus unzählige unschuldige Menschen das Leben kosteten.

Es gab nur einen Eingang, der von einem Soldaten bewacht wurde. Er trat jedoch sofort zur Seite, als sich Ava in Gestalt des Mönchs näherte.

»Ihr kennt ja den Weg«, nuschelte er, wobei er mehr der Form halber die Hand zu einem kurzen Gruß hob.

Ava dankte ihm mit denselben Worten, die Kyran eben zu den Torwächtern gesagt hatte, denn es konnte nicht schaden, ihre Rolle als Klosterbruder so glaubhaft wie möglich zu erfüllen. Trotzdem konnte sie nicht verhindern, dass sie zögerte, nachdem sie durch den Torbogen getreten war. Eine nasse Kälte schlug ihr entgegen, und die Luft war dumpf und roch nach Verzweiflung. Am liebsten hätte sich Ava auf dem Absatz umgedreht und wäre ins Kloster zurückgerannt, doch da spürte sie Kyrans warme Hand auf ihrem Rücken.

»Keine Angst, Ava«, flüsterte er. »Denk daran, dass alles, was du jetzt erlebst, schon stattgefunden hat. Es ist vor langer Zeit geschehen, und du kannst den Verlauf der Geschichte nicht ändern, sondern nur das Schicksal von zwei Liebenden, die sich finden müssen.«

Dankbar drehte Ava sich zu ihm um und nickte. Kyran hatte recht. Sie musste sich darauf konzentrieren, ihre Aufgabe zu meistern und das Mädchen zu finden, das für Simon bestimmt war – ob hier im Kerker oder woanders. Also ging sie tapfer weiter, gefolgt von Kyran, und bald hatten die beiden eine Wendeltreppe erreicht, die in die Tiefen des Hexenturms führte. Ein eisiger Windzug streifte Avas Gesicht – er kam ihr wie ein seelenloser Vorbote des Todes vor, der dort unten auf die Gefangenen wartete, und sie musste sich zwingen, weiter die feuchten Steinstufen hinunter in die Dunkelheit zu steigen. Kyrans Gegenwart half Ava, die schreckliche Beklemmung zu ertragen, die mit jedem Schritt stärker wurde und ihr das Atmen immer schwerer machte. Ihr Herz pochte dumpf, und ihre Hände begannen gefühllos zu werden, was nicht nur von der zunehmenden Kälte kam.

Endlich erreichten Ava und Kyran den Fuß der Treppe. Vor ihnen erstreckte sich ein langer Gang, der von flackernden Pechfackeln erhellt wurde und so niedrig war, dass Kyran gebückt hinter Ava hergehen musste, um nicht mit dem Kopf anzustoßen. Von der steinernen Decke tröpfelte beständig Wasser auf den Boden, und wenn es die Flammen der Pechfackeln traf, zischten und rauchten sie, als wären dort unten Feuerdämonen.

Eine gekrümmte Gestalt tauchte so unvermittelt vor Ava auf, dass sie vor Schreck zusammenzuckte und aufschrie. Sofort war Kyran an ihrer Seite, bereit, sie zu beschützen.

Heiseres Gelächter ertönte. »Pater Lukas, seit wann kennt Ihr mich nicht mehr?«

Langsam schälten sich die Umrisse desjenigen, der gesprochen hatte, aus dem Fackellicht, und als er näher kam, konnte Ava erkennen, dass es sich um einen älteren Mann handelte, der ebenfalls gekrümmt ging. Jedoch nicht wegen der niedrigen Decke, sondern weil sein Körper seltsam verwachsen war. Die rechte Schulter wirkte viel höher als die linke, und er humpelte.

»Oh, natürlich, verzeih. Meine Augen haben mich wohl im Stich gelassen«, antwortete Ava und bemühte sich um einen freundlichen Tonfall.

»Na, dann müsst Ihr ja fast blind sein, wenn Ihr den alten Thomas nicht erkennt.«

Der Mann lachte, und Ava sah bräunlich verfärbte Zahnstumpen in seinem Mund. Als er sich etwas zur Seite drehte, erkannte Ava, dass er zudem einen Buckel hatte, der sie an den Film *Der Glöckner von Notre Dame* erinnerte. Er musste wohl ein Wächter sein, denn jetzt sah Ava den riesigen Schlüsselbund, der an seinem Gürtel baumelte. Ein Stück den Gang hinunter konnte sie nun auch die Zellen für die Gefangenen ausmachen, die eigentlich nichts anderes waren als in den Stein gehauene Nischen. Alle waren mit dicken, rostigen Eisenstreben versehen, und Avas Körper verkrampfte sich, als sie in der ersten Zelle ein paar bleiche, blutverkrustete Finger sah, die die Gitterstäbe umklammerten.

»Mein Gott«, hörte sie Kyran murmeln.

Auch Thomas entging die Erschütterung in seiner Stimme nicht, denn er drehte mühsam den Kopf und musterte Kyran mit zusammengekniffenen Augen. »Das Jungchen ist wohl nicht von hier, wie?«, fragte er Ava und lachte meckernd. Dann sah er wieder zu Kyran und hob belehrend seinen gichtigen Zeigefinger. »Das sind schlechte Menschen, mein Freund. Sie sind mit dem Teufel im Bunde und verdienen nichts Besseres!«

Ava sah das zornige Blitzen in Kyrans Augen und spürte, dass er kurz davor war, dem Alten eine scharfe Bemerkung entgegenzuschleudern, doch ehe er den Mund aufbekam, packte Ava Kyrans Arm und drückte kurz zu – eine unmissverständliche Warnung.

»Mein Begleiter ist auf der Durchreise und hat Rast in unserem Kloster gemacht. Der Abt hat ihn mitgeschickt, damit er für seinen künftigen Weg durchs Land gewappnet und vor dem Bösen geschützt ist«, sagte Ava schnell.

Sie wollte damit den Wärter besänftigen und gleichzeitig Kyran davon abhalten, Streit anzufangen. In diesen Zeiten wusste man nie, ob nicht ein falsches Wort bereits genügte, um in Verdacht zu geraten. Ava hatte in den Geschichtsbüchern gelesen, dass die meisten Menschen aus Rache, gekränkter Eitelkeit oder Habgier der Hexerei bezichtigt worden waren. Als Indizien für den Bund mit dem Teufel genügten oft schon Äußerlichkeiten, wie zum Beispiel rote Haare oder eine auffallende Warze. Es waren meist Frauen, aber auch ein paar Männer, die aufgrund dieser hanebüchenen »Beweise« festgenommen und der Zauberei angeklagt wurden. Unter der Folter gaben sie dann weitere Namen von angeblichen Mitwissern preis, und so geriet jeder Hexenprozess zu einer Lawine, die immer mehr und mehr Unschuldige mit in den Tod riss. Mit brutalen Folterwerkzeugen wie Streckbank, Daumenschrauben oder Spanischer Stiefel, die gnadenlos Sehnen und Knochen zermalmten, konnte man den Delinquenten alles entlocken, was es brauchte, um sie der Buhlschaft mit dem Satan anzuklagen und schließlich hinzurichten. Eigentlich erstaunlich, dass dieser Thomas mit seiner verwachsenen Gestalt bisher nicht ins Visier der Hexenjäger geraten war, aber vielleicht schützte ihn das Amt des Verlieswärters vor der Denunziation.

»Oho, dann solltet Ihr besser bei Tag reisen, Fremder. Aber ich will Euch nicht länger von Euren Pflichten abhalten, Frater Lukas.« Mit diesen Worten trat der Bucklige beiseite und machte den Weg frei.

Ava schluckte, doch ihr blieb nichts anderes übrig, als an Thomas vorbei zu den Zellen zu gehen. Da kaum Licht in den Gang fiel, sah Ava zunächst in der Kammer zu ihrer Linken nur einen Haufen schmutziges Stroh in der hintersten Ecke liegen. Erst bei genauerem Hinsehen entdeckte sie eine gekrümmte Gestalt, die mit dem Rücken zur Zellentür hockte und sich nicht rührte.

»Hallo?«, sagte Ava halblaut, weil sie nicht wusste, ob es sich um einen Mann oder eine Frau handelte und wie sie die Person anreden sollte.

Diese rührte sich nicht, und Ava warf Kyran einen fragenden Blick zu, den dieser aber mit einem stummen Schulterzucken beantwortete.

Ava räusperte sich und hoffte, der alte Thomas würde die Furcht nicht hören, die ihr fast die Kehle zuschnürte. »Ich bin … Bruder Lukas. Wenn Ihr also mit mir reden wollt …«

Hilflos brach Ava ab.

Was sollte ein zum Tode verurteilter Mensch schon sagen, dachte sie. Vor allem, da er oder sie sich keiner Schuld bewusst sein musste, war doch die angebliche Existenz von Hexen und Dämonen nichts als religiöser Wahn. Am liebsten hätte Ava alle Zellentüren aufgesperrt und die Gefangenen hinaus in die Freiheit entlassen, doch sie wusste, dass so etwas unmöglich war.

»Möchtet Ihr, dass ich jemandem etwas von Euch ausrichte? Eurer Familie vielleicht?«, wagte Ava noch einen Versuch.

Sie rechnete eigentlich nicht mehr mit einer Antwort, doch da rappelte sich die Gestalt langsam auf, indem sie sich mühsam an der feuchten, kalten Kerkerwand hochzog. Jetzt sah Ava, dass es sich um einen Mann handelte, der ein zerrissenes Leinenhemd und eine zerfetzte Hose trug. Trotz der Kälte hier unten war er barfuß, und er humpelte. Sein Gesicht wies zahlreiche blutige Schrammen auf. Als er auf sie zutaumelte und Avas Blick an ihm herabwanderte, verspürte sie einen heftigen Stich im Magen, ehe sich alles um sie zu drehen begann: Der linke Fuß des Mannes war nur noch ein blutig-geschwollener Klumpen Fleisch.

Der Gefangene war ihrem Blick gefolgt und lachte bitter. »Sieh nur genau hin, Bruder!«, rief er ihr entgegen. »Das hat man mir im Namen deines Gottes angetan! Weil ich angeblich mit dem Teufel paktiere. So hat es jedenfalls meine Nachbarin ausgesagt – nachdem man ihr auf der Streckbank die Gelenke ausgerenkt hat. Ich war immer ein gottesfürchtiger Mann, aber was hilft es mir jetzt? Nichts! Im Gegenteil. Ihr Pfaffen und eure Kirche seid doch schuld, dass es so weit gekommen ist!«

Ava bemühte sich, tief durchzuatmen, um nicht umzukippen. Entsetzen, Mitleid und Zorn schnürten ihr die Kehle zu. Erneut spürte sie Kyrans Hand am Ellenbogen, der sie stützte. Langsam ließ der Würgereiz nach, nicht aber das schale Gefühl in ihrem Herzen.

»Es tut mir leid«, brachte Ava nur heraus.

Sie hätte gerne noch mehr zu dem Mann gesagt, ihn irgendwie getröstet oder erklärt, dass dieses grausame Zeitalter vorbeigehen und die Menschen einsehen würden, welches Unrecht den Opfern der Hexenverfolgung geschehen war.

Doch der Gefangene hatte sich schon abgewandt und schlurfte in seine Ecke zurück.

»Lass mich mit deinen Gebeten und Psalmen in Ruhe, Mönch! Du bist kein Mann Gottes! Du und deinesgleichen – ihr seid die wahren Teufel!«

Damit ließ er sich auf das feuchte Häuflein Stroh sinken,

und Ava wusste, dass jedes weitere Wort überflüssig war. Mit gesenktem Kopf und Tränen in den Augen wandte sie sich ab und stolperte zur nächsten Gittertür, obwohl sie liebend gerne die Treppe hochgestürmt und geflohen wäre. Aber sie musste ihre Rolle weiterspielen, denn es war ihre einzige Chance, das Rätsel um ihre Aufgabe vielleicht zu lösen. Und auch wenn es ihr fast das Herz zerriss: Helfen konnte sie den Gefangenen wohl kaum.

»Verzeiht ihm seine Worte, Pater. Die Folter hat ihn dazu gemacht«, hörte sie in diesem Augenblick eine brüchige Stimme, und aus dem Schatten des Verlieses schälte sich die Silhouette einer älteren Frau.

Auch sie war schmutzig und zerlumpt, aber immerhin hatte sie keine schlimmen Verletzungen. Sie hatte Avas prüfenden Blick bemerkt, denn ihre Mundwinkel hoben sich leicht, aber es war ein Lächeln voller Kummer und Schmerz.

»Sie mussten mich nicht foltern. Ich habe gleich gestanden und ihnen gesagt, was sie hören wollten. Dafür bin ich Daumenschrauben und dem glühenden Eisen entkommen.«

Ava schluckte. »Aber sie haben Euch verurteilt.«

Die ältere Frau nickte. »Der Tod kann mich nicht mehr schrecken«, sagte sie leise. Dann blickte sie sich um und winkte Ava näher an die Gitterstäbe heran. »Der Henker wird gnädig mit mir sein«, flüsterte sie. »Schließlich habe ich seinen Sohn vor siebzehn Lenzen auf die Welt geholt. Keiner hat mehr geglaubt, dass er lebend aus dem Leib der Mutter kommt, denn sie hatte bereits zwei Tage in den Wehen gelegen. Aber ich habe den kleinen Simon dazu gebracht, dass er seinen ersten Schrei getan hat, und das wird der Scharfrichter mir vergelten.«

»Ihr meint – er wird Euch verschonen?«, fragte Ava hoffnungsvoll.

Die Frau schüttelte den Kopf. »Nein, er wird mich mit dem Schwert töten.«

»Das nennt Ihr gnädig?«, platzte Kyran heraus, der bisher schweigend und mit zusammengepressten Lippen zugehört hatte. Die alte Frau blickte ihn nachsichtig an. »Es ist weitaus besser als qualvoll am Strick zu baumeln. Oder bei lebendigem Leib dem Feuer überlassen zu werden, wie man es in unserem gottesfürchtigen Ort tut. Wie Ihr wohl wisst, haben wir dies dem Abt Eures Klosters zu verdanken, Frater. Er glaubt, damit würden die Seelen der Verdammten gereinigt.«

»Ich muss hier raus«, murmelte Kyran, und ehe Ava ihn zurückhalten konnte, hatte er sich umgedreht und stürmte den Gang entlang zur Treppe. Es dauerte nicht lange, bis der Klang seiner Schritte verhallt war.

»Sprecht morgen bei Sonnenaufgang für mich ein Gebet, Pater. Ihr sollt wissen, dass ich unschuldig bin und niemanden verhext habe«, sagte die alte Frau.

Ava nickte nur, weil Sprechen unmöglich war. Trotzdem konnte sie nicht verhindern, dass ihr eine Träne über die Wange lief.

»Weint nicht um mich«, sagte die Verurteilte leise. »Ich bin bald an einem besseren Ort. Und sagt Eurem Begleiter, er soll nicht schlecht über den Henker denken. Er hat keine andere Wahl, als seine Pflicht zu tun. Ich wünschte nur, Simon würde es erspart bleiben, einmal in die Fußstapfen seines Vaters treten zu müssen. Ich kenne den Jungen seit seiner Geburt, und er ist zu empfindsam, um dieses Werk fortzusetzen.«

Ava holte tief Luft. »Ich verspreche, dass ich mich um Simon kümmern und alles tun werde, damit er glücklich wird.«

Die alte Frau schien zu ahnen, wie ernst Ava ihre Worte meinte, denn diesmal war ihr Lächeln echt.

»Geht nun. Auch Ihr gehört nicht hierher. Doch im Gegensatz zu uns habt Ihr die Möglichkeit, diesen Ort zu verlassen. Also bleibt nicht länger aus Schuldgefühl hier unten, sondern helft denen, die noch länger am Leben sind als wir Elenden«, wisperte die Alte, und bei ihren Worte bekam Ava eine Gänsehaut.

Wusste die alte Frau vielleicht mehr über Avas Schicksal, als sie zugab? Aber bevor sie fragen konnte, hatte die Verurteilte sich abgewandt und war mit der Dunkelheit in ihrer Zelle verschmolzen.

Kapitel 9

Liebeslügen

Als Ava ins Freie trat, schloss sie die Augen, weil das helle Sonnenlicht sie blendete. Erst nach einer Weile nahm die Welt wieder Konturen an, und sie konnte Kyrans Gestalt ausmachen. Er lehnte etwas abseits an der rauen Steinmauer des Turms, und Ava bemerkte, wie blass er war. »Hast du dort unten etwas erfahren, was dir weiterhilft?«

Ava schüttelte den Kopf, während sie mit Kyran über den Innenhof zum großen Eisentor ging, das den Ausgang markierte. »Ich habe nichts gespürt. Das bedeutet, Simons Seelengefährtin ist nicht dort unten, worüber ich einerseits froh bin. Andererseits weiß ich jetzt wieder nicht, wo ich anfangen soll, sie zu suchen.«

»Bestimmt bist du nicht zufällig im Körper eines Mönchs gelandet«, meinte Kyran. »Irgendwie muss dieser Bruder Lukas eine Verbindung zu den beiden haben, die füreinander bestimmt sind, glaubst du nicht auch?«

Ava zuckte die Schultern und spürte, wie die bekannte Angst wieder von ihr Besitz ergriff. »Alles, was ich weiß, ist, dass ich mich beeilen muss«, antwortete sie, denn sie konnte bereits fühlen, dass ihr Blut wieder schneller durch ihre Adern floss, und auch das säureartige Brennen kehrte zurück. Kyran griff nach ihrer Hand, und sofort fühlte Ava sich besser. Seine Berührung hatte wie immer eine schmerzlindernde Wirkung. Trotzdem machte sie sich behutsam los.

»Wir müssen vorsichtig sein, Kyran. Vergiss nicht, ich stecke diesmal im Körper eines Mannes, und die Zeiten sind nicht so locker wie im dritten Jahrtausend«, warnte sie.

»Verflixt, ich vergesse immer, dass du nicht so bist, wie ich dich sehe«, sagte Kyran zerknirscht.

Ava lächelte. »In diesem Fall bin ich wirklich froh darüber. Immerhin bleibt dir auf diese Weise der Anblick meiner Tonsur erspart.«

Kyrans Antwort hörte Ava nicht mehr, weil sie in dieser Sekunde ein heißes Prickeln bis in die Fingerspitzen durchfuhr, was nur eins bedeuten konnte.

»Komm mit«, sagte sie und lief die paar Schritte in Richtung des Ausgangstors, das immer noch von den zwei Soldaten bewacht wurde. Doch inzwischen waren sie nicht mehr allein. Eine junge Frau stand bei ihnen und kicherte über die Bemerkung des einen Wächters, dessen schmales, interessantes Gesicht trotz der jungen Jahre bereits von zwei scharfen Falten um den Mund durchzogen war und seiner Attraktivität etwas Skrupelloses verlieh.

Das Mädchen trug eine weiße Haube, unter der ein paar kastanienbraune Locken hervorquollen. Ihre hellblauen Augen blitzten, und ihr Lächeln enthüllte eine Reihe ebenmäßiger Zähne. Sie war sehr schlank und strahlte Wärme und Fröhlichkeit aus. Über dem Arm trug sie ein Bündel farbloser Kittel oder Hemden aus grobem Leinenstoff. Ava fragte sich, was sie damit wohl wollte. Die Antwort bekam sie umgehend, denn als das Mädchen den Mönch erblickte, huschte ein schuldbewusster Ausdruck über ihr Gesicht.

»Gott zum Gruß, Pater. Ich bringe die Hemden von meiner Mutter.«

Ava wusste nicht, wovon sie redete, also nickte sie nur. Die junge Frau schien Avas Schweigen als Tadel aufzufassen, denn sie klang etwas trotzig, als sie fortfuhr. »Der Hauptmann war so freundlich, mir anzudienen, die Kleidungsstücke aus meiner Obhut zu entnehmen.«

Der junge, hochgewachsene Soldat zu ihrer Rechten nickte lächelnd, doch er würdigte Ava keines Blickes. Seine ganze Aufmerksamkeit galt dem Mädchen, besser gesagt einem Teil davon, wie Ava missbilligend feststellte, denn seine Augen klebten förmlich an ihrem Dekolleté. Das Mädchen schien es nicht zu stören, im Gegenteil. Herausfordernd hob sie den Kopf und nahm die Schultern etwas zurück.

Erst als Ava sich energisch räusperte, wandten die beiden sich ihr zu. »Das ist wirklich sehr freundlich vom Hauptmann, aber solltest du dich nicht lieber selbst darum kümmern?«, fragte Ava, weil sie auf einen Hinweis hoffte, wer die Kleine war und was sie hier wollte.

Das Mädchen riss die Augen auf und schüttelte den Kopf. »Oh nein, ich nehme sein Angebot gerne an. Ich will nicht dort hinunter! Ich bin nur hier, weil meine Mutter krank darniederliegt und ich nicht nur die Näharbeit fertigstellen, sondern auch noch hierherkommen musste.«

»Na, na, Gwendolyn, wolltest du dir etwa das Vergnügen meiner Gesellschaft entgehen lassen?«, fragte der Soldat und nahm ihr das Leinenbündel ab, wobei er wie zufällig ihren Arm streifte.

Nun wusste Ava immerhin den Namen von dem Mädchen, das für Simon bestimmt war. Der junge Mann musste hier irgendwo sein, denn der Karren seines Vaters stand immer noch an derselben Stelle wie vorher. Doch vom Henker und seinem Sohn war nichts zu sehen. Ava überlegte fieberhaft, wie sie eine Begegnung der beiden arrangieren konnte, ohne dass es auffiel.

»Was, äh … fehlt denn deiner Mutter, Gwendolyn?«, versuchte sie das Gespräch in Gang zu halten.

»Oh, sie hat entzündete Augen wie so oft. Die vielen Näharbeiten setzen ihr zu, und ihre Sehkraft wird immer schwächer. Zum Glück mussten wir diesmal nur die Bußgewänder nähen und keine schwierigen Stickarbeiten anfertigen.«

»Da kommt es wirklich nicht darauf an, ob die Stiche krumm oder gerade sind.« Der zweite Soldat, der bisher geschwiegen hatte, lachte. »Morgen verbrennen die Hemden sowieso – mitsamt der verfluchten Hexenbrut, die da drinsteckt!«

Ava zuckte zusammen, und ihr Blick ging zu Kyran, der die Lippen zusammenpresste. Doch er schwieg, und Ava war ihm dankbar dafür. Sie durften nicht riskieren, in Schwierigkeiten zu geraten. Für Ava war es sowieso schon kompliziert genug, und am liebsten hätte sie Gwendolyn einfach gepackt und hinter sich her zu Simon gezerrt, um möglichst schnell aus diesem fremden Körper und dem grausamen Zeitalter fortzukommen. Aber so einfach war es leider nicht, denn Gwendolyn schienen die plumpen Annäherungsversuche des Soldaten durchaus zu gefallen.

Plötzlich knirschten Schritte auf dem Kies, und zu ihrer Erleichterung sah Ava, dass sich Simon näherte. Die verschlossene Miene des Henkerssohns hellte sich auf, als er das Mädchen sah.

»Gwen! Was tust du denn hier?«

Allerdings schien die Freude einseitig, denn Gwendolyn biss sich auf die Lippen und vermied es, Simon anzusehen. »Ich habe die Büßerhemden gebracht«, murmelte sie. »Mutter ist krank und konnte nicht selbst kommen.«

»Sind es wieder die Augen?«, fragte Simon, und Ava schloss daraus, dass er und das Mädchen sich bereits kannten. Immerhin, dachte Ava, und beobachtete Simon, der Gwendolyn freundlich anbot: »Wenn du willst, komme ich mit und sehe nach ihr. Ich könnte eine Tinktur aus Kamille ...«

»Mach dir keine Mühe«, unterbrach ihn Gwendolyn. »Es ist nicht so schlimm.«

»Zum Glück! Wäre ja auch zu schade, wenn sie ihre hübsche Tochter nicht mehr sehen würde, was?«, fragte der Soldat und zwinkerte Gwen zu, die kicherte, während sich ihr Gesicht leicht rosa färbte.

Ava sah Simons verletzten Gesichtsausdruck, und am liebsten hätte sie dem Wächter gesagt, er solle einfach die Klappe halten. Stattdessen wandte sie sich an Gwendolyn. »Vielleicht sollte Simon dich wirklich begleiten. Mit entzündeter Bindehaut ist nicht zu spaßen. Und der junge Mann scheint zu wissen, was zu tun ist.«

Sie erwiderte Simons dankbares Lächeln und beglückwünschte sich selbst zu ihrem klugen Schachzug, aber der Soldat machte Ava einen Strich durch die Rechnung. »Wie wäre es, wenn *Ihr* Simon begleitet und die Kleine uns noch ein bisschen die Zeit vertreibt, Pater?«, fragte er, doch Ava hörte den spöttischen Unterton in seiner Stimme, mit dem er das letzte Wort betonte. Um seine Absicht zu unterstreichen, legte er Gwendolyn besitzergreifend den Arm um die Taille.

Ava warf einen schnellen Seitenblick zu Simon und bemerkte, wie er die Fäuste ballte. Ava fürchtete, er würde auf den überheblichen Wachmann losgehen, doch da trat Kyran einen Schritt vor und legte Simon die Hand auf den Arm.

»Du scheinst dich mit Krankheiten gut auszukennen«, sagte er und lächelte den Jungen an. »Wer hat dich in der Heilkunst unterrichtet?«

Simon entspannte sich ein wenig. »Mein Vater«, antwortete er. »Er beherrscht das Handwerk des Baders ebenso wie die Kräuterkunde.«

Doch wieder war es der Soldat, der alles zunichtemachte. »Als Henker kennt er sich ja bestens mit dem menschlichen Körper aus. Einmal heilt er einen schmerzenden Kopf, einen anderen aber schlägt er ab!«

Er und sein Kumpan lachten, und der Mann zog Gwendolyn noch etwas näher zu sich heran. Die ließ es sich zwar gefallen, auch wenn sie jetzt nicht mehr mitlachte, sondern betreten zu Boden starrte.

Ava blickte hilflos zu Kyran, der als Antwort nur die Schultern hob – eine stumme Geste der Resignation.

In diesem Moment näherte sich eine pummelige junge Frau, die mit einem Henkelkorb über dem Arm energisch auf das Tor zulief, hinter dem die beiden Soldaten standen. Ohne Umschweife wandte sie sich an den Soldaten, der gerade noch mit Gwendolyn geflirtet hatte, nun aber den Arm von ihrer Taille zurückzog, als hätte er sich verbrannt. Stattdessen schenkte er der anderen ein charmantes Grinsen.

»Pauline, meine Liebe! Was verschafft mir die Ehre deines Besuchs mitten am Tage?«

Die junge Frau zog die dunklen Augenbrauen hoch, und ihre schmalen Lippen verzogen sich zu einem bemühten Lächeln. »Nun, ich dachte mir, du wärst vielleicht hungrig. Als deine zukünftige Frau muss ich schließlich für dein leibliches Wohl sorgen, daher wollte ich dir etwas zu essen bringen.« Sie musterte die schlanke Gwendolyn von oben bis unten. »Und ich glaube, für dich wird es Zeit zu gehen.«

Doch Gwendolyn dachte offenbar nicht daran, das Feld zu räumen, denn sie lächelte ebenso falsch wie die Braut des Soldaten. »Ich wüsste nicht, warum«, gab sie zurück.

Ihre Kontrahentin stellte den Korb ab, ehe sie einen weiteren Giftpfeil abschoss. »Nun, weil deine Gegenwart einem den Appetit verderben kann. Wenn man dich so ansieht, könnte man meinen, eine Hungersnot sei ausgebrochen.«

Gwendolyn wurde rot vor Zorn, und obwohl Pauline kostbarer gekleidet und sicher von höherem Stand war, ließ die junge Näherin sich nicht einschüchtern. »Und wenn man Euch ansieht, könnte man denken, Ihr seid schuld daran«, gab Gwendolyn zurück und musterte nun ihrerseits Pauline.

Die schnappte nach Luft und wandte sich empört zu ihrem Verlobten um. Ava bemerkte, dass der junge Soldat Mühe hatte, sich ein Lachen zu verkneifen – und Pauline sah es auch. Ihre Augen verengten sich, als sie sich erneut an Gwendolyn wandte. »Gib acht, was du sagst. Sonst verbrennst du dir mehr als nur deine Zunge«, zischte sie.

Bevor die junge Näherin erneut Kontra geben konnte, räusperte sich Ava und trat zwischen die beiden jungen Frauen.

»Ich schlage vor, du lässt deine kranke Mutter nicht länger warten, mein Kind«, sagte sie zu Gwendolyn und bemühte sich, so salbungsvoll wie möglich zu klingen. »Vielleicht kann Simon tatsächlich diesen Kamillensud für deine arme Frau Mutter zubereiten, um ihr Leiden zu lindern.«

Ava warf dem jungen Mann einen auffordernden Blick zu.

»Aber …«, fing Gwendolyn an, doch Simon unterbrach sie. »Natürlich, Frater. Das tue ich doch gerne.« Er lächelte Gwendolyn an. »Du kannst mit mir und Vater auf der Kutsche sitzen.«

Ohne ihren Protest abzuwarten, fasste Simon Gwendolyn am Arm und zog sie sanft, aber bestimmt durch das eiserne Tor nach draußen. Ava und Kyran folgten den beiden, die außer Hörweite von dem Soldaten und seiner Verlobten stehen geblieben waren und sich nun offenbar heftig stritten.

»Was fällt dir ein? Ich habe dich nicht gebeten, dich einzumischen«, fauchte Gwendolyn gerade und stemmte die Hände in die Seiten.

»Ich wollte dich nur vor einer weiteren Dummheit bewahren«, verteidigte Simon sich. »Immerhin hast du es mit der Tochter des Gerichtsschreibers zu tun!«

»Na und? Diese reiche, verwöhnte Ziege kann mich gernhaben«, erwiderte Gwendolyn verächtlich. »Dass ihr Verlobter nur deshalb bei ihr bleibt, weil ihr Vater Geld hat, sieht doch ein Blinder!«

»Und wenn schon«, gab Simon hitzig zurück. »Aber er ist ihr versprochen. Was musstest du dich da einmischen, Gwendolyn?«

Sie schnaubte. »Oh, bist du etwa eifersüchtig?«

»Ich … Ach, Unsinn! Ich verstehe nur nicht, was du an

diesem eingebildeten Kerl findest. Ist es seine Uniform? Oder sind es seine Komplimente? Die kann ich dir auch machen!«

Das überhebliche Lächeln des Mädchens erlosch bei Simons letzten Worten, und sie biss sich auf die Unterlippe. »Ich weiß. Aber, Simon, es ist …« Sie stockte, dann aber fuhr sie aufgebracht fort. »Hast du überhaupt eine Vorstellung davon, wie das Leben einer Näherin aussieht? Wenn man Tag und Nacht mit krummem Rücken über Näh- und Stickarbeiten sitzen muss? Oft hat Mutter nur eine blakende Kerze, die sie anzündet, wenn die Dunkelheit hereinbricht. Inzwischen kann sie selbst bei Tageslicht kaum noch den Faden ins Nadelöhr fädeln, so schlecht sieht sie nur mehr. Ich will nicht so enden wie sie, verstehst du? Sie musste ihr Leben lang hart arbeiten, und was hat sie nun davon? Entzündete Augen und kein Geld.«

Simon strich sich mit einer heftigen Bewegung seine wirren Haare aus der Stirn. »Ich habe dir schon einmal gesagt, komm mit mir. Wir verlassen die Stadt und gehen woanders hin. Als Heilkundiger kann ich uns beide durchbringen! Und vielleicht kannst du deiner Mutter sogar ab und zu etwas Geld schicken!«

Doch Gwendolyn schüttelte traurig den Kopf. »Das sind doch Träume, Simon! Du musst die Nachfolge deines Vaters antreten, so will es das Gesetz. Du kannst nicht Arzt werden, das würden deine Eltern dir nie verzeihen!«

»Und ich würde es mir nie verzeihen, wenn ich Menschen töte, statt sie zu heilen. Vor allem wenn sie unschuldig sind wie diese bedauernswerten Kreaturen dort unten im Verlies.«

Gwendolyn riss die Augen auf und packte nun ihrerseits Simon am Arm. »Das darfst du nicht sagen«, flüsterte sie erschrocken. »Du versündigst dich! Niemand glaubt an die Unschuld der Verurteilten, und wenn dich jemand hört, kann das gefährlich für dich werden!«

Simon lächelte. »Wenigstens machst du dir Sorgen um mich.«

Gwendolyn sah ihn lange an. Dann aber machte sie eine kurze Bewegung mit den Schultern, als wollte sie etwas abschütteln. »Selbst wenn du nicht in die Fußstapfen deines Vaters trittst, sind deine Hoffnungen vergeblich. Ich kann nicht mit dir kommen. Und … ich möchte es auch nicht«, meinte sie, auch wenn ihr Blick etwas anderes sagte.

»Wie du willst, Gwendolyn. Dann such dir einen Soldaten oder einen anderen reichen Mann, den du zwar nicht liebst, der dir aber vorgaukelt, dass du dein altes Leben hinter dir lassen kannst.«

Ehe die junge Näherin antworten konnte, hörte man das Knirschen von eisenbeschlagenen Rädern, und der Karren des Henkers kam durchs Tor gerollt.

»Simon! Wo zum Teufel bist du gewesen, ich habe überall nach dir gesucht!«, rief sein Vater vom Kutschbock herunter. Schweigend und ohne einen weiteren Blick für Gwendolyn schwang Simon sich neben ihn, und das alte Pferd zog an. Ratternd rollte das Gespann die mit groben Steinen gepflasterte Straße hinunter.

Ava und Kyran hatten das Schauspiel schweigend verfolgt, und obwohl Avas Blut bei jedem Wort von Gwendolyn heißer zu prickeln begann, bis sie das Gefühl hatte, innerlich zu brennen, schwieg sie so lange, bis das Fuhrwerk des Henkers um eine Ecke verschwunden war.

Erst dann wandte Ava sich an das Mädchen. »Es steht mir nicht zu, mich einzumischen, aber warum gibst du Simon nicht wenigstens eine Chance? Du liebst ihn doch, habe ich recht?«

Gwendolyn starrte den Mönch überrascht an.

»Von meinen Gefühlen werde ich nicht satt. Und ich kann mir davon auch keine Kleider kaufen«, sagte sie trotzig.

Ava sah sie prüfend an. »Was nutzen dir schöne Kleider und Schmuck, wenn deine Seele verhungert? Glaub mir, fehlende Liebe ist die schlimmste Art von Armut, die es gibt.«

Und ich weiß, wovon ich rede, fügte Ava in Gedanken hinzu. Ehe sie Kyran kennengelernt hatte, war das Schlimmste an ihren rastlosen *Sprüngen* die abgrundtiefe Einsamkeit gewesen, die sie wie ihr Schatten begleitet hatte. »*Durch deine Schuld, vergiss das nicht. Hättest du Pete nicht derart schäbig behandelt ...*«, flüsterte die Stimme in Avas Kopf, doch energisch verdrängte sie alle Gedanken an ihr früheres Leben. Jetzt galt es, ein Mädchen zur Vernunft zu bringen und ihre Schicksalsaufgabe zu erfüllen. Doch das war nicht so einfach, denn Gwendolyn schien nicht bereit, auf Ava zu hören.

»Ihr seid Mönch! Woher wollt ausgerechnet Ihr das wissen?«

»Aber ich bin kein Mönch, und ich weiß, dass A..., ich meine Bruder Lukas, recht hat«, schaltete Kyran sich ein.

Gwendolyn musterte ihn neugierig. Doch sie kam nicht mehr dazu, zu antworten, denn soeben trat Pauline, die Verlobte des Soldaten, aus dem Tor. Als sie Gwendolyn entdeckte, verzog sich ihr Gesicht, als hätte sie in eine Zitrone gebissen.

»Was lungerst du hier noch herum? Hat deinesgleichen keine Arbeit zu verrichten?«, giftete sie.

»Oh, wir haben nur noch etwas geplaudert. Euch noch einen schönen Tag, edles Fräulein«, schaltete Ava sich hastig ein, ehe Gwendolyn zu einem erneuten Verbal-Knockout ausholen konnte.

Pauline schnaubte und drängte sich an den dreien vorbei. »Betet für sie, Bruder, es wird vielleicht bald nötig sein«, sagte sie zu Ava gewandt, ehe sie davonwatschelte.

»Ihr Hintern ist breiter als der des Henkersgauls«, sagte Gwendolyn lauter als nötig, und Ava verdrehte stumm die Augen. Trotzdem verkniff sie sich einen weiteren Tadel, schließlich wollte sie Gwendolyn nicht vergraulen, sondern dazu bringen, noch einmal über Simon nachzudenken. Leider vergeblich.

»Verzeiht, Pater, aber ich muss heim und nach der Mutter sehen. Ich will nicht, dass sie sich sorgt.«

Ohne auf eine Antwort zu warten, drehte das Mädchen sich um und eilte davon. Ava starrte ihr überrumpelt nach, dann wandte sie sich an Kyran.

»Dieses kleine Biest! Sie wusste ganz genau, dass ich sie wegen Simon noch mal in die Zange nehmen würde!«

Kyran seufzte. »Gegen ihren Dickschädel anzukommen dürfte schwer werden. Sie hat sich nun mal in den Kopf gesetzt, durch eine Heirat gesellschaftlich aufzusteigen. Im siebzehnten Jahrhundert waren die Superstars offenbar Soldaten. Vierhundert Jahre später gehen die Mädchen lieber auf Popkonzerte.«

Trotz der Schmerzen, die inzwischen durch Avas Adern jagten, musste sie lächeln. »Zum Beispiel zu dem von Sam

Riordan und den *Albatrosses*«, sagte sie in Anspielung auf den Tag, an dem sie Kyran kennengelernt hatte. Sofort wurde sie aber wieder ernst. »Was sollen wir jetzt machen? Simon liebt Gwendolyn, aber nach ihrer Abfuhr war er sehr verletzt. Er wird bestimmt keinen erneuten Versuch starten, sie umzustimmen.«

»Das fürchte ich auch«, sagte Kyran. »Uns wird wohl nichts anderes übrig bleiben, als erst einmal ins Kloster zurückzugehen und uns in Ruhe zu überlegen, wie wir die beiden doch noch zusammenbringen.«

»Meinst du, der Abt wird dir erlauben zu bleiben?«, fragte Ava.

Sie hatte plötzlich unsagbare Angst, dass der Klostervorsteher Kyran wegschicken könnte. Dann wäre sie völlig auf sich gestellt.

Kyran überlegte. »Ich könnte behaupten, die Begegnung mit den Hexen hätte mich so in Angst versetzt, dass ich dringend noch etwas geistlichen Beistand brauche, ehe ich weiterreise. Dafür hat der Abt sicher Verständnis«, sagte er verschmitzt.

Ava war erleichtert. »Hauptsache, du bleibst bei mir.«

»Natürlich, das weißt du doch«, erwiderte Kyran leise, und seine Worte waren wie eine warme, tröstliche Berührung.

»Ob er noch so dächte, wenn er wüsste, was du getan hast?«, schrillte die hämische Stimme in Avas Kopf. *»Warum erzählst du es ihm nicht endlich, Prinzessin? Irgendwann kommt die Wahrheit sowieso ans Licht!«*

Ava schloss krampfhaft die Augen. *Sei still, Stimme, sei still*, dachte sie und ballte die Hände zu Fäusten.

»Ava, ist alles in Ordnung? Sind die Schmerzen wieder unerträglich?«, hörte sie Kyran besorgt fragen, und als sie die Lider öffnete, sah sie seine bestürzte Miene.

»Es geht schon«, antwortete sie. »Wir müssen nur einen Weg finden, Simon noch einmal zu Gwendolyn zu schicken. Vielleicht sollten wir sofort das Haus des Henkers aufsuchen …«

»Nein, warte. Lass uns zuerst ins Kloster gehen. Nicht dass du Schwierigkeiten mit dem Abt bekommst. Ich habe keine Ahnung, wie strikt die Regeln in so einem Mönchsorden sind.«

»Ich auch nicht«, antwortete Ava.

Nichts überstürzen, befahl sie sich, obwohl sie vor lauter Angst, diesmal wirklich zu versagen, am liebsten kopflos zu Simon gerannt wäre und ihn angefleht hätte, Gwendolyn einfach zu küssen oder sogar vom Fleck weg zu heiraten.

»Warum ist die Liebe eigentlich so kompliziert?«, rief sie impulsiv und blieb stehen.

»Ist sie doch gar nicht. Jedenfalls nicht das Gefühl. Kompliziert ist das Drumherum«, sagte Kyran.

Als Ava ihn nur stirnrunzelnd ansah, erklärte er: »Zum Beispiel Gwendolyn. Sie liebt Simon, aber ihre Angst vor Armut ist im Augenblick einfach stärker. Also lässt sie die angebliche Vernunft entscheiden und ignoriert, was ihr Herz sagt. Außerdem schmeichelt es ihr, dass dieser gut aussehende Typ in Uniform mit ihr flirtet. Und seine Verlobte damit auszustechen gibt ihr noch zusätzlich einen Kick, wetten?«

Ava schluckte. Kyran hatte den Nagel auf den Kopf getroffen, allerdings anders, als er glaubte.

Wie oft hatte auch Ava früher mit Jungs geflirtet, von denen sie nicht das Geringste wollte? Ihr war es damals auch nur darum gegangen, dass man sie toll fand. Mit schlechtem Gewissen dachte Ava jetzt daran zurück. Hatte sie sich einmal gefragt, wie sich ihr Gegenüber wohl gefühlt hatte, als sie ihn nach ein paar Sätzen oder einem einzigen Date einfach abservierte? Nein, das hatte sie nicht – weil es ihr schlicht und einfach egal gewesen war. Eine brennende Scham überfiel sie und machte die Hitze ihres Blutes noch unerträglicher.

»Lass uns gehen. Wir können uns ja auf dem Weg zum Kloster überlegen, wie wir es hinbekommen, dass Simon vielleicht doch noch einmal mit Gwendolyn redet«, sagte Ava und drehte sich um. Sie wollte nicht, dass Kyran die Schuld in ihren Augen sah, die sie wegen Pete auf sich geladen hatte.

Kapitel 10

Hexenbuhle

Etwa eine halbe Stunde später standen sie vor den dicken Mauern des Mönchsklosters, aber das Problem mit Simon und Gwendolyn hatten Ava und Kyran nicht gelöst. Sie hatten hin und her überlegt, Pläne geschmiedet und wieder verworfen und waren am Ende genauso weit wie vorher.

»Es hilft nichts, ich muss noch einmal mit Gwendolyn sprechen«, stellte Ava resigniert fest. »Am besten gehe ich vorher bei den Soldaten vorbei und mache diesem Schnösel klar, dass er aufhören soll, mit ihr zu flirten. Als Mönch habe ich schließlich eine gewisse Autorität und kann ihm notfalls mit allen Strafen der Hölle drohen, wenn er seiner Verlobten nicht treu sein sollte.«

»Gute Idee«, sagte Kyran und lächelte. »Wenigstens ein Vorteil an dieser alten Zeit, in der die Menschen noch an Hölle und Teufel geglaubt haben.«

»Bruder Lukas, da bist du ja endlich! Wir dachten schon, du würdest die mittägliche *Hore* versäumen«, ertönte plötzlich eine Stimme, und in der Tür zur Klosterpforte erschien die Gestalt eines dürren Mönchs mit weißblonden, glatten Haaren und einer langen Hakennase.

»Oh nein, das würde ich niemals wagen«, ächzte Ava, die

zwar den Begriff bisher nicht kannte, aber ahnte, dass die Gebete der Mönche in eine neue Runde gingen. »Ich hoffe jedoch, wir geben unserem Gast die Gelegenheit, auch an diesen ... ähm ...«

»... Exerzitien«, warf Kyran helfend ein.

»... teilzunehmen«, sagte Ava und warf ihm einen dankbaren Blick zu.

»Natürlich, seid uns willkommen.« Der blonde Ordensmann sah Kyran an und winkte sie beide ins Innere des Klosterhofs.

Nachdem Ava auch diese Stunde der Einkehr und des Gebets überstanden hatte, ohne negativ aufzufallen, und danach ein karges Mittagessen, das aus einer dünnen Suppe und etwas Brot bestanden hatte, zu sich genommen hatte, stand sie mit Kyran vor der Klosterkapelle. Sie wischte sich den Schweiß von der Stirn. Eine drückende Schwüle lag über dem Land, obwohl es die Sonne kaum schaffte, durch die bleigrauen Wolken zu dringen, und den Himmel in einem fahlen Schwefelgelb färbte. Etwas Unheilvolles lag in der Luft, und Ava fröstelte trotz der feuchten Wärme.

»Ich werde mit dem Abt sprechen und ihm sagen, dass ich nach Gwendolyns kranker Mutter sehen will«, beschloss Ava. »Sicher lässt er mich dann gehen.«

Kyran nickte. »Ich komme mit, und nach dem Besuch bei Gwen gehen wir zum Gefängnis, und du redest dem Soldaten ins Gewissen.«

Doch sie hatten keine zwei Schritte zurückgelegt, da drang lautes Stimmengewirr an ihr Ohr. »Lasst mich zu Frater Lukas, es ist dringlich«, hörte Ava, und als sie sich umdrehte, sah sie Simon auf sich zustürmen.

Der Sohn des Henkers war völlig außer Atem und schien den ganzen Weg zum Kloster gerannt zu sein, denn sein Hemd war dunkel von Schweiß, und seine Haare klebten ihm feucht an der Stirn.

»Ist etwas mit deinem Vater?«, fragte Ava und hoffte, dass dieser Bruder Lukas, in dessen Körper sie sich befand, kein Arzt oder etwas Ähnliches war.

Ava konnte kein Blut sehen, geschweige denn wusste sie, wie man eine Krankheit erkannte und behandelte.

Daher war sie erleichtert, als Simon den Kopf schüttelte. »Nein, es geht um Gwendolyn.« Schwer atmend stützte Simon kurz beide Hände auf die gebeugten Knie.

»Was ist mit ihr?«

Simon blickte hoch, und Ava erschrak, als sie den verzweifelten Ausdruck in seinen Augen sah. »Ich wollte vorhin Kamillensud für ihre Mutter vorbeibringen, da habe ich erfahren, dass man Gwen kurz zuvor verhaftet und in den Hexenturm gebracht hat. Sie wird der Teufelsbuhlschaft bezichtigt. Angeblich hat sie sogar ihre eigene Mutter mit der Augenkrankheit belegt, damit diese das sündige Treiben ihrer Tochter nicht sähe!«

»Was? So ein Unsinn!«, rief Ava.

Simon blickte sie dankbar an.

»Nicht wahr, das sagt Ihr auch? Gwen mag manchmal ein wenig schwierig sein, aber mit schwarzer Magie hat sie nichts zu tun!«

»Niemand hat das, Simon. Die Hexenprozesse waren nichts weiter als Fanatismus, der aus Angst und Habgier entstanden ist …«, fing Ava an, doch da bekam sie von Kyran einen warnenden Knuff in die Seite. Sie besann sich, wo und vor allem *wer* sie war, und schwieg. Zum Glück hatte Simon gar nicht richtig zugehört.

»Ihr müsst mir helfen, Frater Lukas. Bitte, Ihr dürft nicht zulassen, dass man Gwen als Hexe anklagt und verurteilt.«

Ava tat der Junge leid, trotzdem war sie ratlos. »Wie soll ich das erreichen, Simon? Ich bin kein Richter.«

»Aber zuerst tagt das Kirchentribunal. Darauf könnt Ihr doch Einfluss nehmen!«

»Echt?«, rutschte es Ava heraus, ehe sie sich zusammenriss. »Ich meine, ich kann es versuchen.«

»Wer stellt denn überhaupt solche Behauptungen über Gwendolyn auf?«, fragte Kyran.

Simons Miene verfinsterte sich. »Wenn ich das nur wüsste, Herr. Aber in dieser Zeit reicht eine unbedachte Äußerung, um in den Verdacht zu geraten, das Handwerk des Satans zu beherrschen. Eine alte Nachbarin von uns haben sie nur wegen ihres Klumpfußes verhaftet. Sie hat beim bloßen Anblick der Folterwerkzeuge gestanden, mit dem Teufel im Bunde zu sein, und meinem Vater wird morgen die unselige Aufgabe zuteil, ihr Leben zu beenden. Dabei kenne ich die Frau, seit ich ein kleiner Junge war. Sie hat sich nie etwas zuschulden kommen lassen.«

Ava ahnte, dass Simon von der Alten sprach, die sie noch vor ein paar Stunden in der dunklen, feuchten Zelle des Gefangenenturms gesehen hatte. Der Gedanke, dass Gwendolyn nun auch in dieser Finsternis hockte, voller Angst vor Verhör und Folter, war für Ava unerträglich.

»Ich werde unverzüglich mit unserem Klostervorsteher sprechen«, versprach sie.

Simon drückte ihre Hand. »Habt Dank, Frater. Wenn es

Euch nichts ausmacht, warte ich so lange vor der Pforte des Klosters. Ich habe keine ruhige Stunde, ehe ich nicht weiß, was mit Gwen geschieht.«

»Ich leiste dir Gesellschaft, Simon«, bot Kyran an und zog Ava auf ihren entgeisterten Blick hin ein Stück zur Seite. »Du musst das Gespräch mit dem Abt alleine führen, tut mir leid. Es wäre sonst verdächtig, wenn wir zu zweit auftauchen.«

Ava seufzte. »Du hast recht. Drück mir die Daumen, dass ich Erfolg habe. Wenn Gwendolyn erst aus dem Hexenturm raus ist und erfährt, dass Simon sich für sie eingesetzt hat, wird sie ihn mit Freuden heiraten.«

Kyran drückte kurz ihre Hand. »Viel Glück«, sagte er leise.

Doch sein Wunsch erfüllte sich nicht. Nachdem Ava den Ordensvorsteher aufgetrieben und dazu gebracht hatte, während der eigentlichen Mittagsruhe mit ihr zu sprechen, musste sie erkennen, dass der Glaube an Hexen und Zauberei zur damaligen Zeit fest in den Köpfen verankert war und selbst vor einem Mann Gottes nicht haltmachte.

»Die Vorwürfe gegen diese junge Näherin müssen natürlich geprüft werden. Dennoch bin ich der Überzeugung, niemand würde ungerechtfertigt solcherlei Behauptungen aufstellen.«

»Aber hochwürdiger Vater!«, rief Ava und benutzte dabei die Anrede, die Kyran vor ein paar Stunden verwendet hatte. »Es kann doch jeder behaupten, dass sein Nachbar mit dem Teufel im Bunde steht, auch wenn es gelogen ist. Man sieht an Gwendolyn, dass der oder die Beschuldigte sofort verhaftet und in den Hexenturm geworfen wird. Ohne Beweise!«

»Natürlich wird niemand unschuldig verurteilt. Ich habe allerdings von der Krankheit der alten Frau gehört. Es ist nicht auszuschließen, dass die arme, gottesfürchtige Frau tatsächlich verhext wurde. Aber selbstverständlich wird ihre Tochter zu den Vorwürfen verhört werden.«

Ava wurde wütend. »Ja klar. Mithilfe von Daumenschraube und Streckbank. Da würde jeder gestehen, was man von ihm hören will. Merkt Ihr nicht selbst, wie paradox das ist?«

Der Abt war vor Erstaunen einen Moment sprachlos. Als er sich wieder gefasst hatte, sagte er: »Was ist in dich gefahren, Bruder Lukas? Derartig aufrührerische Reden hast du vorher nie geführt.« Er musterte Ava eindringlich.

Sie spürte die Drohung in den Worten des Vorstehers, daher bemühte sie sich rasch um Schadensbegrenzung. »Ich will damit nur sagen, dass man vorsichtig sein muss. Man darf niemanden vorschnell verurteilen. Heißt es nicht: ›Richtet nicht, auf dass ihr nicht gerichtet werdet‹?«

Ava war stolz, dass ihr wie aus dem Nichts dieses Bibelzitat eingefallen war. Es musste Jahre her sein, dass sie das irgendwo mal gelesen oder gehört hatte, aber hierher passte es einfach perfekt.

»*Nolite iudicare ut non iudicemini*«, wiederholte der Abt nachdenklich. »Evangelium nach Matthäus, Kapitel sieben, Vers eins. Hm. Vielleicht hast du recht, Bruder. Ich werde das Kirchenkonzil darauf aufmerksam machen.«

Mit einer Handbewegung wurde Ava entlassen, und sie wusste, dass jeder weitere Protest zwecklos sein würde. Sie konnte nur hoffen, dass ihre Worte auf fruchtbaren Boden gefallen waren.

»Aber was, wenn nicht?«, rief Simon aufgebracht, als Ava ihm und Kyran vom Gespräch mit dem Klosterobersten berichtet hatte.

»Ich habe alles getan, was in meiner Macht steht. Ich kann den Abt zu nichts zwingen, und ich habe mich mit meinen Argumenten beinahe selbst in Schwierigkeiten gebracht.«

»Du darfst jetzt nichts überstürzen, Simon«, sagte Kyran, doch Simons trotziger Blick ließ Ava ahnen, dass er drauf und dran war, etwas Unüberlegtes zu tun.

»Hör zu, ich gehe noch einmal in den Hexenturm und versuche, mit Gwendolyn zu reden. Sie darf keinesfalls im Vorfeld etwas aussagen oder gestehen, das ihr später zur Last gelegt werden kann. Vielleicht finde ich ja heraus, was man mit ihr vorhat.«

»Ich werde nicht zulassen, dass man ihr etwas antut. Und wenn ich sie eigenhändig aus dem Verlies hole«, schwor Simon, und Ava wusste, dass er es ernst meinte.

»Das lässt du schön bleiben! Wenn du die Beherrschung verlierst, gerät die Lage noch mehr außer Kontrolle, und sie kerkern dich am Ende auch noch ein. Damit wäre Gwen nicht geholfen«, argumentierte Ava.

Zähneknirschend gab Simon schließlich nach.

Sobald Ava und Kyran das vergitterte Eisentor des Hexenturms erreichten, entdeckte Ava den Soldaten, der noch vor ein paar Stunden mit Gwendolyn geflirtet hatte. Er war mit einem Mann, der Kniebundhosen aus Samt und eine dazu passende Jacke trug, in ein Gespräch vertieft. Eine steife Halskrause und ein ausladender Hut vervollständigten seine Garderobe. Die voluminöse Kleidung für den Oberkörper stand in einem merkwürdigen Gegensatz zu den engen weißen Strümpfen und den zierlichen Schnallenschuhen, sodass der Mann aussah wie ein umgedrehter Zuckerhut. In der Hand hielt er ein zusammengerolltes Pergament, und von seinem Gürtel baumelte ein Lederbeutel, aus dem der tintenfleckige Kiel einer Feder ragte.

»Man muss diesem Geschmeiß das Handwerk legen, das ist meine Meinung. Wie gut, dass Pauline so ein aufmerksames Mädchen ist und gemerkt hat, dass mit dieser Näherin etwas nicht stimmt«, hörte ihn Ava beim Näherkommen sagen.

Schlagartig begriff sie. Natürlich, wieso war sie nicht selbst darauf gekommen? Pauline, die Verlobte des Soldaten, hatte Gwendolyn angeschwärzt! Aus Eifersucht, weil die junge Näherin mit ihrem Bräutigam geflirtet hatte. Doch statt das Mädchen gegen die hanebüchenen Vorwürfe zu verteidigen, nickte der Soldat nur beflissen, auch wenn er dabei zu Boden starrte. Der andere schien jedoch zufrieden zu sein, denn er hob kurz die Hand und ging dann über den Innenhof auf den Hexenturm zu.

Ava trat vor den jungen Soldaten und stemmte die Hände in die Seiten. »Was soll das? Warum hast du nicht gesagt, dass deine Verlobte gelogen hat? Pauline hat Gwendolyn nur angezeigt, weil sie wütend auf sie war!«

Der Wächter scharrte verlegen mit seiner Fußspitze im Staub. »Ich kann nicht«, murmelte er.

»Ach nein? Aber mit ihr herumschäkern konntest du. Und glaube nicht, dass ich nicht bemerkt habe, wie du dir bei Gwendolyns frecher Bemerkung über deine Verlobte ein Lachen verbeißen musstest. Also warum sagst du dem Mann nicht, was du weißt?«

»Er ist doch der Aktuar …«, fing der Soldat an und stockte.

»Wer?«, fragte Ava, denn diesen Begriff hatte sie noch nie gehört.

»Der Gerichtsschreiber«, flüsterte Kyran ihr zu.

»Umso besser«, rief Ava und zeigte auf den Soldaten. »Dann kann er seine Aussage gleich notieren.«

Der junge Mann riss die Augen auf. »Ihr wisst selbst, dass das unmöglich ist! Schließlich ist er Paulines Vater.«

Ava blickte zu Kyran. Er sah genauso erschüttert aus, wie sie sich fühlte. Doch so leicht wollte sie den jungen Kerl nicht davonkommen lassen, immerhin ging es hier um ein Menschenleben.

»Nur weil er dein künftiger Schwiegervater ist, nimmst du in Kauf, dass eine unschuldige junge Frau im Gefängnis sitzt? Und womöglich zum Tode verurteilt wird?«

Sein Schweigen war Antwort genug.

Ava drängte sich an ihm vorbei. »Du bist kein Soldat, sondern ein elender Feigling. Ich hoffe, deine Ehe wird die Hölle werden«, sagte sie wütend.

Mit schnellen Schritten durchquerte sie den Innenhof und steuerte auf den Hexenturm zu. Sie musste den Gerichtsschreiber sprechen – und zwar bevor er Gelegenheit hatte, Gwendolyn ins Verhör zu nehmen.

Kyran war hinter ihr hergelaufen und fasste sie am Arm. »Sei vorsichtig, Ava. Auch wenn du als Mönch Respekt genießt, solltest du den Bogen nicht überspannen.«

»Keine Sorge, ich werde mich beherrschen. Warte hier draußen auf mich«, sagte Ava, ohne stehen zu bleiben, denn gerade sah sie den Gesuchten durch die eisenbeschlagene

Tür in den Turm hineingehen. Kurz bevor die Tür ins Schloss fiel, holte Ava ihn ein.

»Meister Schreiber, auf ein Wort.«

Der Mann blieb stehen und drehte sich um. »Frater, was verschafft mir die Ehre?«

»Eure missratene Tochter«, gab Ava zur Antwort und sah mit einer gewissen Genugtuung, wie der Mund des Gerichtsschreibers aufklappte.

»Sie hat die junge Näherin aus Neid verleumdet«, erklärte Ava und hoffte, den Ton der damaligen Zeit zu treffen. »Gwendolyn hat es gewagt, mit Paulines Verlobtem ein paar scherzende Worte zu wechseln, und offenbar hat Eure Tochter das derart in Rage versetzt, dass sie nun jeglichen Anstand vergessen hat und ein unschuldiges Mädchen der Hexerei bezichtigt.«

Der Schreiber schnappte nach Luft wie ein Fisch auf dem Trockenen. »Das ist … eine ungeheure Behauptung. Meine Tochter ist ein ehrbares Mädchen, sie würde niemals …«

»Oh doch«, unterbrach ihn Ava. »Ich war dabei, als Pauline Euren künftigen Schwiegersohn im Gespräch mit einer anderen erwischte. Sie war nicht sehr amüsiert. Vielleicht solltet Ihr künftig mehr Augenmerk auf den jungen Mann richten?«

»Ich habe alles getan, um meine Tochter gut zu verheiraten. Das macht niemand zunichte, schon gar nicht diese Näherin«, zischte der Mann.

»Ach«, sagte Ava leise, »so ist das also.«

Der Gerichtsschreiber hatte seine Fassung sofort wiedergefunden und musterte Ava jetzt von oben herab. »Versucht, es zu beweisen«, flüsterte er. »Ihr werdet kein Glück haben.

Aber die kleine Metze wird brennen – und das Eheglück meiner Tochter nicht mehr gefährden.«

Ava hätte diesem Widerling am liebsten die schwerste und dickste Bibel, die es im Kloster gab, über seinen Schädel gezogen. Sie fühlte sich so hilflos wie selten – und das merkte der Gerichtsschreiber, denn ein selbstgefälliges Grinsen huschte über sein Gesicht.

Plötzlich hatte Ava eine Idee. Sie trat noch einen Schritt näher an den Mann heran und bemühte sich, ihre Stimme fest klingen zu lassen. »Wenn Gwendolyn verhört wird, dann wird sie unter der Folter gestehen und Mitwisser nennen, die mit ihr zusammen am Hexensabbat teilgenommen haben. Und ich garantiere Euch, dass dabei an erster Stelle der Name Eurer Tochter fällt.«

Es dauerte einige Sekunden, bis der Schreiber begriff. Sein dickes Gesicht wurde erst weiß, dann rot. »Dazu habt *Ihr* diese Dirne doch angestiftet! Ich dachte, Ihr seid ein Mann Gottes ...«, japste er.

Ava lächelte. »Daher warne ich Euch ja – aus reiner Nächstenliebe. Sicher wollt Ihr Eure Tochter nicht durch das Schwert des Henkers verlieren, oder?«

Der Kerl schluckte, und seine Gesichtsfarbe wechselte ins Grünliche.

Ava lächelte schmal. »Ich sehe, wir verstehen uns. Sagt Eurer Tochter, sie soll ihre Aussage zurückziehen – noch heute. Dann wird niemandem ein Leid geschehen.«

Wortlos drehte der Schreiber sich um und wollte verschwinden, doch in diesem Moment erschien der Kerkerwärter Thomas am Ende der Treppe, die ins Verlies hinunterführte.

»Herr Aktuar, wo bleibt Ihr – alles wartet unten in der Verhörkammer!«, rief er, doch der Gerichtsschreiber machte nur eine abwehrende Handbewegung.

»Unmöglich. Ein … Notfall! Ich muss sogleich nach Hause«, sagte er schon im Gehen, und ehe der überraschte Gefängniswärter noch einen Ton herausbrachte, war der Sekretär bereits auf und davon.

Der Wärter starrte ihm hinterher. »Also was sagt man dazu?«

»Tja, Thomas, die Wahrheit kann manchmal nicht warten«, erwiderte Ava vergnügt. »Sag den hohen Herren im Verhörraum, sie können nach Hause gehen. Heute wird niemand mehr irgendetwas protokollieren.« Mit diesen Worten drehte sich auch Ava um und ging.

Zwar konnte sie nicht mit Gwendolyn sprechen, aber da das Mädchen in Kürze freikommen würde, war danach auch noch Zeit, dachte Ava. Erleichtert trat sie durch die schwere Tür ins Freie und lächelte Kyran an, der dort stand und auf sie wartete.

»Alles wird gut, ich erzähle es dir auf dem Weg ins Kloster«, sagte sie.

Den jungen Soldaten an der Pforte strafte sie mit eisiger Verachtung und verließ mit Kyran den Innenhof. Während sie durch die engen Gassen von Brentwood liefen, berichtete Ava ihm von ihrer List.

»Dass das Erpressung ist, ist dir klar, oder?«, fragte Kyran.

»Absolut. Aber Bruder Lukas wird schon nicht in die Hölle kommen. Er ist schließlich ein Mönch und erteilt sich notfalls selbst die Absolution.«

»Lass den Abt ja nicht deine lockeren Sprüche hören!«

»Das habe ich nicht vor. Mit ein bisschen Glück müssen wir sowieso nicht mehr lange in diesem grässlichen Zeitalter bleiben.« Ava hielt einen kleinen Jungen in zerlumpter Kleidung auf. »He, Kleiner! Weißt du, wo das Haus des Henkers ist?«

Der Junge nickte scheu.

»Hör zu. Geh dorthin und frag nach Simon, seinem Sohn. Dem sagst du Folgendes: *Gwendolyn wird heute Abend frei sein.* Hast du verstanden?«

Der Kleine nickte. »Ich frage nach Simon und sage, Gwendolyn ist am Abend frei«, wiederholte er brav.

Ava nickte. »Ich bin sicher, es wird mit einer Münze vergolten, wenn du die Nachricht rasch überbringst!«

Der Junge hüpfte davon, und Ava und Kyran setzten ihren Weg zum Kloster fort.

»Am besten suchen wir irgendwo in der Nähe ein Versteck, wo wir uns später treffen«, sagte Ava. »Dort können wir zusammen abwarten, bis Simon und Gwen sich gefunden haben, und wir *springen*.«

»Gibt es in Klöstern nicht immer einen Garten? Die Mönche haben doch früher massenweise Kräuter angebaut.«

»Wir können gleich nachsehen. Vielleicht wächst ja da auch irgendein Wachmacher. Ich weiß nicht, ob ich sonst noch eine Gebetsrunde überstehe.«

Kyran strich kurz und unauffällig über Avas Arm. »Ich mag dein Lachen, weißt du das?«

»Und ich mag … Ich glaube, ich mag einfach alles an dir«, antwortete Ava.

»Zu blöd, dass wir keine Minute alleine sind«, seufzte Kyran.

»Wie hältst du das nur aus, Kyran? Nie zu wissen, wo

du mit mir landen wirst und was dich dort erwartet? Ich meine …« Ava stiegen Tränen in die Augen. »Du hast alles für mich aufgegeben. Und ich kann dir nichts zurückgeben. Nicht einmal das Versprechen, dass dies alles irgendwann einmal enden wird.«

»Du hältst es doch auch aus, Ava. Und für dich ist es noch schlimmer, denn du hast dauernd Schmerzen – und Angst, zu versagen. Ich habe mich bewusst entschieden, dir zu folgen. Aber *du* wurdest vom Schicksal dazu gezwungen.«

»Schon, aber …«, fing Ava an, doch Kyran schüttelte den Kopf. »Du hast keine Ahnung, wie mein Leben war, bevor ich dich kennengelernt habe. Seit Emilys Tod erschien mir alles so … sinnlos.« Er machte eine hilflose Geste. »Es schien völlig egal zu sein, ob ich morgens aufstand oder liegen blieb. Ob ich zur Uni ging oder nur durch die Straßen lief. Ich habe geschlafen, gegessen und mit Leuten geredet, aber irgendwie war es, als wäre ich gar nicht da. Erst als du aufgetaucht bist und damals in meiner Wohnung warst, hat sich das geändert. Bei dir habe ich mich auf einmal wieder lebendig gefühlt. Und das wollte ich nicht verlieren. Für mich war es der richtige Entschluss, dir zu folgen.«

Ava sah ihn an. Sie wusste nicht, was sie sagen sollte.

Kyran lächelte. »Lass uns jetzt lieber nach einem Versteck suchen, damit uns später niemand *springen* sieht. Der arme Bruder Lukas wird sich nur wundern, wieso er auf einmal zwischen Kräuter- und Blumenbeeten liegt.«

Tatsächlich fanden sie hinter der Klosterkapelle eine Ecke des Gartens, die nicht gut einzusehen war und von einem hohen Baum beschattet wurde. Dort wollten sie sich nach dem Abendgebet wieder treffen.

Das Abendgebet ließ Ava beinahe routiniert über sich ergehen. Allerdings lauschte sie kaum den lateinischen Silben, die an ihr Ohr drangen – ihre Aufmerksamkeit galt den Signalen ihres Körpers. Wann würde ihr Blut aufhören, mit doppelter Geschwindigkeit durch ihre Adern zu jagen, und der brennende Schmerz nachlassen? Doch nichts geschah.

Als sich der blaugraue Schleier der Dämmerung über das Land legte und eine angenehme Kühle die drückende Wärme des Tages vertrieb, traf Ava Kyran, wie verabredet, an dem riesigen Baum, und sie setzten sich dicht nebeneinander. Die Rücken an den rauen Stamm gelehnt warteten sie auf ihren *Sprung*. Langsam wurde der Himmel erst dunkelblau, dann schwarz, und die ersten Sterne blinkten auf. Aber Ava konnte die Schönheit am Firmament nicht genießen. Sie wurde langsam nervös und blickte zu Kyran hinüber.

»Warum spüre ich denn nichts? Gwen müsste längst frei sein!«

»Vielleicht ist Simon nicht sofort zu ihr nach Hause gegangen. Oder Gwen wollte sich zuerst um ihre kranke Mutter kümmern«, sagte Kyran. »Mach dir nicht zu viele Sorgen, Ava, im Moment können wir sowieso nichts tun.«

»Du hast recht.« Ava seufzte. »Also lass uns warten.«

Im Schutz der Nacht rutschte sie näher zu Kyran und schmiegte sich an ihn. Sein Körper war warm und vertraut, und für einige Minuten war Ava vollkommen zufrieden damit, einfach nur dazusitzen, während er seinen Arm um ihre Schulter gelegt hatte. Wie immer, wenn er ganz nahe bei ihr war, wurde das heiße Pochen und Prickeln in ihrem Körper schwächer, und Ava lächelte in die Dunkelheit. Kyran und ich gehören zusammen, dachte sie, und nichts sollte sie je wieder trennen, egal wie oft und wie lange sie noch zusammen durch die Zeit reisen mussten.

Über diesem Gedanken schlief Ava ein. Auch Kyrans Atemzüge waren tiefer geworden. So schliefen sie – einer an den anderen gelehnt und durch ihr Schicksal selbst noch im Traum verbunden.

Kapitel 11

Die bittere Frucht

Ava erwachte vom Gezwitscher der Vögel, die lautstark den neuen Tag begrüßten. Im ersten Moment wusste sie nicht, wo sie sich befand. Ihr ganzer Körper fühlte sich steif an und schmerzte so sehr, dass sie kaum in der Lage war, den Kopf zu drehen. Erst als sie Kyran bemerkte, der immer noch an den dicken Baumstamm gelehnt schlief, wusste Ava, dass sie im Garten des Klosters war. Mit einem Ruck fuhr sie hoch. Sie hätte nicht mehr hier sein dürfen, ebenso wenig wie Kyran. Sie hätten längst *springen* müssen.

Ava rüttelte ihn sanft an der Schulter. »Wach auf. Irgendetwas stimmt nicht.«

Blinzelnd schlug er die Augen auf und versuchte, sich aufzurichten. »Mein Rücken«, ächzte er. »Eine ganze Nacht im Sitzen ist offenbar nichts für Leute über zwanzig.«

»Das ist nicht komisch, Kyran. Wir sollten eigentlich längst weg sein!«

Jetzt wurde er richtig wach und blickte sich um. »Du hast recht. Irgendwas ist wohl schiefgegangen. Vielleicht ist Gwen freigelassen worden und mit dem Soldaten durchgebrannt.«

Eine düstere Furcht, drückend wie eine Gewitterwolke, machte sich in Ava breit. »Ich muss sofort zum Hexenturm.«

»Willst du wirklich riskieren, die morgendliche *Laudes* zu versäumen? Der Abt könnte das übelnehmen«, warnte Kyran.

Doch das war Ava egal. Seit dem Aufwachen pulsierte das Blut heftiger als je zuvor in ihrem Körper, und sie spürte, dass einer der Liebenden in Gefahr war.

»Du kannst mir helfen, Kyran. Frag dich zum Haus des Henkers durch und rede mit Simon. Vielleicht kann er etwas in Erfahrung bringen.«

Kyran nickte. »Wir treffen uns später vor dem Tor des Turms. Dann weiß einer von uns unter Umständen schon mehr.«

»Und ich bete, dass es nicht allzu schlechte Nachrichten sind«, murmelte Ava.

Als Ava beim Hexenturm ankam, fehlte von dem Soldaten, dem die Tochter des Gerichtsschreibers versprochen war, jede Spur. Und auf Avas Frage, wo er war, zuckten die zwei fremden Wächter nur die Schultern.

»Hat wohl keinen Dienst heute«, brummte der eine und winkte Ava mit einer ungeduldigen Geste durch das vergitterte Tor.

Kurz darauf stieg Ava die Treppenstufen zum Verlies hinunter, obwohl sich alles in ihr sträubte. Die feuchtklammen Wände schienen das Echo längst verstummter Stimmen zurückzuwerfen.

»Ihr kommt gerade recht, Frater Lukas.« Die verwachsene Gestalt des Kerkermeisters tauchte vor Ava auf, und erneut erschrak sie über die Lautlosigkeit, mit der Thomas sich hier unten bewegte. »Heute sollte das Konzil tagen, doch nun herrscht helle Aufregung über den Aktuar.«

Also hatte Pauline tatsächlich ausgesagt. Ava hatte Mühe, ihre Erleichterung zu verbergen, doch da sprach Thomas weiter: »Einfach von heute auf morgen die Stadt zu verlassen, was sagt man dazu!«

Ava hatte das Gefühl, als hätte man ihr eine Keule über den Kopf gezogen. »Was?«

»Ach, Ihr wisst gar nichts davon? Der Schreiber ist fort. Bei Nacht und Nebel hat er sich auf und davon gemacht, mitsamt Frau und Tochter. Niemand weiß, warum!«

Ava ahnte den Grund, aber mit seiner Flucht bestätigten sich ihre schlimmsten Befürchtungen. »Das heißt, Gwendolyn ist noch immer hier – im Hexenturm?«

»Die junge Näherin? Freilich, in der Zelle dort hinten sitzt sie! Wegen ihr tagen doch die hohen Herren später. Nur wer soll's aufschreiben? Der alte Thomas jedenfalls nicht!« Er lachte meckernd.

Avas Gedanken fingen an zu rasen. Wie sollte sie es schaffen, Gwendolyn jetzt noch vor dem Konzil und der Verurteilung wegen Hexerei zu retten?

»Ich muss sofort mit ihr sprechen!«

»Ja, geht nur, Frater. Sie ist ohnehin die Einzige hier, all die anderen Truden sind ja inzwischen bei ihrem Meister in der Hölle! Nehmt dem jungen Ding ruhig die Beichte ab, vielleicht kommt ihre schwarze Seele dann wenigstens nur ins Fegefeuer.« Der Wärter kicherte, und Ava hätte ihm für seine Herzlosigkeit am liebsten eine Ohrfeige verpasst.

Doch sie beherrschte sich, weil sie wusste, dass Thomas nur aus Unwissenheit und Furcht so redete. Ihm war genau wie allen anderen einfachen Leuten eingeimpft worden, dass es den Teufel gab und seine Getreuen mitten unter ihnen lebten. Natürlich wollte jeder die angeblichen Hexen und Zauberer tot sehen, ehe sie die eigenen Kinder, einen selbst oder das Vieh mit Krankheit und Fluch belegten.

Daher drehte Ava sich wortlos um und eilte den dunklen, niedrigen Gang entlang, der zu den Zellen führte. In einer von ihnen war die bedauernswerte Gwendolyn eingesperrt.

Das junge Mädchen hatte seit gestern eine erschreckende Verwandlung durchgemacht. Ihre ehemals glänzenden kastanienfarbenen Locken hingen stumpf und strähnig um ihr blasses Gesicht. Unter ihren Augen lagen tiefe, bläuliche Schatten, und Ava sah, dass ihre Lippen rissig und aufgesprungen waren. Hatte man ihr seit ihrer Verhaftung nichts zu trinken gegeben?

Als Gwendolyn Ava sah, fing sie an zu weinen. »Warum beschuldigt man mich, eine Hexe zu sein? Ich habe nichts getan, Pater! Das habe ich ihnen auf dem ganzen Weg hierher gesagt, aber sie haben mir gar nicht zugehört!« Sie schluchzte verzweifelt.

Ava ging dicht an die dicken eisernen Gitterstäbe heran. Sie sprach leise, damit Thomas sie nicht hörte. »Ich weiß, dass du unschuldig bist, Gwendolyn. Pauline, die Verlobte des Soldaten, hat dich angeschwärzt. Ich habe ihrem Vater ins Gewissen geredet, damit sie ihre Aussage zurücknimmt, aber er ist in der Nacht mit seiner Familie aus der Stadt geflohen.«

Gwendolyn hatte Ava mit aufgerissenen Augen zugehört. Jetzt senkte sie den Kopf. »Ich war so dumm. Ich weiß, dass es falsch war, mit dem Soldaten zu tändeln. Dass ich seine Verlobte geärgert habe, tut mir nicht leid. Aber ich habe Simon damit wehgetan, und das bedaure ich zutiefst. Dabei lag mir nichts an dem anderen, ich wollte nur …« Sie stockte und hob den Kopf und Ava erschrak über den fiebrigen Glanz in ihren Augen. »Ich glaube, ich wollte mich einfach einmal im Leben kostbar und wertvoll fühlen.«

Ava schloss die Augen. Es war, als hätte ihr früheres Ich gesprochen.

»Das ist die Strafe«, flüsterte Gwendolyn, und Ava zuckte zusammen, bis ihr klar wurde, dass die junge Näherin von ihrem eigenen Schicksal sprach. »Jetzt muss ich für meine Eitelkeit büßen.«

»Nein, Gwendolyn. Niemand verdient es, unschuldig als Hexe ver…« Ava bremste sich noch rechtzeitig, ehe ihr das Wort ›verbrannt‹ über die Lippen kam. »… verurteilt zu werden«, schloss sie. »Wir werden dich da rausholen. Simon und ich überlegen uns etwas.«

Ava sah einen Hoffnungsschimmer in Gwendolyns Augen. »Wirklich?«, fragte sie zaghaft.

Ava nickte. »Er liebt dich, das weißt du doch.«

Gwendolyn liefen erneut Tränen über die Wangen. »Und ich liebe ihn. Ich war nur zu selbstsüchtig, um es zu erkennen.«

»Alles wird gut«, sagte Ava und versuchte, überzeugend zu wirken, auch wenn ihr insgeheim angst und bange war. »Ich weiß nicht, wie schnell wir es schaffen. Du darfst in der Zwischenzeit nur nicht schwach werden und etwas sagen, das einem Schuldeingeständnis gleichkommt. Egal wer und wie oft man dich fragt, hörst du?«

Der Ausdruck der Hoffnung wich aus Gwens Gesicht. »Aber was, wenn man mich auf die Streckbank bindet? Oder mich gar aufzieht? Mir die Daumenschrauben ansetzt?« Ihre

Stimme wurde vor Panik immer schriller. »Der Henker und der Bucklige haben mich gestern Nacht in die Folterkammer gebracht und mir alles gezeigt, Pater. Da habe ich schon allen Mut gebraucht, um standhaft zu bleiben und meine Unschuld zu beteuern!«

Ava biss sich auf die Lippen. Wegen eines Referats, das sie in der Schule einmal gehalten hatte, wusste sie, dass der Henker den Angeklagten vor der eigentlichen Folter zunächst einmal nur die verschiedenen Werkzeuge zeigte und erklärte, was er damit alles anstellen konnte. Der Begriff dafür war »Territion«, was übersetzt »Schreckung« hieß. Oft reichte das, um die Opfer völlig einzuschüchtern und zu einem erfundenen Geständnis zu bewegen. Dass diese grausame Methode in diesem Falle ausgerechnet von Simons Vater angewandt worden war, machte die Sache noch schlimmer. Ava musste erst gar nicht auf die immer stärker werdende Hitze in ihrem eigenen Körper achten, um zu wissen, dass ihnen die Zeit mit Siebenmeilenstiefeln davonlief. Trotzdem versuchte sie, beruhigend zu klingen. »Ich tue, was ich kann, versprochen.«

Damit drehte Ava sich um und lief rasch zurück und die Treppen hoch, ohne sich um Thomas zu kümmern, der ihr noch etwas hinterherrief.

Draußen traf sie auf den aufgelösten Simon, der die beiden Wächter anschrie, weil diese ihn nicht durch das Tor lassen wollten. Kyran redete beruhigend auf den wütenden jungen Mann ein, allerdings vergeblich. Erst Avas Erscheinen brachte Simon so weit zur Räson, dass er seine drohend erhobene Faust sinken ließ. Ava packte ihn am Ärmel seines groben Leinenhemdes und zog ihn von den Bewachern weg.

»Ich habe mit dir zu reden. Jetzt!« Erst als sie außer Hörweite waren, ließ Ava Simon los. »Was denkst du dir dabei, hier den *Hulk* zu spielen? Glaubst du wirklich, auf diese Weise würdest du Erfolg haben?«

Simon sah sie irritiert an. »Ist ›Hulk‹ ein Tier?«

Ava sah, wie Kyran stumm die Augen verdrehte, und beschloss, dass Angriff die beste Verteidigung war. »Wenn du Gwendolyn helfen willst, dann müssen wir einen ausgeklügelten Plan schmieden – und nicht blindlings drauflosstürmen. Der Turm ist viel zu streng bewacht, um damit durchzukommen.«

Simon nickte zerknirscht, und Ava fasste das als eine Art Entschuldigung auf.

Kyran schaltete sich mit ruhiger Stimme ein. »Lasst uns methodisch vorgehen.« Er deutete auf Ava. »Als Mönch ist es dir jederzeit möglich, ins Verlies zu kommen. Du kannst immer behaupten, Gwendolyn die Beichte abnehmen zu müssen. Du, Simon, hättest als Sohn des Henkers ebenfalls eine Begründung, warum du in den Hexenturm musst.«

Simon nickte zögernd. »Ich könnte behaupten, einige von den Werkzeugen meines Vaters schärfen zu müssen.« Seiner Stimme war der Widerwillen gegen diese Folterinstrumente anzuhören.

Doch Kyran war zufrieden. »Unser Glück ist, dass Gwendolyn zurzeit die einzige Gefangene ist und wir uns daher nicht um andere kümmern müssen. Komm mit dem Karren deines Vaters und stelle ihn am selben Platz ab wie heute Morgen. Der Eingang zum Hexenturm ist vom Tor aus nicht einsehbar, sodass wir Gwendolyn auf der Ladefläche des Karrens unter ein paar leeren Säcken oder schweren Leinentüchern versteckt an den Soldaten vorbei durchs Tor schmuggeln können. Auf die gleiche Weise wirst du mich nämlich hineinschmuggeln.« Kyran wandte sich an Ava. »Dann musst du auch nicht erklären, warum du ständig einen Fremden im Schlepptau hast, und die Soldaten schöpfen keinen Verdacht.«

Ava blickte Kyran bewundernd an, aber Simon zweifelte. »Selbst wenn wir unbehelligt in den Turm gelangen – da wäre noch der Kerkermeister. Wir können Gwen nicht einfach an ihm vorbeiführen, als sei nichts. Der schreit doch sofort die ganze Wache zusammen.«

Kyran blickte Simon kopfschüttelnd an. »Bist du nun ein Heilkundiger – oder nicht?«

»Wie bitte?« Simon sah ihn verständnislos an.

»Na ja ... Du kannst doch bestimmt mit einigen Kräutern dafür sorgen, dass Thomas müde wird. Sehr müde. So sehr, dass er nicht merkt, wenn nicht nur zwei Mönche und der Henkerssohn an ihm vorbei nach draußen gehen, sondern auch Gwendolyn.«

Simons Miene hellte sich auf. »Natürlich! Opium und Maulbeersaft, dazu Bilsenkraut und Mandragora. In warmem, gewürztem Wein verabreicht, ist es ein starkes Schlafmittel.«

»Hört sich an, als könnte das ein Pferd umbringen«, murmelte Ava.

»In einer hohen Dosis durchaus.«

Ava nahm den jungen Heiler streng ins Visier. »Aber das wollen wir ja nicht – habe ich recht?«

Simon hob beschwichtigend die Hände. »Nein, natürlich nicht. Dem Kerkermeister soll kein Leid geschehen. Ich setze ihn nur für eine Weile ... außer Gefecht.«

»Gut. Bei einem Mönch wird Thomas keinen Verdacht schöpfen, also werde ich ihm den Wein unter einem Vorwand verabreichen. Wir müssen allerdings die Wachablösung abwarten, bis wir uns Zutritt zum Hexenturm verschaffen. Bei den beiden Soldaten brauchst du nicht mehr vorstellig zu werden – so wie du eben gewütet hast. Aber ich denke, die Herstellung des Schlaftranks wird sowieso etwas dauern.«

Simon nickte eifrig. »Dennoch sollte er fertig sein, ehe die Dämmerung hereinbricht.«

Ava verspürte ein Ziehen im Magen. »Kannst du deinen Vater bitten, das Verhör für heute unter einem Vorwand auszusetzen? Vielleicht findet sich ja sowieso so schnell kein neuer Schreiber, aber wir müssen sichergehen, dass Gwendolyn bis zu unserem Erscheinen nicht gefoltert wird.«

Simon schluckte, dann aber nickte er entschlossen. »Und wenn ich meinem Vater dafür versprechen muss, sein Erbe anzutreten – ich werde ihn dazu bringen, Gwen zu verschonen.«

Ava nickte ernst. »Dir ist klar, dass du mit ihr danach sofort die Stadt verlassen musst? Am besten geht ihr so weit weg wie möglich – irgendwohin, wo euch niemand kennt und der Hexenwahn vielleicht nicht ganz so heftig tobt.«

Ava dachte, dass es bereits das zweite Paar war, das für seine Liebe seine Heimat verlassen und woanders neu anfangen musste. Aber genau wie Laron und seine Comtesse schien auch Simon bereit zu sein, diesen Preis zu zahlen.

»Mein Vater ahnt längst, dass ich nicht in seine Fußstapfen treten werde. Wenn ich fort bin, wird es einfacher für ihn sein, meine Entscheidung zu billigen.«

»Gut. Komm zum Kloster, sobald du den Trank fertig hast«, bestimmte Ava. »Lass nach mir schicken, wahrscheinlich bin ich bei irgend so einem Ora-et-labora-Ding.«

Unter Simons befremdetem Blick zog Kyran Ava hastig mit sich. »Wir müssen gehen. Bis später!«

»Mann, bin ich froh, wenn das alles hier vorbei ist«, ächzte Ava, während sie und Kyran zum Kloster zurückgingen.

Kyran sah Ava mit hochgezogener Augenbraue an. »Ora-et-labora-Ding, ja? Ein Wunder, dass dich nicht sofort als göttliche Strafe der Blitz getroffen hat.«

Trotz der Schmerzen, die ihren Körper langsam, aber sicher in Flammen zu setzen schienen, musste Ava lächeln. »Ich weiß. Als Mönch bin ich die größte Fehlbesetzung, die man sich vorstellen kann. Da hat sich das Schicksal diesmal wirklich einen besonders perfiden Scherz erlaubt.«

Kyran blieb stehen. »Du hältst dich immer noch für keinen besonders netten Menschen, oder? Obwohl du schon so viele Liebespaare gerettet hast. Warum ist das so?«

Ava konnte Kyran nicht in die Augen sehen. Und seine Frage nicht ehrlich beantworten. »Wir sollten uns beeilen, bestimmt werde ich im Kloster schon vermisst«, wich sie aus.

Doch Kyran hielt Ava sanft, aber bestimmt am Arm fest. »Wieso vertraust du mir nicht, Ava? Seit wir uns das erste Mal getroffen haben, spüre ich, dass du etwas mit dir herumträgst. Und das hat mit den *Sprüngen* zu tun, richtig?«

Seine Fragen prasselten auf Ava ein wie harte, schmerzhafte Hagelkörner. Warum fing er ausgerechnet jetzt davon an? Doch sie spürte, dass Kyran all diese Fragen schon lange mit sich herumtrug – zu lange vielleicht, um sie weiterhin unausgesprochen zu lassen.

Ava presste die Zähne aufeinander. »Ich will nicht darüber reden, okay? Ich habe dir gesagt, dass ich in der Vergangenheit einen großen Fehler gemacht habe – mehr brauchst du nicht zu wissen.«

»Ich will aber mehr wissen, Ava. Ich finde, ich habe ein Recht darauf – nach all dem …« Er machte eine Handbewegung, die nicht nur sie beide, sondern auch die Umgebung, in der sie sich befanden, umfasste.

Ava, deren gesamter Körper sich anfühlte, als wäre er in Benzin getaucht worden, spürte Wut in sich aufwallen. Wie kam Kyran dazu, plötzlich Ansprüche zu stellen, noch dazu im unpassendsten Moment? Sie wollte sich beruhigen, sie wollte nicht, dass dieser Zorn in ihr hochkam – aber sie konnte nichts dagegen tun. »Was soll das jetzt? Gestern Nacht hast du es noch als deine Entscheidung bezeichnet, mir zu folgen. Und du wolltest mich nicht drängen, es dir zu erzählen. Warum hast du jetzt deine Meinung geändert und ich soll dir auf einmal Rechenschaft ablegen? Wozu soll das gut sein?«

»Vielleicht damit ich es verstehe! Warum du gezwungen bist, immer und immer wieder das Gleiche zu tun – in unterschiedlichen Jahrhunderten und immer in Gefahr. Warum es vielleicht nie aufhören wird und wir nicht irgendwann einmal ein normales Leben führen können. Was hast du getan, Ava? Du hältst etwas vor mir zurück – und ich kann einfach nicht weiter mit diesem Geheimnis leben.«

Inzwischen tobte ein greller Schmerz durch Avas Körper, und ihr Kopf schien zu explodieren. Ihr war übel, und sie hatte beinahe keine Kraft mehr, sich auf den Beinen zu halten. »Lass es gut sein. Bitte«, brachte sie nur heraus. Taumelnd lief sie weiter, wollte nur noch das Kloster erreichen und dort in die Kühle der dicken Steinmauern eintauchen.

Doch Kyran ließ sich nicht abschütteln. Hartnäckig blieb er an ihrer Seite. »Ava, ich will dich nicht quälen, aber ich halte das nicht mehr aus. Ich muss wissen, warum die Dinge so sind, wie sie sind. Auch deswegen!« Kyran streifte den Ärmel seiner Jacke hoch, und sie sah die verschnörkelten Zahlen auf seinem Handgelenk. Die letzte Zahl würde sich beim nächsten *Sprung* wieder verändern, und danach wäre Kyran noch einmal zwei Jahre älter.

Was würde passieren, wenn er die Wahrheit erfuhr? Was würde aus seinen Gefühlen für sie? Konnte er sie danach noch lieben? Selbst wenn er sie nicht verlassen konnte, weil er sonst in einer fremden Zeit gefangen wäre, würde er danach vielleicht nicht mehr freiwillig bei ihr bleiben. Panik stieg in Ava auf, und sie klang grober, als sie es wollte.

»Was ändert es, wenn du den Grund weißt, Kyran? Geht es dir danach besser? Ich glaube nicht. Im Gegenteil – es könnte alles zwischen uns kaputtmachen.«

Kyran fasste Ava an beiden Schultern, und sie war gezwungen, ihn anzusehen. »Ava! Du hast mir erklärt, dass du dich verändert hast. Und ich glaube dir. Aber solange ich nicht weiß, was passiert ist, werde ich immer nur einen Teil von dir kennen. Das Ereignis in deinem früheren Leben, um das du so ein Geheimnis machst, stand von Anfang an zwischen uns.«

Ava stiegen Tränen in die Augen. Das Schlimme war, dass es stimmte. Bisher hatte sie Kyran nur eine Seite von sich offenbart, auch wenn nicht nur schöne, sondern auch schwache und traurige Momente darunter gewesen waren. Doch anscheinend war es für ihn nicht genug, wie sehr sie sich ihm geöffnet hatte. Ava konnte ihn sogar verstehen. Er hatte so viel aufgegeben – für sie. Er hatte sich ihr und dem Schicksal vollkommen ausgeliefert, ohne zu wissen, wie es für sie beide ausgehen würde. Und nun war der Punkt erreicht, an dem Kyran die ganze Wahrheit wissen wollte – vielleicht wissen musste, um nicht selbst zu verzweifeln. Genauso wie Ava setzten ihm die Reisen durch die Zeit und die ständige Ungewissheit, ob es diesmal gut ausgehen würde, ziemlich zu. Ja, sie verstand Kyran. Trotzdem weigerte sich etwas in ihr, sich ihm zu offenbaren. Doch sie war wie ein Fisch an der Angel, und wie der Widerhaken bohrten sich Kyrans Fragen immer tiefer in ihre Seele.

»Es muss etwas mit deinem Exfreund zu tun haben. Du hast angedeutet, dass du nicht besonders nett zu ihm warst und er daraufhin mit dir Schluss gemacht hat. Was war los, Ava? Hast du dich an ihm gerächt? Oder ihn davor betrogen?«

Krampfhaft schloss Ava die Augen. Kyran hatte keine Ahnung. Aber sie spürte, dass es keinen Sinn hatte, ihn anzulügen oder weiter hinzuhalten. Sie holte zitternd Luft.

»Es war umgekehrt. Ich habe mit Pete Schluss gemacht. Weil ich ihn nie wirklich geliebt habe. Ich dachte, er würde es verkraften. Immerhin war er einige Jahre älter als ich und hatte schon einen Job und ...«

Ava schloss die Augen. Die Einzelheiten ersparte sie Kyran.

Am Anfang war es nett gewesen und natürlich auch

schmeichelhaft, von einem acht Jahre älteren, gut aussehenden Typen umworben zu werden, und Ava hatte sich, ohne groß darüber nachzudenken, auf ihn eingelassen. Doch bald darauf merkte sie, wie wenig sie eigentlich zusammenpassten. Zuerst hatten sie sich nur über Kleinigkeiten gestritten: Petes Angewohnheit, überpünktlich zum Date zu erscheinen und Ava dann Vorhaltungen zu machen, wenn sie – wie immer – zu spät kam. Sein Gemecker über die Partys, zu denen sie wollte, und dass sie zu wenig zu zweit unternahmen. Je mehr Ava sich zurückzog, desto eifersüchtiger reagierte Pete und nervte Ava mit ständigen Fragen am Handy, wo sie gewesen war und mit wem sie sich getroffen hatte. Ava war es bald zu dumm geworden. Sie mochte Pete, aber liebte sie ihn? Ganz ehrlich, Liebe war es nie gewesen. Genau das hatte sie ihm zum Schluss auch an den Kopf geworfen. Sie hatte sich ohne Bedauern von ihm getrennt. Dieses Gefühl und die Schuld kamen erst später.

»Wie hat er reagiert?«, riss Kyrans Stimme sie aus ihren Gedanken.

»Pete ist völlig ausgeflippt. Er hat zunächst getobt und mich beschimpft. Aber das war nicht das Schlimmste …« Ava stockte bei der Erinnerung. »Als er gemerkt hat, dass es mir egal war, hat er angefangen zu weinen. Er hat sich so schrecklich klein gemacht.« Ava konnte Kyran nicht in die Augen sehen. Sie redete schnell weiter, denn jetzt war die Lawine ins Rollen geraten und nicht mehr aufzuhalten. »Ich habe … ein paar sehr hässliche Dinge zu Pete gesagt und ihn dann einfach aus der Wohnung geschmissen. Er hat sich daraufhin sinnlos betrunken. Ich habe ihn noch von meinem Fenster aus in den Pub schräg gegenüber gehen sehen, aber ich habe mich nicht weiter um ihn gekümmert. Ich war einfach nur froh, dass er weg war und ich weder seine Wut noch seine Tränen mehr sehen musste. Ich fand ihn in dem Moment erbärmlich.« Bei der Erinnerung vergrub Ava vor Scham das Gesicht in den Händen. Wie hatte sie nur so gefühllos und kalt sein können? Hatte sie wirklich nicht gewusst, wie tief sie Pete verletzt hatte – oder wollte sie es damals einfach nicht wissen?

Kyran hatte ihr schweigend zugehört, nur seine zusammengepressten Lippen verrieten seine Anspannung. »Was ist dann passiert?«

»Er hat sich am selben Abend umgebracht. Als ich endlich begriffen habe, wie fertig er war, wollte ich noch mal mit ihm reden, aber da rief schon die Polizei bei mir an. Sie hatten meine Nummer auf Petes Handy gesehen. Ich bin losgerannt, aber ich bin zu spät gekommen …« Avas Stimme brach.

»Bei der Höhe – das überlebt kein Mensch«, erinnerte sie sich an die Stimme des Police Officer, der neben ihr auf der Brücke gestanden hatte. Selbst jetzt konnte sie sich noch an jede Einzelheit von damals erinnern.

Kyran blieb stumm, und Ava spürte, dass er ihre Worte erst einmal verarbeiten musste. Doch sein Schweigen war eine schlimmere Qual als die brennende Hitze in ihrem Körper, daher berührte sie leicht seinen Arm, bis er ihr ins Gesicht sah.

Ava schluckte. »Ich will mich nicht rechtfertigen, denn für das, was ich getan habe, gibt es keine Entschuldigung. Zur Strafe bin ich eine Zeitenwandlerin geworden. Genau ein Jahr nach Petes Tod fingen die *Sprünge* an.«

Kyrans Miene war undurchdringlich. »Verstehe.«

Ava sah ihn müde an. »Nein, das tust du nicht. Du verurteilst mich für das, was ich Pete angetan habe, stimmt's? Aber soll ich dir etwas sagen? Du kannst mich gar nicht so verachten, wie ich mich selbst hasse. Auch wenn ich mich geändert habe, kann ich die Vergangenheit nicht rückgängig machen, so sehr ich mir das immer und immer wieder gewünscht habe. Mein Verhalten hatte schreckliche Folgen, und ich muss mit dieser Schuld jetzt für immer leben.«

Kyran sah sie ernst an. »Ich weiß, dass du dich geändert haben musst, Ava. Denn sonst hätte ich mich nicht in dich verliebt. Aber auch für das, was du damals getan hast, verachte ich dich nicht. Okay, du hast einen Fehler gemacht, aber du konntest nicht wissen, welche Konsequenzen dein Verhalten haben würde.«

Ava starrte Kyran an. »Das klingt fast zu gut, um wahr zu sein«, sagte sie. »Meinst du das ernst oder sagst du das nur mir zuliebe?«

Kyran biss sich auf die Unterlippe. »Ich meine, was ich sage. Denn ich bin auch nicht besser gewesen – damals, als Emily starb.«

Ava starrte ihn an. Zuerst dachte sie, sie hätte Kyran falsch verstanden, doch er blickte in die Ferne, als liefe dort ein Film aus seiner Vergangenheit.

»Emily und ich sind auch im Streit auseinandergegangen an dem Tag, als der Unfall passierte.« Kyran lachte freudlos. »Im Nachhinein war unser Krach lächerlich – und total überflüssig. Ich weiß gar nicht mehr so wirklich, worum es eigentlich ging. Normalerweise haben wir fast nie gestritten, aber an dem Tag war ich irgendwie schlecht drauf, und auch Emily war mies gelaunt – das ist bei Zwillingen wohl oft so: Sie sehen sich nicht nur ähnlich, sie fühlen auch ähnlich. Jedenfalls habe ich bei dieser Party nicht wie sonst immer auf sie gewartet, um mit ihr zusammen nach Hause zu gehen, sondern bin alleine los, weil ich so sauer war. Ich dachte, Emily hätte genügend Geld dabei, um sich ein Taxi zu nehmen. Aber aus irgendeinem Grund ist alles anders gekommen.«

Kyran atmete tief ein und fuhr sich mit beiden Händen durchs Haar. »Als es mitten in der Nacht geklingelt hat, dachten meine Eltern und ich zuerst, Emily hätte ihren Schlüssel vergessen. Aber stattdessen standen zwei Polizisten vor der Tür. Ich musste sie nur ansehen, um zu wissen, dass Emily nicht nach Hause kommen würde. Nie mehr.«

Ava schloss die Augen. Sie wusste genau, wie Kyran sich fühlte. Auch das verband sie also – der Tod eines nahestehenden Menschen, der untrennbar mit quälenden Schuldgefühlen verknüpft war. Und trotzdem spürte Ava so etwas wie Erleichterung, weil Kyran sie nicht verurteilte. Als sie ihm das sagte, biss er sich auf die Unterlippe, ehe er sie endlich ansah.

»Ich muss dir noch was sagen, Ava. Als ich verstanden habe, dass du tatsächlich durch die Zeit reisen kannst, wollte ich dir sofort folgen. Aber nicht nur, um dich nicht noch mal zu verlieren. Ich hatte außerdem gehofft, dass du mich zu dem Tag zurückbringen könntest, an dem Emily gestorben ist.«

Ava wartete auf das Gefühl der Enttäuschung, weil Kyran nicht allein ihretwegen all das auf sich genommen hatte – doch nichts passierte. Früher hätte sie jeden Jungen, der ihr nicht seine hundertprozentige Aufmerksamkeit schenkte, wortlos stehen lassen.

Sie fasste nach Kyrans Hand und lächelte. »Ich kann dich

gut verstehen. Ich hatte auch gehofft, alles ungeschehen machen zu können. Aber es soll wohl nicht sein. Deswegen bin ich doppelt froh, dass du bei mir bist.«

»Mir geht's genauso. Und ich hätte mich wohl nie getraut, in Asburys Gruft zu steigen, wenn ich nicht fest davon überzeugt gewesen wäre, dass zumindest wir beide uns wiedersehen.«

Ava sah auf ihre verschränkten Hände und dachte, dass ihrer beider Schicksal ebenso verflochten war wie ihre Finger. Aber sie war froh, dass Kyran sie nicht verachtete oder nichts mehr mit ihr zu tun haben wollte, nachdem sie ihm die ganze Wahrheit über sich und Pete erzählt hatte.

»Zusammen werden wir es schaffen, Simon und Gwendolyn zu retten!«, sagte Ava zuversichtlich.

Kyran ließ sich von ihrem Optimismus anstecken. »Der Schlaftrunk funktioniert bestimmt! Ich wette, dieser Kerkerwärter ist einem guten Tropfen nicht abgeneigt, so etwas bekommt er sicher sonst nicht geboten.«

Ava hatte eine Idee. »Ich behaupte einfach, der Wein war eine Gabe fürs Kloster, aber unsere Regeln verbieten es mir und meinen Ordensbrüdern selbstverständlich, davon zu trinken.« Sie und Kyran lächelten sich verschwörerisch zu und besprachen auf dem Weg ins Kloster den restlichen Teil ihres Plans: Kyran würde ungesehen oben an der Treppe warten, bis Thomas eingeschlafen war. Während Ava vorsichtshalber den bewusstlosen Kerkermeister bewachte, sollten Kyran und Simon Gwendolyn aus dem Verlies holen. Anschließend würde Simon mit dem Henkerskarren an den Soldaten vorbei zum Tor hinausfahren, auf der Ladefläche ein vermeintlich harmloses Bündel alter Säcke. Dass sich darunter eine Gefangene des Hexenturms verbarg, würden die Soldaten nie erfahren – und wenn, dann waren Simon und Gwen längst in Sicherheit.

Weil Ava sich gut vorstellen konnte, dass Bruder Lukas später unter Umständen unangenehme Fragen bevorstanden, überlegte sie zusammen mit Kyran, wie sie den Mönch vor möglichen Unannehmlichkeiten bewahren konnten, denn er würde sich an nichts mehr erinnern, wenn er seinen Körper erst zurückbekommen hatte.

»Du musst Thomas gegenüber so tun, als könntest du der Versuchung nicht widerstehen und auch einen Schluck vom Wein nehmen«, beschloss Kyran. »Dann wird man glauben, Bruder Lukas sei ebenfalls betäubt worden und hätte gar nicht mitbekommen, wie Simon Gwendolyn aus dem Kerker geholt hat. Und wenn der merkwürdige Fremde auch verschwunden ist, wird man in ihm entweder Simons Komplizen vermuten – oder Satan höchstpersönlich, der mit dem Henkerssohn und seiner Hexe zur Hölle gefahren ist.«

»Das erinnert mich an eine Sage, die ich mal gelesen habe«, sagte Ava, und ihr fiel ein, dass bisher eigentlich bei jedem ihrer *Sprünge* ein Märchenmotiv eine Rolle gespielt hatte. Trotzdem war es unfassbar, dass die Menschen im 17. Jahrhundert tatsächlich geglaubt hatten, dass es Frauen und Männer gab, die einen Viehbestand verhexen oder Krankheit und Seuche über ein Dorf bringen konnten.

Kyran zuckte die Schultern. »In diesem Falle hilft uns der Aberglaube, damit der Mönch aus dem Schneider ist«, sagte er und grinste.

Dass das Schicksal seine eigenen Wege ging – daran dachte Ava in diesem Augenblick nicht.

Kapitel 12

Brennende Herzen

Ein paar Stunden später umklammerte Ava den Tonkrug mit dem warmen Wein und stieg in den Kerker hinab. Genau wie in Versailles, fiel ihr ein, und sie erinnerte sich daran, wie groß ihre Angst um Kyran gewesen war. Diesmal schwebte eine junge Frau in Lebensgefahr, und Ava verspürte die gleiche Anspannung wie damals. Die Luft im Hexenturm kam ihr noch dumpfer und kälter als bei ihrem ersten Besuch hier unten vor, aber vielleicht war es auch nur ihre eigene Beklemmung, die ihren Körper mit einer dünnen Eisschicht zu überziehen schien.

Simon war nicht zu sehen, und daher ging sie davon aus, dass er sich vor etwa einer halben Stunde wie verabredet unter dem Vorwand, etwas für seinen Vater erledigen zu müssen, in den Verhörraum begeben hatte. Dort würde er warten, bis Ava den Kerkermeister betäubt hatte und grünes Licht für Gwendolyns Befreiung gab. Bisher hatte alles reibungslos geklappt. Simon war mit dem gemischten Trank zum Tor gekommen und hatte sogar eine plausible Ausrede gefunden, warum er Bruder Lukas unbedingt aus dem Kloster holen musste.

»Er hat einen Kranken bei sich, der zu schwach war, um

in die Kirche zu kommen, dem jedoch nach Abbitte dürstet«, hatte Simon behauptet, und die Ordensbrüder hatten keinen Verdacht geschöpft, als Ava mit Simon zusammen aufgebrochen war. Kyran, der im Klostergarten gewartet hatte, schloss sich ihnen an, und gemeinsam waren die drei zum Hexenturm geeilt. So weit, so gut, dachte Ava jetzt, aber der entscheidende Punkt war, ob es ihr gelingen würde, Thomas den Wein einzuflößen. Ihr Herz galoppierte vor Angst, der ganze Plan könnte in letzter Sekunde an dem Kerkermeister scheitern. Daher bemühte sie sich, ihre Stimme sicher und kraftvoll klingen zu lassen, während sie nach Thomas rief. Kurz darauf warf das Fackellicht seinen verzerrten Schatten an die Wand des Gangs, und Ava hörte ihn schlurfend näher kommen.

»Ei, Pater Lukas. Was tut Ihr denn schon wieder hier?«

Ava schluckte. Nun hing alles von ihr ab. »Ich dachte, ich sehe einmal nach dir. Es ist sicher nicht leicht für dich, Tag und Nacht hier unten Wache zu halten, nicht wahr?«, schmeichelte sie dem Alten.

Thomas nickte. »Darauf könnt Ihr Gift nehmen.«

Ava zuckte bei seinen Worten zusammen und dachte an den mit Opium und allerlei Kräutern versetzten Wein. Hoffentlich schläferte das Gebräu Thomas nicht für immer ein. Trotzdem konnte sie jetzt keinen Rückzieher machen, es stand zu viel auf dem Spiel. Für Simon – aber auch für Ava und Kyran. Daher zog sie den kleinen bauchigen Krug aus ihrer Mönchskutte und hielt ihn Thomas hin.

»Hier, ich habe etwas mitgebracht.«

Der Kerkermeister verdrehte seinen Hals und musterte die Flasche skeptisch. »Was ist das?«

»Ein wenig warmer gewürzter Wein. Eigentlich war es eine wohlmeinende Gabe für uns Klosterbrüder, aber du weißt ja, dass es einem Gottesmann untersagt ist, so etwas zu trinken.«

»Außer bei der Messe. Da könnt Ihr Euch dann am Blut Christi schadlos halten.« Thomas kicherte.

Ava bemühte sich, mitzulachen. »Ganz recht. Aber da wir nicht in der Kirche sind …« Auffordernd hielt sie Thomas den Krug hin, wobei sie insgeheim dachte: Nun trink schon, zum Kuckuck!

Doch der Wärter machte keine Anstalten, danach zu greifen. Ein misstrauischer Ausdruck lag auf seinem mit unzähligen Furchen und Runzeln durchzogenen Gesicht. »Woher weiß ich, dass der Wein nicht sauer oder vergoren ist?«

Ava bemühte sich, ihre Ungeduld nicht zu zeigen, außerdem war es vielleicht eine gute Gelegenheit, einen Teil von Kyrans Plan umzusetzen, um später Bruder Lukas Unannehmlichkeiten zu ersparen. Daher zog sie die Hand zurück und zuckte die Schultern. »Gut, wenn du nicht willst …« Mit diesen Worten ließ sie sich auf einen groben Holzbalken nieder, der an einer Seite der Wand angebracht war und offenbar als Sitzgelegenheit für den Wärter diente. Sorgfältig entkorkte Ava das Tongefäß und setzte es an die Lippen. Sie achtete darauf, dass nichts von der warmen Flüssigkeit, die gegen ihre Lippen schwappte, in ihren Mund gelangte. Sie setzte die Flasche ab und tat, als schlucke sie. Danach wischte sie sich genüsslich seufzend den Mund ab.

»Ah, es geht doch nichts über einen guten Tropfen!« Sie blickte Thomas schuldbewusst an. »Du verrätst mich doch nicht, oder? Aber bei so etwas Feinem kann selbst ein Mönch nicht widerstehen.«

Zufrieden sah Ava das gierige Glitzern in den Augen des Kerkermeisters. Sie musste die Flasche nur ein Stück in seine Richtung schieben, da griff er bereits danach. »Nun, wenn Ihr den alten Thomas schon so bittet«, sagte er und lachte meckernd.

Er ließ sich neben Ava nieder, ehe er den Krug ansetzte und gierig zwei, drei Schlucke nahm. Mit einem zufriedenen Rülpser gab er das Gefäß anschließend an Ava zurück, die wohlweislich darauf verzichtete, noch einmal so zu tun, als tränke sie. Allein bei dem Gedanken an die braunen Zahnstumpen in Thomas' Mund wurde Ava leicht übel. In gewissen Dingen konnte sie eben doch nicht aus ihrer Haut – egal in welchem Zeitalter und Körper sie sich befand. Also trank der Wärter den Rest der Flasche selbst. Ava beobachtete ihn verstohlen. Wann würde er die ersten Anzeichen von Müdigkeit zeigen? Zu Avas Schrecken sprang Thomas stattdessen munter auf.

»Ich sollte einmal nach dem Henkersbürschchen sehen«, sagte er. »Der Kerl treibt sich für meinen Geschmack schon zu lange in der Verhörkammer herum.«

»Warte«, rief Ava hastig, denn wenn Thomas merken sollte, dass Simon in Wahrheit alles andere tat, als die Werkzeuge seines Vaters zu richten, wäre ihr ganzer Plan in Gefahr. »Ich ... äh ... wollte noch von dir wissen, ob du etwas Neues vom Gerichtsschreiber weißt. Hat man ihn inzwischen aufgespürt?«

Der Alte schüttelte den Kopf. »Der ist über alle Berge.«

»Und der Soldat? Die Tochter des Aktuars war doch mit einem der Turmwachen verlobt«, fuhr Ava eilig fort, denn sie wollte – nein, sie musste – Thomas unter allen Umständen von Simon fernhalten. Krampfhaft überlegte sie, wie sie weiter verfahren sollte, denn aus irgendeinem Grund wirkte der Trank nicht. Hatte ihn Simon zu schwach zubereitet? Oder hatte Thomas doch zu wenig davon getrunken? Die Gedanken schossen wie aufgescheuchte Vögel durch Avas Kopf, und so bemerkte sie kaum, dass der Alte sich wieder neben sie gehockt hatte. »Verlobt«, wiederholte er und zog die Stirn kraus. »So, so.«

Seine Aussprache klang merkwürdig verwaschen, und Ava tauchte aus ihren düsteren Gedanken auf. Thomas' Blick war glasig, und er schwankte im Sitzen leicht vor und zurück. Vielleicht wirkte der Trank ja doch.

»Thomas? Bist du okay, äh ... Ich meine, ist alles in Ordnung?«

»Nur müde«, nuschelte der Kerkermeister, und während seine Augenlider langsam zuklappten, fiel ihm sein Kopf auf die Brust.

Sekundenlang beschlich Ava die Angst, sein Schlaf könnte tatsächlich der Ewige sein, doch im nächsten Moment begann Thomas laut zu schnarchen. Da er in der Ecke der rauen Steinwand lehnte, konnte er nicht von der groben Sitzfläche kippen. Schnell sprang Ava von der Bank auf und rannte die Treppenstufen nach oben. Kyran, der hinter der oberen Tür gewartet hatte, atmete bei ihrem Anblick auf, und sein angespannter Gesichtsausdruck machte einem Lächeln Platz.

»Es hat also geklappt!«

»Ja, hat es. Lass uns trotzdem noch ein paar Minuten warten, bis wir sicher sein können, dass Thomas wirklich tief und fest schläft«, sagte Ava und lehnte sich kurz an Kyran, der sie zärtlich an sich zog.

Obwohl seine Berührung wie immer das säureartige Brennen in Avas Adern linderte, spürte sie, dass sie keine Zeit verlieren durften. Ihre Fingerspitzen kribbelten schmerzhaft, und sie hatte das Gefühl, das enge Mönchsgewand würde ihr zunehmend die Luft abschnüren. Sie griff mit der rechten Hand an den Ausschnitt der Kutte und versuchte, sie zu lockern. Doch das grobe Leinen leistete Widerstand und schien immer enger um ihre Kehle zu werden. Mit dem Gefühl, gleich zu ersticken, zerrte Ava grob an dem Stoff. Dabei verfingen sich ihre Finger in den Gliedern der Kette, die um Avas Hals lag, und durch ihre ungestüme Bewegung riss sie und fiel leise klirrend zu Boden. Durch den Aufprall klappte der ovale Deckel des Medaillons auf.

»Nicht schon wieder dieses Ding«, stöhnte Ava und bückte sich achtlos, denn auch diesmal würde sich allenfalls ein Fetzen alten Papiers darin befinden – dachte sie.

Doch als sie es zuklappen wollte, hielt Kyran sie zurück. »Warte! Siehst du das?«

Ava kniff die Augen zusammen, und nun sah sie es auch. Im Gegensatz zu ihren vorherigen Reisen, auf denen sie das Medaillon geöffnet hatte, war das Bild im Inneren des Ovals diesmal vollständig – und gut zu erkennen. Das winzige gemalte Portrait zeigte ein blondes Mädchen, das den Kopf halb dem Betrachter zugewandt hatte und leicht lächelte. Irgendwie kommt mir das Mädchen bekannt vor, dachte Ava, doch noch während sie überlegte, warum ihr das Gesicht so bekannt vorkam, hörte sie einen unterdrückten Laut von Kyran. Sie blickte ihn an und erschrak. Sein Gesicht war totenbleich, und seine aufgerissenen Augen spiegelten ein solches Entsetzen wider, dass Avas Herz für einige Sekunden stillzustehen schien.

»Kyran«, flüsterte Ava, denn so hatte sie ihn noch nie gesehen. »Was ist denn los?«

Langsam wandte Kyran den Blick von dem Medaillon ab und sah sie an. Seine Augen waren nicht mehr blau, sondern wie zwei schwarze Teiche. »Das ist Emily«, sagte er, und es schien ihn Mühe zu kosten, den Namen auszusprechen. »Das Mädchen auf dem Gemälde ist meine Schwester.«

»Aber wie kommt ihr Portrait in mein Medaillon? Und warum?«

»Ich weiß es nicht, Ava. Hast du vorher wirklich nie ein Gesicht in dem Schmuck erkennen können?«

»Nein, das weißt du! Du hast das Medaillon doch in Versailles und Italien mit mir zusammen geöffnet.«

Kyran rieb sich heftig die Wangen. »Was zum Teufel geht hier vor? Was hast du mit Emily zu tun?«

»Nichts! Ich kannte deine Schwester gar nicht.«

Ava war genauso ratlos wie Kyran. Aber sie erinnerte sich, dass bei jedem ihrer Sprünge das Bild ein wenig deutlicher geworden war.

»Glaubst du, Emilys Bild ist eine Art Botschaft? Ich meine, wir haben beide zwei Menschen verloren, und wir fühlen uns beide schuldig. Vielleicht bildet das Medaillon eine Art Verbindung zwischen uns.«

Kyran schüttelte den Kopf. »Ich glaube eher, der Schmuck will uns etwas mitteilen. Aber was? Ich meine, dein Freund hat Selbstmord begangen, während Emily einfach zur falschen Zeit am falschen Ort war. Wenn sie die Party mit mir zusammen verlassen hätte oder nur fünf Minuten später aufgebrochen wäre, dann hätte sie nicht die Straße überquert, gerade als das Auto angerast kam.«

Diese Information war neu für Ava. »Ich dachte, Emily hätte mit im Auto gesessen?«

»Nein, ein Betrunkener hat sie auf dem Heimweg umgefahren und anschließend Fahrerflucht begangen.«

Ava schluckte. »Wie furchtbar. Das heißt, er wurde nie gefasst!«

Kyran lächelte. »Oh doch, aber es war zu spät. Dieses besoffene Schwein hat erst meine Schwester und danach sich selbst totgefahren. Seine Flucht endete am Ufer der Themse. Er muss mit mehr als hundert Sachen unterwegs gewesen sein, als er auf der *Richmond Lock Bridge* die Kontrolle über seinen Wagen verloren hat, sonst hätte er nicht das schmiedeeiserne Geländer durchbrechen können.«

Ava brachte keinen Ton heraus, sondern starrte Kyran nur stumm an. Der Name der Brücke war wie ein Faustschlag in ihren Magen, und vor ihren Augen tanzten grelle Funken.

Kyran erzählte weiter: »Als die Polizei eintraf, konnten sie den Typen nur noch tot aus seinem Sportwagen bergen. Er war nicht angeschnallt gewesen, und sein Auto ist mit voller Wucht auf dem Kiesbett aufgeprallt. Außerdem war die Brücke zu hoch, als dass er den Sturz hätte überleben können.«

Ava schloss die Augen. Bitte nicht, dachte sie, nicht das. Aber Kyrans Worte waren dieselben wie die des Police Officer, und die Übereinstimmung war zu groß, um ein Zufall zu sein. Trotzdem wollte sie es noch nicht wahrhaben. »An welchem Tag ist deine Schwester gestorben?«

Kyran tauchte aus seinen Gedanken auf und sah sie an. »Am achten April 2015 gegen elf Uhr nachts, warum?«

Obwohl sie es schon geahnt hatte, traf Ava die Gewissheit

wie ein Stromschlag – genauso heftig und ebenso schmerzhaft. Sie begann unkontrolliert zu zittern.

»Ava, was ist denn auf einmal los?«, fragte Kyran und griff nach ihrer Hand.

Die Besorgnis in seiner Stimme war zu viel für Ava, und sie begann haltlos zu schluchzen.

»Pete«, brachte sie nur heraus. »*Er* war der Unfallfahrer. Ich habe an diesem Tag mit ihm Schluss gemacht, und er hatte genau so einen roten Sportflitzer, wie du ihn beschrieben hast. Mitten in der Nacht rief die Polizei mich an, dass sie sein Auto gefunden haben – unter der *Richmond Lock Bridge*...«

Kyran starrte sie an, und seine Hand fiel kraftlos herab. »Nein«, sagte er tonlos.

Ava wäre am liebsten davongelaufen, doch sie musste bleiben und sich der Wahrheit stellen. Das war sie Kyran schuldig – ihm und Emily.

»Ich habe dir doch erzählt, dass er sich an dem Abend in der Kneipe betrunken hat. Danach ist er ins Auto gestiegen und losgefahren. Die Polizei hat mich benachrichtigt, weil sie seine Eltern nicht erreichen konnten, aber meine Nummer auf dem Display seines Handys gesehen haben. Pete hatte mich vorher aus dem Pub sieben oder acht Mal angerufen, aber ich bin nicht rangegangen. Absichtlich. Irgendwann ist er anscheinend durchgedreht und hat sich total betrunken hinters Steuer gesetzt. Vielleicht wollte er sich umbringen, oder er hat auf der Brücke einfach die Kontrolle verloren, das konnte mir die Polizei nicht sagen. Von deiner Schwester habe ich nichts gewusst, ein Beamter hat nur erwähnt, dass Pete vor seinem Tod noch einen Unfall gebaut hatte. Aber ich dachte, er ist gegen ein parkendes Auto gefahren ...«

Ava vergrub ihr Gesicht in den Händen. Sie hatte nie nachgefragt, was an diesem Abend genau passiert war. Sie wollte es gar nicht wissen – der Blick auf das verbogene, zerfetzte Eisengeländer der Brücke hatte ihr gereicht. Erneut tauchte vor ihrem inneren Auge das Bild von Petes rotem Sportwagen auf, der sich mit der Motorhaube voran in das Kiesbett am Rande des Flusses gebohrt hatte – eine merkwürdige Skulptur aus verbogenem Blech, auf der die Regentropfen im zuckenden Blaulicht der Polizei wie Saphire glitzerten. Und daneben etwas Längliches unter einer weißen Plane – Petes toter Körper. Ava hatte minutenlang einfach nur stumm dagestanden, ehe sie sich umgedreht hatte und mit steifen Schritten nach Hause zurückgekehrt war.

Den Polizeibeamten gegenüber hatte sie behauptet, keine Ahnung zu haben, warum Pete sich sturzbetrunken ins Auto gesetzt hatte. Nein, sie hatte ihn nicht gut gekannt, nein, sie wusste nicht, warum er sie so oft angerufen hatte – und ja, ihr Handy war auf stumm geschaltet gewesen, weil sie einen Film auf ihrem Tablet ansehen und nicht gestört werden wollte.

Ava erinnerte sich, dass sie damals wegen all der Lügen der Polizei gegenüber nicht einmal ein schlechtes Gewissen gehabt hatte. Sie wollte nichts mit Petes Tod zu tun haben. Alles, was sie wollte, war, zu vergessen – am liebsten nicht nur diesen Abend, sondern auch ihre Beziehung mit Pete und die hässlichen Dinge, die sie zum Schluss zu ihm gesagt hatte. Denn sonst hätte Ava sich eingestehen müssen, dass sie Schuld an dem trug, was passiert war. Stattdessen war sie kurz nach Petes Tod vor der Wahrheit und ihrer Verantwortung nach Bali geflohen, in der festen Überzeugung, alles hinter sich lassen zu können. Dass sie von dieser Reise nicht mehr zurückkehren, sondern fortan dazu verdammt sein würde, ihr Leben in fremden Körpern und verschiedenen Jahrhunderten zu fristen, hatte sie zu diesem Zeitpunkt nicht ahnen können. Ihre Zeitsprünge begannen an jenem Tag, an dem Petes Tod – und auch der von Emily, wie sie nun wusste – sich jährte.

Doch jetzt hatte Avas Vergehen sie eingeholt – und es war schlimmer, als sie es sich je hätte ausmalen können. Denn sie hatte nicht nur ihren Exfreund auf dem Gewissen, sondern war auch mit dafür verantwortlich, dass Kyran seine Schwester verloren hatte. Hatte Kyran sie deshalb stets in ihrer wahren Gestalt gesehen? War das, was sie beide als glückliche Fügung, ja Magie angesehen hatten, in Wirklichkeit nur eine Strafe des Schicksals? Denn auf diese Weise hatte Kyran, ohne es zu wissen, die ganze Zeit über in Ava immer den Menschen vor Augen gehabt, der eine Mitschuld am Tod seiner Zwillingsschwester trug. Und nun begriff Ava auch, warum sie beide von Anfang an auf geheimnisvolle Weise verbunden gewesen waren: Es war nicht die Liebe gewesen, sondern der Tod zweier Menschen, die ihnen nahegestanden hatten.

Ava wusste, dass diese Erkenntnis alles verändern würde, vor allem aber die Beziehung zwischen ihr und Kyran – und der Blick in sein Gesicht sagte ihr, dass auch er es wusste.

»Es tut mir so unendlich leid, Kyran«, flüsterte sie. »Ich weiß, ich kann es nicht ungeschehen machen. Und selbst wenn ich irgendwann einmal aufhören sollte zu *springen* – das, was ich getan habe, werde ich mir selbst niemals verzeihen.«

Kyran blieb stumm, und Ava fühlte sich so hilflos wie noch nie in ihrem Leben. Es gab keine Möglichkeit, es wiedergutzumachen – und keine Chance, dass er ihr jemals vergab.

Sie wollte irgendetwas tun, etwas sagen – nur damit diese schreckliche Mauer aus Schweigen verschwand, die zwischen ihnen zu wachsen schien, bis sie einander nicht mehr erreichen konnten, weder mit Blicken noch mit Worten.

»Bitte sag was«, bat Ava ihn schließlich, weil sie es nicht mehr aushielt.

Mit einem tiefen Atemzug, der wie ein Schluchzer klang, rang Kyran nach Worten. »Ich weiß, dass du das nicht gewollt hast, Ava«, sagte er schließlich stockend. »Aber meine Zwillingsschwester ist tot, und seitdem ist auch mein Leben aus den Fugen geraten. Unsere Eltern sind nach Frankreich gezogen, weil sie es nicht mehr ertragen haben, an dem Ort zu wohnen, an dem Emily umgekommen ist. Ich habe versucht, ein normales Leben zu führen, zu studieren – aber ich habe mich jeden Tag gefragt, wozu. Irgendwie scheint es egal zu sein, ob ich etwas tue oder lasse. Das meiste erscheint sinnlos, wenn du weißt, dass du jemanden, der früher ganz selbstverständlich ein Teil deines Leben war, nie wiedersiehst.«

Ava senkte den Kopf und nickte. Sie verstand ihn gut. Trotzdem hatte er nicht darauf geantwortet, was die Wahrheit für sie beide bedeutete. Er schien die unausgesprochene Frage in ihren Augen zu lesen, denn er schluckte. »So gern ich es möchte, Ava, aber ich kann nicht so tun, als wäre es zwischen uns jetzt noch wie vorher.«

Avas Kehle war wie zugeschnürt. »Das sollst du auch nicht. Aber … was wird jetzt aus uns?«

Kyran hob den Kopf und sah sie mit mattem Blick an. »Ich möchte nicht mehr mit dir reisen«, sagte er leise.

Ava sah Kyran erschrocken an. »Aber ...«, brachte sie heraus, ehe ein furchtbarer Schmerz ihr die Kehle zuschnürte.

Sie wollte ihn erinnern, dass er bis vor Kurzem noch gesagt hatte, er würde seine Entscheidung nicht bereuen. Dass nur sie beide zählten und nichts sonst, egal wie oft sie noch *springen* würden. Gleichzeitig wusste sie aber, dass all das nun seine Gültigkeit verloren hatte.

Trotzdem konnte sie nicht glauben, dass es so weit kommen musste, sie wollte ihn zurückholen oder bei sich behalten, alles auf einmal. Sie streckte die Hand aus, aber Kyran schüttelte den Kopf.

»Verstehst du nicht?«, brach es aus ihm heraus. »Ich habe immer zu dir gehalten, und es war mir sogar egal, dass immer, wenn ich dir gefolgt bin, zwei Jahre meines Lebens verschwunden waren – einfach so! Aber ich wollte bei dir sein, dir helfen und dich beschützen. Da wusste ich ja noch nicht, warum du das alles tun musst. Aber meine Schwester ist tot, und ich kann nicht so tun, als wäre nichts passiert – und als würde ich nicht um deine Mitschuld wissen.«

Die Verzweiflung, aber auch die Wut darüber, dass alles so gekommen war, überfiel Ava, und sie konnte sich jetzt auch nicht mehr zurückhalten. »Ja, ich weiß das alles! Vielleicht bin ich komplett verantwortlich für Petes Tod, aber ich kann nichts dafür, dass du dich mit deiner Schwester an dem Abend damals zerstritten hast. Ich habe sie nicht überfahren! Aber du tust, als wäre ich eine Doppelmörderin, und das ist nicht fair, Kyran!«

Zwei Atemzüge lang schwieg er. »Du hast recht«, sagte

er schließlich. »Trotzdem haben sich die Dinge geändert.« Er wies mit einer Kopfbewegung auf die Kerkertreppe. »Sobald wir das hier hinter uns haben, werden wir *springen*, und wenn es irgendeine Möglichkeit gibt, werde ich zu Asburys Gruft gehen und versuchen, in meine Zeit zurückzukommen, auch wenn ich dafür monatelang in irgendeiner fremden Epoche ausharren muss. Wenn ich es geschafft habe, gehe ich nach Birmingham zurück und lebe mein Leben weiter – irgendwie.«

Er hielt den Blick auf den Boden gerichtet, und Ava war beinahe froh, dass er die Verzweiflung nicht sah, die ihr Gesicht verzerrte. Am liebsten hätte sie geschrien und mit den Fäusten gegen die klammen Kerkerwände getrommelt, um gegen das Schicksal aufzubegehren. Immer wieder hielt es neue, schreckliche Dinge für sie bereit, und jedes Mal, wenn Ava dachte, es wäre ein klein wenig gnädig, schlug es danach umso erbarmungsloser zu.

Nun hatte man ihr auch noch die letzte Hoffnung genommen, nämlich den Menschen, der ihre rastlosen Reisen durch die Zeit und ohne eigenen Körper erträglich gemacht hatte und den sie liebte. Kyran würde sie verlassen – und sie konnte nichts dagegen tun. Nun würde sie wieder alleine unterwegs sein – zu ewiger Einsamkeit verdammt. Diese Vorstellung war derart schrecklich, dass Ava den verzweifelten Wunsch verspürte, auf der Stelle zu sterben. Nichts schien mehr Sinn zu machen, warum sollte sie dann ihr Leben – das in Wirklichkeit doch nur die bloße Existenz in fremden Körpern und fernen Zeiten war – überhaupt noch weiterführen?

Doch ehe sie weiter darüber nachdenken konnte, flog die windschiefe Holztür zum Verhörraum auf, und Simon streckte den Kopf heraus. »Frater Lukas! Warum habt Ihr mich noch nicht geholt«, flüsterte er und warf einen ängstlichen Blick zur Kellertreppe. »Hat der Trank für den Kerkermeister etwa keine Wirkung gezeigt?«

Mit größter Mühe riss Ava sich zusammen und versuchte, Simon ein aufmunterndes Lächeln zu schenken. »Doch, Simon. Du hast ganze Arbeit geleistet.«

»Worauf warten wir dann noch, wir müssen uns eilen«, drängte er und schob sich an Ava vorbei.

Kyran vermied es, Ava anzusehen, und folgte Simon wortlos. Ehe auch Ava die Treppe hinunterstieg, erhaschte sie noch einen Blick durch die halb offene Tür ins Innere der Verhörkammer: Die eisernen Instrumente mit Nägeln, Stacheln sowie die Seilwinde kannte sie zwar aus Büchern, doch hier waren sie grausame Realität. Ein Geruch von Schrecken und Tod schien in der Luft zu hängen, und Ava beeilte sich, den beiden jungen Männern in den finsteren Kerkergang hinab zu folgen, wo der alte Wächter immer noch schnarchte.

»Mehrere Säcke liegen auf dem Karren bereit und sollten genügen, um Gwen darunter vollständig zu verbergen«, sagte Simon, während er kurz Thomas' schlaffes Handgelenk zwischen Daumen und Zeigefinger nahm und zufrieden nickte.

»Er schläft, ist aber wohlauf.«

Ava sah zu Kyran hinüber und hoffte wenigstens auf einen Blick von ihm, ein kurzes Einverständnis, dass sie hier und jetzt trotzdem noch Seite an Seite für ein anderes Liebespaar kämpfen würden, doch er hatte den Kopf weggedreht.

Inzwischen hatte Simon geschickt den eisernen Schlüsselbund von dem speckigen Gürtel des Kerkermeisters gelöst und lief jetzt den finsteren Gang entlang zu der Zelle, in der Gwendolyn eingesperrt war. Ava und Kyran hielten sich dicht hinter ihm und prallten beide auf ihn, als der abrupt stehen blieb.

»Verflixt, Simon! Pass doch auf ...«, sagte Ava.

Simon drehte sich zu ihr um, und Ava sah, dass alle Farbe aus seinem Gesicht gewichen war. Er deutete nur stumm auf das vergitterte Verlies: Gwendolyn lag auf einem Haufen Stroh – leblos und mit geschlossenen Augen.

Einige Sekunden lang war Ava starr vor Schreck. War Gwendolyn an den Strapazen der Haft gestorben? Oder hatte jemand anderer als der Henker sie etwa doch gefoltert? Simon griff nach dem Schlüsselbund und nach einem vergeblichen Versuch gelang es ihm mit dem zweiten Schlüssel, das schwere eiserne Schloss der Zellentür aufzusperren. Achtlos warf er den Bund auf den Boden und war mit zwei Sprüngen bei Gwendolyn. Er beugte sich über den reglosen Körper, zog ihr Augenlid nach oben und hielt dann zwei Finger an ihren Hals, um ihren Pulsschlag zu fühlen. Dann drehte er sich zu Ava und Kyran um, und man konnte seiner Stimme die Erleichterung anhören. »Sie hat nur das Bewusstsein verloren. Wahrscheinlich ein Schwächeanfall.«

»Wir müssen sie wachkriegen, damit wir sie hier rausschaffen können«, sagte Ava und drängte sich energisch an Simon vorbei. Sie kniete sich neben das junge Mädchen auf das feuchte Stroh und schlug ihr leicht auf die Wangen. »Gwendolyn, hörst du mich?«

Doch nichts geschah. Ava schüttelte sie und schlug etwas fester zu. »Gwen! Hallo, aufwachen!«

Simon schob sich dazwischen. »Ihr tut ihr ja weh!«

»Unsinn, sie ist bewusstlos und spürt nichts. Leider«, erwiderte Ava.

Sie wusste, wie herzlos sie klang, aber sie wusste, dass ihnen die Zeit davonlief. In dieser Sekunde flatterten Gwendolyns Augenlider, und sie blickte Ava verwirrt an. »Pater«, murmelte sie, und Ava atmete auf.

»Hör zu Gwen, wir holen dich hier heraus. Hab keine Angst, alles wird gut. Aber du musst aufstehen«, beschwor sie das Mädchen, doch da rollten Gwendolyns Augäpfel nach oben, und sie wurde erneut ohnmächtig. Wahrscheinlich waren Hunger, Angst und Kälte einfach zu viel für sie gewesen.

»Verdammt«, fluchte Ava sehr unchristlich, und Simons Kopf schoss verblüfft zu ihr herum. »Wir dürfen keine Zeit verlieren. Simon, du nimmst sie an den Armen, Kyran an den Beinen, und ich halte den Kopf. Wir tragen sie die Treppe hoch, schaffen sie auf den Wagen und beten, dass sie nicht mittendrin aufwacht und zu schreien anfängt«, kommandierte Ava.

In diesem Augenblick zählte es nicht, wie Kyran und sie zueinander standen, jetzt ging es nur noch um die Rettung einer unschuldig angeklagten jungen Frau.

Kyran nickte und verständigte sich mit Simon durch einen Blick. Gerade als sie Gwen hochheben wollten, hörte man plötzlich von oben das Quietschen der ungeölten Türscharniere und gleich darauf eine laute Männerstimme. »Heda, Kerkermeister!«

Ava fuhr heftig zusammen, und auch Simon stöhnte auf. »Oh nein! Das ist einer von den Soldaten!«

»Los, raus hier. Sie dürfen uns nicht bei Gwen erwischen«, flüsterte Ava und drängte Simon und Kyran aus der Zelle.

Um das schwere Vorhängeschloss wieder anzubringen, blieb jedoch keine Zeit, denn schon ertönte das Geräusch von Schritten auf der Treppe. Die drei zogen sich in die dunkelste Ecke des Kerkergangs zurück, und Ava hoffte verzweifelt, dass der Soldat vielleicht einfach nur eine Frage hatte und wieder gehen würde, wenn er keine Antwort von Thomas erhielt. Doch anscheinend hatte der Wächter inzwischen den Schlafenden entdeckt, denn sein lautes Fluchen drang bis in den hintersten Winkel des Verlieses.

»Schau sich das einer an! Da sitzt dieser Kerl und schnarcht, statt Wache zu halten, wie es ihm befohlen ist.«

Zu Avas Schrecken hörte sie nun eine zweite Männerstimme antworten. »Wenn wir so etwas wagten, bekämen wir das Fell gegerbt.« Der erste Mann lachte. »Keine schlechte Idee. He, du Missgeburt! Aufwachen!« Einen Augenblick herrschte Stille. »Komisch, der Kerl muckst sich nicht. So tief kann doch kein Mensch schlafen!«

Ava krallte die Fingernägel in ihre grobe Kutte. Würde der Soldat merken, dass der Kerkermeister betäubt war? Nicht das auch noch, dachte sie.

Der zweite Soldat ergriff das Wort. »Lass den Alten! Der nutzt uns eh nichts. Los jetzt, wir haben keine Zeit …«

Ein Funken Hoffnung glimmte in Ava auf, dass die beiden den Turm nun wieder verlassen würden, doch stattdessen kamen die Tritte der schweren Stiefel jetzt den Gang entlang – direkt auf sie zu. Ava, Kyran und Simon zogen sich noch ein Stück tiefer in die Dunkelheit zurück, bis Avas Kopf an die feuchtkalte Wand am Ende des Gangs stieß. Sie befanden sich in einer Sackgasse, aus der es kein Entkommen gab. Keiner von ihnen wagte zu atmen. Ava stand so dicht neben

Kyran, dass sie die Wärme seines Körpers durch ihre grobe Kutte spüren konnte – und doch waren sie so weit voneinander entfernt wie nie zuvor. Doch für solche Gedanken war jetzt keine Zeit. Der Schein der Fackeln im Kerker reichte glücklicherweise nicht bis in ihr Versteck, und Ava betete, dass die Soldaten, deren Silhouetten jetzt am Eingang zu den Gefängniszellen auftauchten, sie nicht entdecken würden. Tatsächlich blieben die beiden ein ganzes Stück von ihnen entfernt stehen. Erst auf den zweiten Blick erkannte Ava, dass sie vor Gwendolyns Zelle Halt gemacht hatten. »Und wie bekommen wir jetzt die verdammte Tür auf, wenn der Bucklige schläft?«

Ava beobachtete, wie der andere Soldat sich kurz bückte. »Die Tür steht bereits offen«, sagte er verwundert. »Und der Schlüsselbund liegt am Boden! Was zum Teufel ist hier los?«

Mit einer fließenden Bewegung zogen die Soldaten zwei kurze Dolche aus ihren Gürteln.

»Shit«, zischte Ava, doch sie konnten nichts weiter tun, als sich noch enger an die feuchte Kerkerwand zu drücken und zu hoffen, dass sie unentdeckt blieben.

Einer der Wächter verschwand im finsteren Loch der Zelle. »Die Hexe rührt sich nicht«, hörte Ava ihn rufen und spürte, wie Simon zusammenzuckte.

Reflexartig griff Ava nach seinem Ärmel und hielt ihn fest.

»Ganz ruhig«, wisperte sie. »Denk daran, sie sind bewaffnet!«

Auch der zweite Soldat hatte inzwischen die Zelle betreten, doch was die beiden miteinander redeten, konnte man nicht verstehen, es drang nur dumpfes Gemurmel heraus.

Doch kurz darauf tauchten die beiden wieder unter der offenen Zellentür auf, in eine lautstarke Diskussion verstrickt.

»… und ich sage dir, hier geht es nicht mit rechten Dingen zu«, rief der eine Soldat. »Der Kerkermeister wird wohl kaum die Tür aufgesperrt und sich dann schlafen gelegt haben!«

»Hast du nicht den leeren Krug gesehen? Der Alte stinkt nach Wein, ich kann es bis hier hinten riechen«, antwortete der Zweite verächtlich. »Hauptsache, die Gefangene ist nicht entkommen.«

»Trotzdem, mir kommt das merkwürdig vor«, beharrte der andere, doch sein Kumpan würgte seinen Protest ab.

»Spielt keine Rolle, also halt's Maul und hilf mir lieber, die Satansbuhle wachzukriegen.«

»Wozu? So macht sie uns wenigstens keine Scherereien.«

»Auch wieder wahr.« Sein Kumpan lachte und stapfte zurück ins Verlies.

Zu ihrem Entsetzen sahen Ava, Kyran und Simon, wie er kurz darauf wieder herauskam, wobei er die bewusstlose Gwendolyn an beiden Armen gepackt hatte und wie eine Stoffpuppe hinter sich her über den Boden schleifte.

»Nein«, stieß Simon zwischen zusammengepressten Zähnen hervor und machte eine Bewegung, als wolle er nach vorne preschen, doch diesmal war es Kyran, der blitzschnell reagierte und Simon mit eisernem Griff festhielt. »Gegen zwei Bewaffnete hast du keine Chance, Simon! Du kannst Gwen im Augenblick nicht helfen!«, flüsterte er eindringlich.

Noch während die beiden jungen Männer eine Sekunde lang stumm miteinander rangen, ertönte ein heller Schrei: Gwendolyn. Sie war aus ihrer Ohnmacht aufgewacht, und nun geriet sie beim Anblick der beiden Soldaten in Panik.

Sich auf dem Boden windend und um sich tretend versuchte sie, sich zu befreien, doch der Mann lachte nur.

»Schau sie dir an«, sagte er zu dem anderen Soldaten. »Bald wird sie noch mehr zappeln. Nämlich dann, wenn sie auf dem Scheiterhaufen brennt.«

Ava schnappte nach Luft, und auch Kyran und Simon erstarrten in der Bewegung.

»Nein!«, schrie Gwendolyn langgezogen, und es klang wie der Laut eines sterbenden Tieres, ehe sie in wildes Schluchzen ausbrach. »Ihr könnt nicht ... Es kann nicht sein ... Er wollte mich hier herausholen, er hat es versprochen«, stammelte sie.

»Halt's Maul, Teufelsbrut«, befahl der Soldat, der sie festhielt, und zerrte sie weiter, doch der andere hielt ihn zurück.

»Warte!« Er wandte sich an Gwendolyn, die sich hysterisch schluchzend auf dem Boden zusammenkrümmte. »Wen meinst du mit *er*? Wer wollte dich rausholen?«

»Na wer wohl, der Leibhaftige natürlich«, schnaubte sein Kollege und blickte angewidert auf das Mädchen. »Und jetzt hilf mir, sie die Treppen hochzuschaffen!«

Doch der zweite Uniformierte hatte Verdacht geschöpft, denn er blickte sich misstrauisch um. »Ich habe gleich gesagt, hier stimmt was nicht! Der Kerkermeister schläft wie ein Toter, während sein Schlüsselbund vor der Zelle liegt und die Tür offen steht. Und nun redet auch noch die Hexe davon, dass sie einer hier herausholen wollte. Ich will wissen, wen sie meint!«

Er stieß Gwen grob ins Verlies zurück und forderte mit einer Kopfbewegung seinen Kumpan auf, ihm zu folgen. Der umfasste seinen Dolch fester, und Ava beobachtete starr vor

Entsetzen, wie sich die beiden mit gezückten Waffen näherten. Noch ein paar Schritte, und sie würden sie in ihrem Versteck entdecken. Aber es gab kein Entkommen, der Weg nach draußen war versperrt und selbst zu dritt wären sie nicht in der Lage, zwei bewaffnete und kampferprobte Soldaten zu überwältigen. Daher war Ava klar, was gleich passieren würde: Vielleicht verschonen die Soldaten den Mönch – aber Simon und Kyran würden festgenommen werden.

Zusehen zu müssen, wie Kyran abgeführt und am Ende noch vor ihren Augen sterben würde, war unerträglich. Nein, sie würde diesmal nicht vor dem Schicksal kapitulieren und zulassen, dass ihr alles weggenommen wurde, was ihr bisher noch die Kraft gegeben hatte, weiterzumachen. Entschlossen löste Ava sich aus der Dunkelheit des Verstecks, und ehe Kyran und Simon sie zurückhalten konnten, trat sie zwei Schritte nach vorne ins Fackellicht. »Das Mädchen hat von mir gesprochen.«

Die beiden Soldaten blieben stehen, als seien sie gegen eine Wand gelaufen.

»Pater …«, stammelte der eine. »Ihr?«

Ava nickte und vermied es sorgfältig, einen Blick dorthin zu werfen, wo Kyran und Simon sich immer noch verborgen hielten. Stattdessen wies sie mit dem Kopf in die Richtung, aus der das Schnarchen des alten Kerkermeisters drang. »Ich habe Thomas Wein verabreicht, der mit Opium und Bilsenkraut versetzt war«, sagte sie. »Sobald der Alte erwacht, wird er dies bestätigen. Ich wollte ihn betäuben und Gwendolyn befreien.«

Die beiden Turmwächter sahen sich ratlos an. »Aber … warum?«

»Weil ihr alle verblendet seid«, fuhr Ava die Männer an. »Ihr lasst euch von Kirche und König einreden, dass es Hexen und Zauberer gibt. Aber das ist ein Irrglaube. Missernten und Tod sind kein Hexenwerk, sondern Folgen von Krieg und Machtgier der hohen Herren, kapiert ihr das denn nicht?«

Die zwei hatten mit offenen Mündern Avas Worten gelauscht und wechselten einen Blick.

Ava überlegte kurz, ob ihre Worte die Männer vielleicht zum Umdenken bewegen würden, doch da brach einer der beiden in Gelächter aus. »Der Mönch ist verrückt geworden«, rief er, ehe sich sein Gesicht verfinsterte. »Eure wirren Reden könnt Ihr vor dem Konzil halten, Pater«, höhnte er, und der zweite Soldat nickte zustimmend. »Da bringen wir ihnen gleich zwei Vögelchen im Käfig.«

Mit diesen Worten hielt er Ava seinen Dolch an die Kehle und stieß sie vor sich her den Gang entlang, während der andere die wimmernde Gwendolyn packte und grob auf die Füße zerrte. »Los!«, kommandierte er.

Ava warf nur kurz einen Blick zurück und hoffte, dass Kyran und Simon nicht doch im letzten Moment noch aus ihrem Versteck sprangen, um ihr und Gwen zu helfen. Aber nichts rührte sich, und trotz ihrer schrecklichen Lage war Ava erleichtert. Vielleicht konnte sie Gwendolyn nicht mehr retten, und wahrscheinlich würde auch sie diesmal sterben, aber wenigstens blieb Kyran am Leben.

Erst als sie die glitschige Kellertreppe nach oben gestiegen waren und Ava vom Sonnenlicht geblendet wurde, fragte sie sich wieder, ob Kyran tatsächlich ohne ihre Hilfe aus diesem Zeitalter entkommen würde – oder bedeutete Avas Tod, dass er den Rest seines Lebens im England des siebzehnten Jahrhunderts bleiben musste? In Versailles war ja alles noch einmal gut gegangen, aber nun war die Lage wirklich ernst. Die Spitze des Dolchs an ihrem Hals machte Ava deutlich, dass sie besser keinen Widerstand leistete. Die Soldaten stießen Ava und Gwendolyn grob vor sich her über den Innenhof und zum Tor hinaus. Dort warteten zwei weitere Soldaten – und der Henker mit dem Pferdekarren. Ava sah, wie sich seine Augen vor Überraschung weiteten, als er den Mönch im Griff des Wächters entdeckte, und ein Ausdruck von Angst und Sorge huschte über sein Gesicht. Doch seine Stimme war laut und kräftig, als er den Soldaten anfuhr.

»Was tut ihr da mit Frater Lukas?«

»Misch dich nicht ein, Henker! Der feine Gottesmann hier wollte die kleine Hexenbuhle befreien! Du wirst also heute dein Schwert zwei Mal schwingen müssen – falls das Konzil sie begnadigt. Ansonsten brennen beide auf dem Scheiterhaufen!«

Bei seinen Worten brach Gwendolyn erneut zusammen, und Ava war beinahe froh, dass sie wegen der Ohnmacht nicht spürte, wie die Soldaten sie packten und wie eine Puppe auf den hölzernen Karren warfen, ehe sie Ava mit groben Stößen in die Seite dazu zwangen, ebenfalls aufzusteigen. Die beiden Turmwächter gingen zum Tor zurück, während die beiden anderen Soldaten sich mit gezückten Waffen rechts und links von Ava und Gwendolyn postierten und damit jeglichen Fluchtversuch zunichtemachten. Der klapprige Henkersgaul zog an, und mit knirschenden Rädern setzte sich der Karren in Bewegung. Avas Herz donnerte gegen ihre Rippen, und sie biss sich hart auf die Unterlippe, um ein Zittern zu unterdrücken. Sie wollte den Soldaten nicht die Genugtuung gönnen, sie in Todesangst zu sehen. Trotzdem bereute sie ihren Schritt nicht. Das Einzige, was ihr leidtat, war, dass sie keine Gelegenheit mehr gehabt hatte, Kyran zu sagen, wie sehr sie ihn liebte.

Kyran stand bewegungslos an die klamme Kerkerwand gedrückt, doch er spürte weder Kälte noch Nässe. Die Soldaten waren mit Gwendolyn und Ava verschwunden, und seitdem war er wie gelähmt. Auch Simon hatte die Verhaftung des Mönchs starr und voller Schrecken beobachtet. Doch sie hatten beide gespürt, dass sie sich nicht einmischen durften. Ava hat sich für mich geopfert, dachte Kyran, und die Vorstellung, was ihr jetzt wohl bevorstand, war zu viel für ihn. Er krümmte sich zusammen und rang nach Luft.

»Was ist, habt Ihr Schmerzen?«, fragte Simon und fasste Kyran am Arm.

Kyran schüttelte den Kopf und stützte sich an der feuchten Wand ab. »Nein, ich kann nur nicht … Ich muss …«

»Ihr wollt Frater Lukas und Gwen befreien. Koste es, was es wolle«, vollendete Simon Kyrans Satz.

Er wirkte gefasst, aber ein Blick in sein Gesicht sagte Kyran, dass Simon genauso aufgewühlt war.

Erst als Ava fort war, war Kyran bewusst geworden, dass ihr Fehlen eine weitere Wunde in seinem Leben sein würde, die sich nie wieder schließen ließ. Plötzlich kamen ihm seine Vorwürfe falsch vor. Natürlich wäre Emily wohl nicht überfahren worden, wenn Ava nicht mit Pete Schluss gemacht hätte. Aber es war tatsächlich nicht ihre Verantwortung gewesen, dass sich der junge Mann betrunken hinter das Steuer seines Wagens gesetzt hatte. Kyran erkannte, dass er es sich zu leicht gemacht hatte, indem er Ava die Schuld an dem Tod seiner Schwester gab. Es wäre zwar viel bequemer gewesen, alles auf sie und ihre Herzlosigkeit Pete gegenüber zu schieben, aber so simpel war es nicht. Pete hätte nicht mehr fahren und Kyran hätte eben nicht ohne Emily nach Hause gehen dürfen. Er kam nicht umhin, gewohnheitsmäßig zu überlegen, wie hoch die Wahrscheinlichkeit war, dass die Todesfälle einen kausalen Zusammenhang zwischen ihm und Ava hatten, doch er sah ein, dass der Unfall eine Verkettung unglücklicher Umstände war.

»Herr?« Simon zupfte Kyran am Ärmel und brachte ihn wieder in die Gegenwart zurück. »Sollten wir uns nicht überlegen, was wir jetzt tun sollen?«

Kyran holte tief Luft. »Weißt du, wo man die beiden hingebracht haben könnte?«

Simon nickte bedrückt. »Zum Richtplatz. Das Konzil versammelt sich dort, nachdem das Urteil gefallen ist.«

»Aber … sie haben doch Gwen und Av… ich meine Bruder Lukas noch gar nicht angehört!«, rief Kyran aufgebracht.

Simon schnaubte verächtlich. »Ihr Urteil ist längst gefallen. Die beiden können froh sein, dass ihnen das Verhör erspart geblieben ist. Glaubt mir, mein Vater ist Henker, und ich bin mit den Instrumenten, die die angebliche Wahrheit aus den Angeklagten herauspressen sollen, wohlvertraut. *Gerechtigkeit* ist nur noch ein leeres Wort, das keine Bedeutung mehr hat. Daher sollte ich Euch eigentlich raten, sofort aufzubrechen und möglichst weit fort zu reisen, ehe die Häscher Euch auch noch in die Finger bekommen.«

»Ich werde aber nicht gehen«, sagte Kyran.

Simon nickte. »Warum überrascht mich das nicht?«

Einen Augenblick lang dachte Kyran daran, Simon alles zu erzählen: Wer er und Ava in Wahrheit waren und woher sie kamen. Dann aber entschied er sich dagegen. Es war viel zu riskant, und je weniger der Henkerssohn wusste, desto besser für ihn.

»Lass uns überlegen, wie wir die beiden freibekommen – und zwar schnell, denn ich fürchte, uns rennt die Zeit davon«, sagte Kyran deshalb nur.

Simon kniff die Lippen zusammen. »Das wird schwer, Herr. Der Richtplatz ist streng bewacht, und zudem wird sich dort in Kürze eine Menge Schaulustiger einfinden. Die Leute lassen sich eine Hinrichtung nicht entgehen – obwohl es in letzter Zeit viele davon gab. Zu viele.«

Kyrans Magen zog sich zusammen. Er hatte schreckliche Angst um Ava, doch nach Simons Worten hatte er noch weniger Hoffnung, sie und Gwendolyn irgendwie retten zu können. Wenn er doch wenigstens eine Waffe hätte, die ihnen ein wenig Zeit verschaffen würde, die Soldaten in Schach zu halten, damit Ava und Gwendolyn fliehen könnten, dachte er, und suchte seine Jackentaschen ab. Natürlich vergeblich – alles, was er in einer Innentasche ertastete, waren das Feuerzeug, sein Smartphone und der winzige quadratische Lautsprecher. Kyran hätte fast gelacht, so absurd kamen ihm diese Fundstücke aus einem anderen Jahrtausend vor. Er konnte ja nicht einmal jemanden anrufen – und selbst wenn das möglich gewesen wäre: Wen hätte er um Hilfe bitten sollen? Zusammen mit Simon stand Kyran in dem finsteren Kerker, und ihm wurde klar, dass die Chance, Ava lebend wiederzusehen, von Minute zu Minute schwand.

Kapitel 13

Sterntaler

Mit einem Ruck kam der Henkerskarren zum Stehen. Der Weg vom Hexenturm zu dem kreisrunden, offenen Platz mitten in der Stadt war nicht weit, trotzdem war er Ava wie eine Ewigkeit vorgekommen, obwohl sie gleichzeitig hoffte, die Fahrt möge nie enden. Denn sie wusste, was danach auf sie und Gwendolyn wartete. Die junge Näherin war vor Kurzem aus ihrer Ohnmacht erwacht. Und obwohl Avas Hände mit einem rauen Strick gefesselt waren, war es ihr gelungen, sich neben sie zu setzen. Ava hatte versucht, Gwendolyn zu beruhigen, aber die junge Frau wusste, in welch aussichtsloser Situation sie sich befand. Sie war schon nach wenigen Sekunden erneut in eine Art Schockstarre verfallen, und Avas Worte erreichten sie nicht.

Jetzt ließ Gwendolyn sich widerstandslos von den Soldaten von dem hölzernen Karren zerren und stolperte mit gefesselten Händen wie blind über die groben Pflastersteine des Marktplatzes. Sie schien weder die vielen Menschen wahrzunehmen, die sich versammelt hatten, noch schenkte sie dem hohen Holzstapel Beachtung, der unübersehbar in der Mitte des Platzes aufgeschichtet war.

Ava jedoch sah ihn, und vor Entsetzen wurde ihr so

schwindlig, dass sich für einige Sekunden alles vor ihren Augen drehte. Was sie vorher noch erfolgreich verdrängt hatte, wurde nun grausame Gewissheit: Die Hinrichtung war längst beschlossene Sache, und für sie und Gewndolyn gab es keine Hoffnung mehr. Denn bestimmt durfte nicht einmal ein Mönch auf Gnade hoffen, wenn herauskam, dass er versucht hatte, eine angeklagte »Hexe« vor dem Scheiterhaufen zu bewahren. Trotzdem überlegte Ava fieberhaft, ob es nicht doch irgendeine Möglichkeit gab, die hohen Herren von Gwendolyns Unschuld zu überzeugen, um sie beide zu verschonen.

Die beiden Soldaten kamen auf sie zu. »Los, runter von dem Karren«, schnauzte der eine und machte Anstalten, Ava am Ärmel ihrer Kutte zu packen.

»Fasst Frater Lukas nicht an. Ich kümmere mich darum«, erklang die Stimme des Henkers. Er trat an den Rand der hölzernen Sitzfläche. »Ich helfe Euch.«

Als Ava neben dem hünenhaften Mann stand, neigte er sich rasch zu ihr. »Ich weiß, dass Simon im Hexenturm war, und ich ahne auch den Grund«, raunte er so leise, dass nur Ava es hörte. »Ihr habt meinen Sohn nicht verraten und dafür schulde ich Euch Dank. Viel kann ich nicht für Euch und Gwendolyn tun – aber ich werde dafür sorgen, dass euer beider Tod gnädig sein wird.«

Also rechnete auch der Henker nicht damit, dass eine von ihnen mit dem Leben davonkam, dachte Ava. Ihr Schicksal war besiegelt, und ihr blieb nichts anderes übrig, als flankiert von den zwei Wachen mit zitternden Knien und dem verzweifelten Wunsch, dies alles wäre nur ein schlimmer Traum, über den Richtplatz zu gehen. Dort stand eine Art Podest, auf dem drei Männer in Samtjacken und mit steifen Kragen um den Hals saßen – und mitten unter ihnen der Abt des Klosters. Die vier tuschelten miteinander, und der Klostervorsteher warf immer wieder Blicke in ihre Richtung. Kurz durchströmte Ava die Hoffnung, dass er sie als Ordensmitglied vielleicht verteidigen oder zumindest anhören würde, doch ein Blick in sein grimmiges Gesicht sprach Bände. »Wie kannst du es wagen, Bruder Lukas!«, fuhr der Ordensvorstand sie an, sobald die Soldaten Ava vor den Richtertisch geschubst hatten. »Du hast versucht, eine Hexe zu befreien – ein Geschöpf Satans! Damit hast auch du dich der Buhlschaft mit dem Teufel schuldig gemacht, ein Mann Gottes! Schande über dich.«

Bei seinen Worten wich die Angst, die Ava gerade noch verspürt hatte, einer unbändigen Wut. Sie blickte dem Abt direkt ins Gesicht. »Nein, Schande über euch, die ihr hier sitzt – allesamt aufgeblasen, dumm und ignorant!«

Ava sah, wie die vier selbst ernannten Richter vor Verblüffung die Augen aufrissen und zurückzuckten.

Ava blieb kaum noch Zeit, aber sie wollte wenigstens ein einziges Mal die Wahrheit aussprechen, ehe sie getötet wurde. Daher redete sie jetzt lauter, damit auch die Menschenmenge sie hören konnte. »Es gibt keine Hexen, diese Vorstellung existiert nur in euren Köpfen. König und Kirche haben euch das eingeredet, und ihr glaubt ihnen blind. Und ihr«, Ava deutete auf das Quartett hinter dem Richtertisch, »fühlt euch im Recht, weil die Angeklagten gestehen. Aber ihr alle, wie ihr da sitzt, würdet genauso behaupten, mit dem Teufel im Bund zu sein, wenn man euch die Knochen zerquetscht, die Haut verbrüht und die Gelenke auf der Streckbank ausrenkt! Vielleicht versetzt ihr euch nur mal eine Minute in die Qualen eurer Opfer, dann versteht ihr vielleicht, dass Menschen unter unsäglichen Schmerzen alles sagen, was man von ihnen hören will. Ihr könnt mich töten und ebenso Gwendolyn, aber wir sind beide unschuldig!« Ava wandte sich jetzt direkt an ihren Abt. »Wie wollt Ihr, ehrwürdiger Vater, vor Gott rechtfertigen, dass Ihr Unschuldige grausam in den Tod geschickt habt, wenn *Ihr* einmal vor Euren Schöpfer tretet?«

Die Mitglieder des Konzils glotzten Ava sprachlos an, und der Ordensvorsteher schnappte nach Luft. Aber in seinen Augen erkannte Ava vor allem eins: Furcht.

Er weiß, dass ich recht habe, dachte Ava, und ihr Blick schweifte zu der Ansammlung von Schaulustigen, die erneut zu flüstern begonnen hatten. Ava meinte sogar, dass einige nach ihren Worten zustimmend mit dem Kopf nickten.

Doch da drehte der Abt abrupt den Kopf zur Seite. »Bruder Lukas redet irre«, schnarrte der alte Mönch. »Der Leibhaftige hat sich seiner bemächtigt! Daher lasst uns nun das Urteil verkünden und die Sache hurtig hinter uns bringen, ehe es dunkelt!«

Tatsächlich war das Tageslicht fast verblasst, und die Dämmerung hatte sich auf leisen Sohlen herangeschlichen. Nach den Worten des Abtes traten mehrere Männer mit brennenden Pechfackeln heran und entzündeten mithilfe der Flammen den Scheiterhaufen, während einer der fein gekleideten Herren auf seinem Richterstuhl monoton irgendwelche Anschuldigungen gegen Gwendolyn von einem Pergament ablas, das er zuvor umständlich entrollt hatte.

Ava hörte gar nicht richtig hin, denn ihr Blut tobte inzwischen so heftig durch ihren Körper, dass sie das Gefühl hatte, bereits jetzt in Flammen zu stehen. Ihr Blick ging zu dem mannshohen Holzstoß, der ihr und der jungen Näherin den Tod bringen würde und auf den die Männer nun noch mehr Pechfackeln warfen. Es gab kein Entkommen. Der Abt wollte ein Exempel statuieren und den Mönch, der es gewagt hatte, sich gegen ihn aufzulehnen, brennen sehen. Gwen liefen die Tränen über das Gesicht, doch es war ein stummes, hoffnungsloses Weinen, und Ava konnte nichts weiter tun, als ihre Hand zu nehmen und ihre eiskalten Finger sanft zu drücken.

»Ich wünschte wirklich, ich hätte dich retten können, Gwen«, sagte sie leise.

Mit nassen Augen blickte Gwendolyn Ava an. »Nein, Pater, ich wünschte, *ich* hätte Euch nicht mit ins Verderben gestürzt. Diese Schuld werde ich mit in den Tod nehmen. Ebenso wie das, was ich Simon angetan habe. Ich habe ihn zurückgestoßen und ihn verletzt, obwohl ich es eigentlich nicht so gemeint habe. Aber ich hatte Angst. Ich liebe Simon, doch ich wollte nicht in Armut leben. Stattdessen muss ich jetzt sterben – entehrt und als Hexe verfemt.«

Ava fand keine Worte, um Gwendolyn zu trösten. Denn ihr würde es ja genauso gehen. Sie würde nicht nur ihr Leben verlieren, sondern auch Kyran, und jetzt konnte auch sie die Tränen nicht mehr zurückhalten. Daher sah sie nur durch einen Schleier den schwarzen Qualm, der von dem Holzstoß aufstieg, während die Männer nun lauthals zu schimpfen begannen.

»Ruhe!«, donnerte der Abt. »Ihr sollt nicht fluchen! Was ist denn los?«

»Das verd… ich meine, das Holz will nicht brennen. Es ist zu feucht«, knurrte einer der Männer.

Ava hörte den Henker in ihrer Nähe brummen und blickte zu ihm hinüber.

»Was ein paar Kübel Wasser doch ausmachen«, flüsterte Simons Vater. Ava sah ihn fragend an, und er lächelte traurig. »Ich wollte sichergehen, dass das Mädchen nicht auf den Scheiterhaufen kommt.«

Ava zuckte zusammen, und der Henker hob in einer fast entschuldigenden Geste die Schultern.

»Glaubt mir, den Schlag werdet Ihr kaum spüren. Wohl aber die Flammen. Ein Mensch brennt lange, ehe er stirbt.«

Ava schluckte. Nun war ihr auch klar, was der Scharfrichter bei ihrer Ankunft mit einem gnädigen Tod gemeint hatte. Doch sie konnte dem Mann nicht böse sein, im Gegenteil. Er hatte getan, was in seiner Macht stand, um Gwendolyn nicht zu quälen und auch Ava vor den unsäglichen Schmerzen eines Feuertodes zu schützen. Mehr konnte sie nicht verlangen. »Habt Dank, Scharfrichter«, sagte sie deshalb und versuchte ein Lächeln.

Die ungeduldige Stimme eines der Männer im Konzil schallte über den Platz. »Nun eilt euch! Die Nacht bricht herein, und wir wollen hier fertig werden!«, rief er den Männern vor dem Scheiterhaufen zu.

Auch die Menschenmenge wurde unruhig und murrte lauthals. »Wie lange sollen wir hier noch stehen?«, rief einer, und ein anderer fiel ein: »Wir haben unsere Zeit auch nicht gestohlen!«

Ava war fassungslos, aber damals waren Hinrichtungen und vor allem Hexenverbrennungen ein Spektakel und eine willkommene Abwechslung zu dem tristen Alltag, den die meisten der Zuschauer fristeten. Trotzdem hätte Ava die Schreihälse am liebsten am Kragen gepackt und ihnen ihre Kaltschnäuzigkeit und Dummheit aus dem Leib geschüttelt.

In diesem Moment wurde sie von zwei Soldaten zu einem rohen Klotz geschleift, der neben dem Scheiterhaufen stand. Der Richtblock, wie Ava erkannte, und die bräunlichen Flecken auf dem rauen Holz bestätigten ihre Vermutung – es war getrocknetes Blut.

Der Schmerz in ihrem Körper schwoll an, und Ava wusste, dass sie versagt hatte. Sie würde ihre Aufgabe, das Liebespaar Gwen und Simon zusammenzubringen, nicht erfüllen und damit auch keine Gelegenheit mehr haben, irgendwann einmal ihre Schuld an Petes und Emilys Tod abzutragen. Aber wenigstens würde Kyran am Leben bleiben. Auf einmal hatte sie sein Bild so deutlich vor Augen, als stünde er direkt vor ihr, und Ava wusste: Egal ob er den Weg in seine eigene Zeit zurückfand oder in diesem Jahrhundert bleiben musste, alles war besser, als sein Leben auch noch auf dem Gewissen zu haben. Neben all der Todesangst fühlte sich Ava auch erleichtert. Es war vorbei. Ihre endlosen Reisen durch Zeit und Raum, ohne Aussicht, jemals irgendwo anzukommen oder ihr eigenes Leben zurückzuerhalten, würden nun ein Ende finden.

Inzwischen war der Himmel nicht mehr hellgrau, sondern beinahe schwarz. Der Neumond stand am Himmel, ein kaum sichtbarer Schemen, als verberge er sein Gesicht hinter einem dunkelgrauen Schleier. Ava nahm sich vor, nicht an Kyrans Kummer zu denken, wenn ihr Kopf auf dem Richtblock lag, sondern fest daran zu glauben, dass ihre Seele zu den Sternen fliegen würde.

Plötzlich durchschnitt der Klang von Violinen und Hörnern die Stille, der so wenig in die Atmosphäre von Tod und Gewalt passte, dass Ava tatsächlich einige Sekunden lang glaubte, sie wäre bereits gestorben, so schön war die Musik. Gleich darauf wurde ihr aber bewusst, dass sie immer noch mitten auf dem Richtplatz stand und offenbar die Melodie keine Halluzination war, denn auch die Menschenmenge ebenso wie das Konzil hatten die Köpfe gehoben und lauschten wie elektrisiert. »Gloria«, erklangen helle Stimmen, doch man sah nicht, wer da sang. Ein Murmeln lief wie eine Welle durch die Zuschauer. »Was ist das?«, »Hört doch, wie das klingt!«, »Was ist das für eine Musik?«, riefen die Menschen durcheinander. Jetzt setzten eine Laute ein sowie etwas, das wie eine Oboe klang, und auch der Chor der Stimmen schwoll an. Langsam begriff Ava, was das war. Was sie hörte, war eine typische Renaissance-Kirchenmusik – aber woher kam sie, und wer sang da? Die Menge schien sich die gleiche Frage zu stellen, denn sie drehten die Köpfe nach allen Seiten, doch es war nichts zu sehen. Auch das Richterkonzil war aufgesprungen, und die Männer sahen sich nach allen Seiten nach dem unsichtbaren Chor um, während sich Ava verwirrt fragte, ob hier eine ganz besondere Magie des Schicksals am Werk war.

Die Zuschauermenge war wegen der erhabenen Klänge inzwischen völlig in Aufruhr, und immer mehr Menschen sanken auf die Knie.

»Es ist ein Wunder!«, rief jemand, und in Windeseile verbreitete sich die Botschaft. »Gott spricht durch seine Engel zu uns!«, »Es sind die Trompeten von Jericho!«, schrien die Leute durcheinander, und ein halbes Dutzend Frauen fielen in Ohnmacht, als der Chor der Stimmen noch einmal zu einem fulminanten »Ave Maris Stella« anhob, ehe die Musik verstummte.

Die anschließende Stille war so vollkommen, dass Ava sogar das leise Zischen hören konnte, mit der die letzte Pechfackel in dem feuchten Holzstoß verglühte. Die Menschen schwiegen andächtig, den Blick zum Himmel gerichtet. Auch die Männer auf dem Podest wirkten benommen, selbst der Abt starrte wie paralysiert ins Nirgendwo. Dabei sollte er ja eigentlich mit Wundern vertraut sein – zumindest theoretisch, dachte Ava. Stattdessen erhob er sich nun zitternd. »Was ... was war das?«, stammelte er und sah Ava an, als wüsste ausgerechnet sie die Antwort.

»Begreift Ihr denn nicht? Es war ein Zeichen Gottes. Der Mönch und das Mädchen sind unschuldig«, hörte Ava auf einmal eine Stimme sagen, die ihr bekannt vorkam, und als sie den Kopf wandte, sah sie Simon.

Er hatte sich durch die Menschenmasse nach vorne gedrängt und deutete auf Ava und Gwendolyn. Bei seinem Anblick leuchteten die Augen der jungen Näherin auf, und Ava sah ihr an, dass sie am liebsten losgerannt wäre, um sich in Simons Arme zu werfen.

»Nein«, zischte Ava ihr zu, denn ein einziger Fehler könnte die winzige Chance, die sich für sie beide aufgetan hatte, wieder zunichtemachen.

Ava überlegte, ob sie Simons Worte bestätigen oder erst einmal still abwarten sollte. Noch bevor sie zu einem Entschluss kam, trat Simons Vater vor, und seine Bassstimme hallte über den ganzen Platz. »Das sehe ich auch so, ehrwürdiges Konzil. Wir durften einem Fingerzeig des Allmächtigen beiwohnen. Und ihr alle, die ihr hier versammelt seid, solltet dies bedenken. Ich jedenfalls werde mein Schwert nicht gegen den Willen Gottes erheben!«

Damit nahm er die Richter und den Abt ins Visier, die unter seinem drohenden Blick die Köpfe einzogen. Nur Ava bemerkte den verstohlenen Blick, den der Scharfrichter mit seinem Sohn tauschte, und den Ausdruck der Erleichterung in Simons Gesicht.

»Ja, lasst die beiden gehen! Sie sind unschuldig!«, riefen ein paar Zuschauer, und die übrige Menge fiel ein. »Lasst sie frei, lasst sie frei!«, skandierten sie.

Der Abt stand auf und schlug mit der flachen Hand auf den Richtertisch, damit Ruhe einkehrte.

Ava wurde bang. Was, wenn der Ordensvorsteher sich weigerte, der Forderung Folge zu leisten? Zwar waren die Zuschauer in der Überzahl, aber trotzdem würde es wohl niemand ernsthaft wagen, sich gegen einen so hohen Mann der Kirche aufzulehnen.

Der alte Mönch räusperte sich. »Es ist der Wille des Herrn. Er hat sich in seiner unermesslichen Gnade zweier Seelen angenommen, und das weltliche Gericht wird sich dieser Entscheidung beugen.« Mit anklagendem Blick wandte er sich an die restlichen Mitglieder des Konzils und donnerte. »*Errare humanum est.* Irren ist menschlich.«

Er wedelte herrisch mit der rechten Hand in Richtung Ava und Gwendolyn – ein Zeichen für die Soldaten, die beiden von ihren Fesseln zu befreien.

Heuchler, dachte Ava wütend. Jetzt tat der Abt auf einmal so, als wären nur die anderen Richter schuld, dabei hätte er seinen Ordensbruder samt einer jungen Frau, ohne mit der Wimper zu zucken, in den Tod geschickt. Die Soldaten hatten inzwischen die Fesseln gelöst, und Ava rieb erleichtert ihre Handgelenke. Der raue Strick hatte ihre Haut aufgescheuert, aber wenigstens fühlte sie sich nicht mehr wie ein Tier kurz vor der Schlachtbank. Die Erleichterung, dass sie und Gwendolyn einem grausamen Tod entronnen waren, ließ ihre Beine kurz einknicken.

»Seht, unser Bruder dankt dem Herrn, seinem Schöpfer, denn seine Gnade ist unermesslich!«, rief der Abt salbungsvoll, und die Menge murmelte »Amen«.

Danach zerstreuten sich die Menschen rasch, da es nun nichts mehr zu sehen gab. Die Soldaten hatten längst das Weite gesucht, und auch die drei Richter rafften ihre Umhänge und machten sich hastig davon, während sie immer wieder ängstliche Blicke zum Himmel warfen. Nach kurzer Zeit war der belebte Platz wie leer gefegt.

Zu Avas Erleichterung waren auch Simon und Gwendolyn verschwunden, und sie war überzeugt, dass die beiden eine Menge zu bereden hatten. Nur noch der Henker und der Abt standen herum, Letzterer sichtlich verwirrt. Ava erhob sich und trat auf den alten Mönch zu, wobei dieser ängstlich zurückwich. Am liebsten hätte Ava ihm eine Predigt gehalten, in der vor allem die Worte »Dummheit« und »Verblendung« vorkamen, aber in Gedanken an den echten Bruder Lukas und seine Zukunft im Kloster hielt Ava sich zurück.

»Ihr habt wahrhaft weise gehandelt, ehrwürdiger Vater«, sagte sie deshalb salbungsvoll und sah mit Genugtuung, dass der Alte überrascht den Mund aufriss. Schnell fuhr sie fort. »Nicht jeder hätte die Botschaft unseres Herrn verstanden und danach gehandelt. Und ich bin sehr froh, dass damit die Hexenverfolgung und das sinnlose Morden in unserer Gegend ein Ende gefunden haben. So wie es der Allmächtige will«, setzte sie leicht drohend hinzu.

Zufrieden sah sie, wie der Abt zweimal heftig blinzelte, dann aber nickte. »Natürlich, natürlich.« Er starrte Ava ängstlich an und wich noch einen Schritt zurück. »Ich ... eile sofort ins Kloster und überbringe den Brüdern diese frohe Kunde.«

»Tut das. Ich werde noch ein Dankgebet sprechen und komme nach«, murmelte Ava.

Sie war froh, den Vorsteher los zu sein. Der Schmerz in ihrem Inneren hatte soeben nachgelassen – ein untrügliches Zeichen dafür, dass Simon und Gwen sich endlich geküsst hatten. Ava lächelte erleichtert. Sie hätte es nie für möglich gehalten, dass sie ihre Aufgabe doch noch gemeistert hatte.

»Nun, Frater Lukas, ich muss gestehen, ich bin verblüfft«, hörte sie in dem Augenblick den Henker sagen. Sie drehte sich zu dem großen Mann um, der sie mit hochgezogenen Augenbrauen musterte. »Ich bin durchaus ein gläubiger Mann, doch zweifle ich ernsthaft, dass der Allmächtige sich auf diese Art zeigt. Und vor allem, dass er meinen eigenen Sohn vorschickt, um sein Wunder zu verkünden ...«

Ava dämmerte, dass die geheimnisvollen Klänge Kyrans Werk gewesen sein mussten, und sie suchte nach einer passenden Antwort.

Doch da sah sie, wie der Scharfrichter ihr zuzwinkerte. »Aber wisst Ihr was? Eigentlich will ich es auch gar nicht wissen. Ich bin nur erleichtert, dass ich bei Euch und dem Mädchen nicht meines Amtes walten musste.«

»Sollte die Hexenverfolgung tatsächlich ein Ende haben, werdet Ihr arbeitslos«, antwortete Ava ohne Bedauern.

»Ach, es kommen genügend Diebe, Räuber und Mörder aus ihren Löchern gekrochen, um ihr Unwesen zu treiben. Glaubt mir, mein Tagwerk geht mir nicht verloren«, sagte der Henker, ehe er ernst wurde. »Auf Simon als Nachfolger werde ich aber wohl verzichten müssen, das ist mir klar geworden. Er muss seinen eigenen Weg gehen.«

»Ich bin froh, dass Ihr das einseht, Scharfrichter. Simon ist ein guter Heiler, und als solcher wird er gebraucht werden.«

Der Bart des Henkers teilte sich in einem breiten Grinsen. »Könnt Ihr nicht nur Engelschöre singen lassen, sondern auch in die Zukunft sehen, Frater Lukas?«

»Ich hoffe es«, antwortete Ava überzeugt.

Simons Vater lächelte, dann nickte er Ava zum Abschied zu, ehe er sein Schwert schulterte und davonging.

Kurz darauf hatte die Dunkelheit ihn verschluckt, und Ava stand alleine unter dem mondlosen Himmel und atmete tief ein und aus. Die brennende Hitze in ihren Adern war einer angenehmen Kühle gewichen, was bedeutete, dass ihr nur noch kurze Zeit in dem fremden Körper blieb, ehe sie erneut *sprang*.

Aber wo war Kyran? Nachdem die Gefahr gebannt war, wurde Ava wieder bewusst, wie unversöhnlich sie beide auseinandergegangen waren. »Ich will nicht mehr mit dir reisen«, hallten seine Worte in Ava nach. Aber wie sollte er sonst von hier wegkommen? Und was war mit ihr – musste sie diesen Ort und diese Zeit verlassen, ohne Kyran noch einmal gesehen zu haben und sich bei ihm zu bedanken? Die Vorstellung, in Zukunft ohne ihn zu sein, war wie ein schwarzes Loch, das Ava zu verschlucken drohte. Ohne ihn war alles sinnlos, dachte Ava und biss sich auf die Knöchel ihrer Faust, um ihre Verzweiflung nicht laut hinauszuschreien. Da tauchte vor ihr ein Schatten auf, der länger wurde und auf sie zukam.

»Kyran«, rief Ava leise, doch es war nicht Kyran, sondern Simon gefolgt von Gwendolyn.

Wortlos fiel die junge Frau Ava um den Hals. »Ich verdanke Euch mein Leben. Das werde ich Euch nie vergessen!«

Gleich darauf fiel Gwen anscheinend ein, dass sie einen Mönch umarmte, denn sie errötete und trat hastig einen Schritt zurück.

Jetzt ergriff Simon Avas Hand und schüttelte sie lange. »Ich weiß nicht, was ich sagen soll, Frater Lukas«, sagte er mit belegter Stimme. »Wenn der fremde Herr, der Euch begleitet hat, nicht gewesen wäre … Ich wüsste nicht, was ich ohne seine Hilfe hätte tun können, um Gwen vor dem sicheren Tod zu bewahren.«

»Wie hat er das gemacht?«, wollte sie von Simon wissen, aber der zuckte die Schultern. »Ich weiß es selbst nicht genau. Er hat mich losgeschickt, um bei den Zuschauern die Botschaft zu verbreiten, dass ein Wunder geschehen sei. Und plötzlich war da dieser himmlische Klang. Am besten erklärt er Euch alles selbst. Gwen und ich müssen zusehen, dass wir diese Gegend so schnell wie möglich verlassen. Um ehrlich zu sein, kann ich es kaum erwarten, von hier fortzukommen.«

Gwendolyn strahlte. »Stellt Euch vor, was Simons Vater uns soeben noch gegeben hat!«

Der junge Heiler klopfte auf einen prallen Lederbeutel an seinem Gürtel, in dem es verdächtig klimperte. »Seinen Sinneswandel habe ich wohl auch Euch zu verdanken«, sagte er und drückte noch einmal Avas Hand, bevor er zärtlich den Arm um seine zukünftige Frau legte und sie wegführte.

»Alles Gute!«, rief Ava ihnen nach.

Wieder hatte sich ein Liebespaar gefunden – aber ein anderes hatte sich verloren. Kyrans letzte Worte waren deutlich gewesen, und er hatte es ernst gemeint, sonst wäre er jetzt da. Avas Herz zog sich vor Angst zusammen, aber sie bemühte sich krampfhaft, Ruhe zu bewahren. Von Minute zu Minute rückte ihr *Sprung* näher – wollte Kyran wirklich das Risiko eingehen und versuchen, ohne sie von hier wegzukommen? Was, wenn es ihm nicht gelingen würde? Der Gedanke, ihn nie wiederzusehen, nicht wenigstens noch einmal mit ihm zu sprechen, war ihr unerträglich. Nur: Wo sollte sie anfangen, nach ihm zu suchen? Obwohl es beinahe aussichtslos war, lief Ava los, hinein in die Schwärze der Nacht. Sie war noch keine drei Schritte weit gekommen, als sie gegen ein Hindernis prallte. Sie stolperte und wäre beinahe hingefallen, doch ein Paar Arme hielten sie fest. Eine Schrecksekunde lang dachte sie, die Soldaten wären zurückgekommen, und wehrte sich aufschreiend gegen den Griff.

»Ava, ich bin es! Ganz ruhig«, hörte sie die Stimme sagen, nach der sie sich so sehr gesehnt hatte.

»Kyran«, flüsterte sie und wollte ihm alles erklären und ihn noch einmal für all ihre Schuld um Verzeihung bitten, stattdessen kamen ihr die Tränen. Der Kummer, dass er sich von ihr abgewandt hatte, und die ausgestandene Todesangst waren in diesem Moment zu viel für Ava.

»Ist schon gut, ich bin ja bei dir, und gleich ist der Albtraum vorbei«, hörte Ava ihn beruhigend murmeln.

»Ich dachte, du wärst verschwunden«, schniefte Ava.

»Ich musste mich vor den Soldaten verstecken. Als die Menge anfing, zu schreien und eure Freilassung zu fordern, hat die Stadtwache zunächst versucht, die Leute zum Schweigen zu bringen. Dabei hätten mich zwei der Uniformierten beinahe mit meinem Smartphone ertappt.«

Ava hörte vor Überraschung auf zu weinen. »Mit deinem …?«

Kyran grinste. »Obwohl im siebzehnten Jahrhundert weder Strom noch Funknetz erfunden waren, hat sich das Gerät trotzdem als sehr nützlich erwiesen. Vor allem weil man damit gespeicherte Musik auch offline hören kann …«

Ava sah ihn bewundernd an. »Dass du darauf gekommen bist!«

»Na ja, nachdem die Wachen dich und Gwen abgeführt hatten, mussten Simon und ich uns schnell einen Plan zurechtlegen. Da bin ich darauf gekommen, den Anwesenden auf dem Richtplatz ein angebliches ›Wunder‹ – wie sagt man so schön – *zuteil*werden zu lassen. Mir ist eingefallen, dass ich an der Uni mal eine Playlist mit verschiedenen Kirchenlieder-Kompositionen heruntergeladen habe. Es war eigentlich als Witz gedacht – für einen Kommilitonen, der für den zweiten Anlauf einer Prüfung lernen musste. Ich hatte fast vergessen, dass ich die Musik noch gespeichert hatte. Eigentlich wollte ich das ›Halleluja‹ von Händel abspielen, aber es ist aus meiner Playlist verschwunden. Genauso wie meine Mails und alle Telefonnummern.«

Ava begriff. »Weil wir uns in einer Zeit befinden, in der alle, die du kennst, noch nicht auf der Welt sind.«

Kyran nickte. »Ich dachte, es ist alles aus, aber dann habe ich die ›Marienvesper‹ von einem Komponisten namens Monteverdi in meinem Speicher entdeckt. Er hat Anfang des siebzehnten Jahrhunderts gelebt und muss dieses Stück um 1600 herum komponiert haben. Das war wohl unser Glück.«

»Es ist wirklich wie ein Wunder«, sagte Ava leise.

»Ja. Ich musste nur dafür sorgen, dass die Musik laut genug ist. Das hätte mein Handy alleine nicht gebracht. Zum Glück neige ich dazu, allen möglichen Krimskrams in meiner Jackentasche mit mir rumzuschleppen. Unter anderem einen Mini-Lautsprecher. Als ich das in Versailles gemerkt habe, war ich zuerst genervt. Aber jetzt war dieses kleine Ding ziemlich nützlich.«

Ava nickte. »Die Wirkung war enorm. Sogar ich habe zuerst an Magie geglaubt.«

Kyran wurde ernst. »Vielleicht hat es das Schicksal wirklich gut mit uns gemeint. Die Sache hätte auch schiefgehen können. Ein paar Sekunden nach Ende des Stücks war nämlich mein Akku endgültig leer.«

»Danke«, sagte Ava aus tiefstem Herzen. »Ohne dich wäre ich diesmal wirklich verloren gewesen.«

Kyran sah sich um. »Ich mache jedenfalls drei Kreuze, wenn wir endlich hier weg sind!«

Ava schluckte. Sie war zwar auch erleichtert, dass sie diesen schrecklichen Ort zusammen verlassen konnten, aber was würde sein, nachdem sie *gesprungen* waren? Würde Kyran dann einfach gehen – zurück in sein altes Leben, während Avas Seele weiterhin rastlos herumwandern musste – für immer und ewig verdammt?

»Es tut mir leid, Ava«, sagte Kyran, und überrascht hob sie den Kopf.

Er sah sie an. »Ich habe es mir zu leicht gemacht, indem ich dir die ganze Verantwortung zugeschoben habe für das, was mit Emily passiert ist. Ich bin genauso schuld an ihrem Tod, und vielleicht hat sie selbst nicht richtig aufgepasst und das Auto zu spät gesehen oder sie hat auf der Party noch was getrunken, wer weiß das schon. Alles, was ich vorhin im Hexenturm zu dir gesagt habe, hat mir schon kurz danach furchtbar leidgetan. Ich wusste, dass ich unrecht hatte, und eigentlich wollte ich dir das auch sagen, aber da kamen plötzlich die Soldaten ins Verlies, und dann …«

Ava lehnte sich an ihn. »Schon gut, du musst dich nicht entschuldigen. Ich war dir nie böse, weißt du?«

Kyran schüttelte den Kopf und legte die Hand an ihre Wange, sodass Ava ihn ansehen musste. »Du hast dein Leben riskiert, um meins zu schützen! Das war … Ich meine … wie soll ich das jemals wiedergutmachen?«

Jetzt war es Ava, die den Kopf schüttelte. »Es gibt nichts gutzumachen, Kyran. Ja, ich hab's für dich getan. Aber auch für mich. Weil mein Leben unerträglich geworden wäre, wenn ich dich auch noch verloren hätte.«

Wortlos zog sie Kyran an sich, so dicht, dass sie den Schlag ihrer Herzen spüren konnte. Sie schlugen im selben Takt. Ein warmes Gefühl der Freude und Erleichterung durchfuhr Ava, und für ein paar kostbare Augenblicke lang spürte sie keinerlei Schmerzen mehr. Sie hielt Kyran einfach fest und genoss es, sich beinahe wie eine ganz normale junge Frau zu fühlen, die einen Mann umarmte, den sie liebte. Bald würde ihr Blut wieder anfangen zu brodeln und brennende Hitze durch ihren Körper jagen, um deutlich zu machen, dass ihre nächste Aufgabe schon auf sie wartete, aber jetzt vergaß Ava für wenige Sekunden die Welt um sich herum. Dann wurde der Schwindel stärker, und der Boden schien zu schwanken.

»Ich glaube, wir *springen*«, flüsterte Ava.

Als Antwort senkte Kyran den Kopf und küsste sie.

Ava merkte, wie sie den Körper des Mönchs verließ. Was folgte, war kein Schweben, eher ein Gleiten wie durch warmes Meerwasser, schwerelos und nicht zu vergleichen mit dem bisherigen Wirbel, der sie bei den Sprüngen jedes Mal erfasst und herumgeschleudert hatte, bis sie das Bewusstsein verlor und erst in einer neuen Umgebung und einer fremden Zeit wieder zu sich kam. Diesmal war es anders. Wie im Traum zogen Gesichter an ihr vorbei, die von Rose und Sam wechselten mit den Zügen von Laron, Victoire und der jungen Pensionatslehrerin Fräulein Jensen. Auch Gwendolyn tauchte noch einmal vor Avas innerem Auge auf, ehe alle Formen und Farben ineinander verschmolzen und zu einem dunklen, samtigen Blau wurden, in das sie eintauchte wie in einen kühlen Bergsee.

Das Nächste, was Ava spürte, war etwas Weiches, auf dem sie lag. Der Geruch von frisch gebrühtem Kaffee stach ihr in die Nase, und darüber schwebte ein Hauch Orangenduft. Genauso riecht mein Duschgel, dachte Ava benommen, wie kommt das denn in meinen Traum?

Sie schlug die Augen auf, und ihr Blick fiel auf Kyran neben ihr. Ihre Körper waren eng verschlungen, und Ava fühlte sich zunächst einfach nur erleichtert, dass sie auch diesmal wieder zusammen gesprungen waren.

Als Kyran die Augen öffnete, sah er sie an, und sein Lächeln sagte ihr, dass er genauso empfand.

Ava blickte sich um. Wo waren sie diesmal gelandet? Weiße Bettwäsche mit einem hauchzarten Blütenmuster in Hellgrau, eine alte Kommode in der Ecke des Zimmers und darauf eine Lampe, die aussah wie vom Flohmarkt. All das kam Ava bekannt vor. Mit einem Ruck setzte sie sich auf. Sie sah verstreute Klamotten auf dem Fußboden und einen kleinen Sekretär in der Ecke, auf dem ein aufgeschlagenes Buch lag. Es zeigte das Bild einer kleinen Nixe in zarten Aquarellfarben. Avas Blick blieb schließlich an einem niedrigen marokkanischen Teetischchen und einem halben Dutzend Bilderrahmen darauf hängen. Nicht nur die Möbel waren ihr vertraut, sondern auch die Fotos ...

»Das sind meine Sachen!«, rief Ava und sprang aus dem Bett. Verwirrt und noch leicht benommen setzte Kyran sich auf. »Was? Aber wie ...«

Doch Ava war schon aus der Tür und flitzte durch den schmalen Flur. Gleich darauf stand sie in dem quadratischen Wohnraum mit der offenen Küche. Die geflochtene Hängelampe über dem alten Tisch mit der zerkratzten Platte, an dem sie sowohl zum Essen mit ihren Eltern als auch zum Lernen fürs College immer gesessen hatte, und darum gruppiert sechs unterschiedliche Stühle – kein Zweifel, es waren die Möbel ihrer Eltern.

Ava wirbelte herum und riss die Tür zu dem zweiten Badezimmer der Wohnung auf, das ihre Eltern ihr überlassen hatten. Die Duschkabine war noch feucht, und der fruchtige Geruch ihres Badegels hing im Raum. Avas Blick flog über die gläserne Konsole und die dort aufgereihten Schminkutensilien. Kein Zweifel: Es waren ihre Sachen – sie war in der Wohnung gelandet, in der sie zuerst mit ihren Eltern und später dann, als die beiden den Forschungsauftrag erhalten hatten, alleine gewohnt hatte.

Die Gewissheit, zu Hause zu sein, traf Ava so heftig, dass sie taumelte und sich am Waschbecken festhalten musste, um nicht unter dem Ansturm von Schreck, Freude und Unglauben umzukippen. Sie senkte den Kopf und befahl sich, ein paar Mal tief ein- und auszuatmen.

Der Spiegel war vom Kondenswasser aus der Dusche noch beschlagen, und eine Sekunde lang überfiel Ava Panik. Welches Gesicht würde ihr wohl aus dem Glas entgegenblicken? Sie war inzwischen so daran gewöhnt, in fremden Körpern aufzuwachen, dass sie nicht mehr daran geglaubt hatte, je wieder sie selbst zu sein. Es kostete sie all ihren Mut, zum Handtuch zu greifen – das altrosafarbene, das sie immer am liebsten gemocht hatte – und über das beschlagene Spiegelglas zu wischen. Eine junge Frau mit langen, dunklen Haaren und großen braunen Augen sah sie an.

»Ava«, flüsterte die Frau im Spiegel, und Tränen flossen ihr über die Wangen.

Erst als sie die warmen Rinnsale auf ihrer Haut spürte, glaubte Ava, was sie sah. Erneut schwankte sie und klammerte sich an den Waschbeckenrand. Da merkte sie, dass sich noch etwas verändert hatte: Das stetige Brennen und Pochen in ihrem Körper war so gut wie verschwunden. Kein Prickeln, keine Schmerzen mehr, nur ihr Herz raste, allerdings vor Aufregung. Sie wollte nach Kyran rufen, doch er stand bereits in der Badezimmertür.

»Sind wir wirklich bei dir zu Hause gelandet?«

Ava fiel ihm um den Hals. »Ja. Und stell dir vor – ich bin wieder ich! Das ist mein Körper!«

Ein unkontrolliertes Zittern schüttelte sie, und sie konnte nicht weitersprechen.

Kyran schob sie sanft auf Armeslänge von sich und musterte sie von Kopf bis Fuß. »Ja, Ava. Du bist du. Ich habe dich zwar immer nur in dieser Gestalt gesehen, aber jetzt erscheinst du mir noch … ich weiß nicht, irgendwie präsenter.«

Ava tastete mit bebenden Fingern nach ihrem Hals. »Das Medaillon ist auch verschwunden!«, rief sie. »Bedeutet das etwa, ich bin erlöst?« Sie wusste nicht, an wen sie die Frage richtete, doch Kyran nickte. »Ich glaube schon. Sieh mal!«

Er streckte ihr seinen Unterarm entgegen, und Ava sah sein Handgelenk. Das Tattoo war noch da, aber die schwarze Tinte war blasser geworden und die eingeritzten Zahlen nicht mehr gestochen scharf.

»Hat sich dein Geburtsjahr noch einmal verändert? Ich kann es nicht erkennen«, fragte Ava und kniff die Augen zusammen.

»Ich glaube, diesmal ist das Datum gleich geblieben. Und die Farbe ist auch kaum mehr zu erkennen«, antwortete Kyran.

Ava hob den Kopf, und ihre Blicke trafen sich. »Es ist wirklich vorbei«, sagte Kyran, und sein Lächeln war so strahlend wie nie zuvor.

»Aber warum? Ich meine, nicht dass ich mich beschweren

will!« Ava verspürte den Drang, zu lachen und gleichzeitig zu weinen. »Aber ich weiß nicht, was ich beim letzten *Sprung* anders gemacht habe. Im Gegenteil – ohne deine Hilfe hätte ich es ja gar nicht geschafft.«

Kyran hatte nachdenklich die Stirn gerunzelt. »Ich glaube, ich weiß es«, sagte er langsam. »Du warst bereit, dein eigenes Leben zu opfern, um mich zu retten. Mich und Simon. Ich glaube, mehr kann man nicht für einen anderen tun.«

»Du meinst ... es war eine Art Prüfung des Schicksals?«, fragte Ava zögernd.

»Eher eine Art Bestätigung. Welche Macht auch immer dafür gesorgt hat, dass du eine Seelenwandlerin wurdest, sie hat wohl jetzt gesehen, dass du in dieser Zeit ein anderer Mensch geworden bist. Und deswegen durftest du zurückkehren.«

Ava konnte es kaum fassen. Sie war frei! Endlich würden sie und Kyran zusammen sein können – ohne die ständige Ruhelosigkeit neuer Orte und Zeiten. Und vor allem ohne Angst. Ava schlang ihre Arme um seinen Hals, und gleich darauf spürte sie seinen Mund auf ihrem. So standen sie eine gefühlte Ewigkeit, verbunden in einem Glücksgefühl, für das es keine Worte gab. Nach einer langen Weile lösten sich ihre Lippen voneinander, und Kyran fuhr mit dem Zeigefinger langsam und zärtlich die Konturen ihres Gesichts nach. Sie sahen sich in die Augen, und es war ein wortloses Versprechen: Immer an deiner Seite zu sein, dir nie wehzutun, dich nie im Stich zu lassen.

»Vielleicht sollten wir langsam mal nachsehen, welches Datum wir haben«, murmelte Kyran an ihrem Hals. Er wollte sich von ihr lösen, aber Ava hielt ihn lachend fest.

»Was spielt das für eine Rolle, ob es Frühling oder Herbst ist? Wir sind zusammen in unserer eigenen Zeit gelandet, und nur das zählt, oder?«

Kyran küsste Ava zart auf die Nasenspitze. »Eigentlich hast du recht«, erwiderte er und zog sie erneut in seine Arme. Plötzlich hörten sie ein leises Klingeln. Auch dieser Ton war Ava vertraut. »Das ist mein Handy!« Wie lange hatte sie diesen Klang nicht mehr gehört. Er gehörte zu einem normalen Leben, das sie so lange hatte entbehren müssen. Doch jetzt würde sie es sich Stück für Stück zurückerobern – zusammen mit Kyran.

Sie hörte ihn leise lachen. »Ich glaube, du solltest lieber rangehen. Nicht dass deine Eltern anrufen und glauben, du bist einem Mädchenfänger in die Hände geraten.«

»Die sitzen in ihrer arktischen Forschungsstation und haben keine Ahnung, welcher Mann mich gerade völlig gefangen nimmt!« Lachend lief Ava in den Flur.

Gleichzeitig spürte Kyran ein Vibrieren an seiner rechten Seite. Er fasste in seine Jackentasche und zog sein Smartphone heraus. Wie von Geisterhand hatte sich das Gerät eingeschaltet, und Kyran sah, dass auch der Akku auf mysteriöse Art und Weise wieder geladen war. Er hatte keine Zeit, sich zu wundern, denn das Display leuchtete auf, und Kyran ließ vor Schreck beinahe das Handy fallen. Der hellblaue Hintergrund verschwamm vor seinen Augen, und schlagartig wurde ihm klar, dass er und Ava alles andere als erlöst waren – im Gegenteil.

Ava schlitterte die letzten Meter auf dem glatten Parkettboden, genauso wie sie es früher immer getan hatte, griff nach ihrem Handy und nahm das Gespräch an, ohne vorher aufs Display zu sehen. »Ja, hallo?«

»Hi, Ava«, sagte eine Männerstimme. »Hier ist Pete.«

Kapitel 14

Tanz auf Messern

Ava lief es eiskalt den Rücken runter. Schnell drückte sie auf »Gespräch beenden«. Das konnte nur ein dummer Scherz sein, dachte sie und versuchte, ihren keuchenden Atem und galoppierenden Herzschlag unter Kontrolle zu bringen. Oder – und bei diesem Gedanken begann Ava erst recht zu zittern – sie war zwar in ihrem eigenen Körper, aber nicht in ihrer eigentlichen Gegenwart gelandet. Die Erkenntnis war wie ein Guss eiskalten Wassers. Natürlich! Vor lauter Freude und Aufregung hatte Ava nicht nachgedacht. Denn sonst wäre ihr längst aufgegangen, dass ihre Sprünge begonnen hatten, als sie auf Bali war. Wäre es genau der Tag, an dem sie ihren Körper damals verlassen hatte, wäre sie nicht in der Londoner Wohnung ihrer Eltern gelandet.

Ehe sie aber ihre wirren Gedanken einigermaßen ordnen konnte, fing das Telefon erneut an zu klingeln, und auf dem Display erschienen die Buchstaben »Pete calling«. Ava starrte das Gerät an, als würde gleich eine Giftschlange daraus hervorkriechen. Ihr Gehirn weigerte sich, die Tatsache zu begreifen, dass sie soeben einen Anruf von jemandem bekam, der eigentlich tot war. Doch sie musste Gewissheit haben. Mit zitternden Fingern wischte sie über das Display, um den Anruf anzunehmen. »Hallo?«, flüsterte sie.

»Ava? Ich bin's noch mal. Hier war wohl gerade eine schlechte Verbindung.« Kein Zweifel, das war Petes Stimme.

»Ich …«, brachte Ava mit Mühe heraus. »Entschuldige, ich habe geschlafen.«

Sie hörte Pete am anderen Ende der Leitung lachen und bekam eine Gänsehaut. Es war, als würde er aus dem Grab mit ihr sprechen, doch Pete klang sehr lebendig. »Na, dann komme ich ja genau rechtzeitig mit dem Frühstück. Ich habe dir deine Lieblingscroissants bei *Dan's Bakery* besorgt. Der Verkehr ist mal wieder ein Alptraum, aber in einer Viertelstunde könnte ich bei dir sein.«

Ava zuckte zusammen. »Oh, ich … aber …«, stotterte sie völlig überrumpelt.

»Ja, ich weiß. Du bist noch nicht geduscht und geschminkt, und deine Haare sitzen auch nicht richtig. Mann, Ava, mach dich locker, okay? Du gehst nicht zu einem Schönheitswettbewerb, sondern ich komme nur zum Frühstück vorbei, nachdem wir uns zehn Tage nicht gesehen haben, weil ich in Amerika war.«

Sie schloss die Augen. Natürlich, Pete kannte nur die Ava von damals – ein Mädchen, das nichts anderes als sich und ihr Aussehen im Kopf gehabt hatte. Genau in dieser Zeit befand sie sich offenbar, sie durfte jetzt keinen Fehler machen.

Ava holte tief Luft und nahm alle Kraft zusammen, um normal und unbekümmert zu klingen.

»Ja, ich meine – nein, kein Problem. Komm vorbei.«

Sofort war Pete versöhnt. »Okay. Wir reden später weiter, ich muss mich auf den Verkehr konzentrieren. Bis gleich.«

Es tutete in der Leitung, und die Verbindung war unterbrochen.

»Mein Gott«, flüsterte Ava und spürte, dass ihre Hand, die das Handy weiterhin umklammert hielt, schweißnass war. Pete war am Leben und gerade von einem USA-Aufenthalt zurück. Das konnte nur eins bedeuten ...

In diesem Augenblick kam Kyran aus dem Bad. Auch er hatte sein Smartphone in der Hand und war leichenblass. »Du weißt es also.«

Ava nickte und hörte selbst, wie tonlos ihre Stimme klang. »Das war eben Pete am Telefon. Wir sind nicht in die Gegenwart *gesprungen*, stimmt's?«

Wortlos hielt Kyran ihr sein Smartphone hin, und das Datum sprang Ava förmlich an. »Der achte April 2015?«, flüsterte sie. »Aber – das ist ja genau *der* Tag ...«

»... an dem die Katastrophe ihren Lauf nahm«, vollendete Kyran ihren Satz. »Aber wir sind rechtzeitig gelandet, um alles rückgängig machen zu können. Verstehst du, Ava? Es ist noch nicht zu spät.«

Die Erleichterung, die sie verspürte, war so groß, dass Ava einige Sekunden lang nicht denken konnte. Das war er – der Tag, auf den sie so lange gewartet hatte. Ihre Chance, alles wiedergutzumachen. Doch es bedeutete gleichzeitig auch noch etwas anderes. »Aber ... das würde ja heißen ...«

Obwohl er rasch den Kopf senkte, sah Ava den Schmerz in seinen Augen. »Ich weiß«, sagte Kyran leise. »Du darfst dich nicht von Pete trennen. Denn sonst können wir das Schicksal nicht ändern, und er wird heute Nacht sterben – genau wie Emily.«

Ava war ein paar Sekunden wie gelähmt. Dann aber kam

ihr der rettende Gedanke. »Ich könnte Pete hinhalten. Ich meine, es geht doch nur um diesen heutigen Tag! Was, wenn ich einfach eine Woche warte und ihm dann erst sage, dass es mit uns nicht funktioniert?«

Kyran stieß heftig den Atem aus. »Glaubst du wirklich, dass sich der Lauf der Dinge auf so einfache Weise manipulieren lässt?«

Ava ahnte, dass er recht hatte, dennoch bäumte sich alles in ihr gegen das Unausweichliche auf. Nein, das konnte nicht sein! Sie liebte Kyran, und er liebte sie. Ava schüttelte heftig den Kopf. Es musste eine Möglichkeit geben, der unsichtbaren Macht, die diese Aufgabe für sie ersonnen hatte, ein Schnippchen zu schlagen. Sie überlegte fieberhaft.

»Was, wenn ich versuche, Pete dazu zu bringen, sich von *mir* zu trennen? Ich könnte irgendetwas sagen oder tun, das er unsäglich findet. Vielleicht will er danach von sich aus nicht mehr mit mir zusammen sein?«

Kyran nickte zögernd. »Vielleicht funktioniert es. Aber ich glaube nicht. Pete ist nicht dumm, er wird merken, dass an der Sache was faul ist, glaubst du nicht?«

Obwohl Ava ihm recht geben musste, fühlte sie sich hilflos und wütend. »Was schlägst du dann vor, Kyran? Soll ich bei einem Mann bleiben, den ich nicht liebe? Irgendwann muss ich mich von Pete trennen, wenn es eine Zukunft für uns geben soll.«

Kyran schluckte, und als er sie anblickte, sah Ava ihre Verzweiflung in seinem Gesicht gespiegelt.

»Dürfen wir das wirklich riskieren, Ava? Natürlich kannst du dich diesmal anders verhalten als damals. Vielleicht bleibst du ruhig und sagst nicht all diese gemeinen Dinge.

Aber du hast mir selbst erzählt, dass Pete nach eurer Trennung ausgeflippt ist. Dasselbe Risiko besteht, wenn er herausfindet, dass du dich hinter seinem Rücken mit mir triffst. Kannst du wirklich sichergehen, dass er nicht wieder genauso reagiert und sich sinnlos betrinkt?«

Ava biss sich auf die Unterlippe und schüttelte den Kopf. Petes Reaktion auf die Trennung war und blieb ein Risiko – egal, wie schonend Ava es ihm beibringen würde.

»Ich fürchte, es geht nicht nur um den heutigen Tag, Ava. Sondern darum, dass du Pete überhaupt verlassen hast.«

Die Wirkung seiner Sätze tröpfelte wie ein langsam wirkendes Gift in Avas Bewusstsein, doch nachdem sie begriffen hatte, dass ihr keine andere Wahl blieb, war der Schmerz umso heftiger. »Aber ... wie wird es dann mit uns weitergehen?«, flüsterte Ava. »Haben wir dann überhaupt noch eine Chance?«

Kyran griff nach ihrer Hand. »Alles, was ich weiß, ist, dass es momentan kein ›uns‹ geben darf, Ava. Die Entscheidung für unsere Liebe wäre gleichzeitig eine Entscheidung gegen zwei Menschenleben. Und ich will Emily nicht verlieren, nicht noch einmal. Wir haben nur diesen einen Tag, um sie und Pete zu retten. Weißt du, wie oft ich mir ausgemalt habe, dass ich alles dafür geben würde, den Tag, an dem meine Schwester starb, rückgängig machen zu können? Und ist es dir nicht genauso gegangen? Hast du dir nicht auch die ganze Zeit gewünscht, du hättest an diesem achten April anders gehandelt? Jetzt ist es so weit, aber der Preis dafür ist verdammt hoch.«

Ava schluckte. Der Kummer schnürte ihr förmlich die Luft ab, aber sie wusste, dass Kyran recht hatte. »Wir haben keine Wahl, richtig? Weil wir bereits die Konsequenzen des heutigen Tages kennen. Und weder du noch ich könnten mit dem Wissen leben, denselben Fehler ein zweites Mal zu machen.«

Ava blickte auf ihre Finger, die mit denen von Kyran verflochten waren. Es würde vielleicht für lange Zeit das letzte Mal sein, dass sie sich so nahe waren und sich auf diese Weise berührten. Die Verzweiflung war schmerzhafter als all das Brennen und die Hitze, die sie seit ihren *Sprüngen* immer wieder gequält hatten. Erneut liefen Ava die Tränen über die Wangen.

Kyran schien denselben Gedanken zu haben. »Vielleicht ist es diesmal nicht Emily, die Pete totfährt. Aber ich fürchte, du wirst es nicht mehr erfahren, denn sobald du deinen Fehler von damals wiederholst, werden deine *Sprünge* wieder beginnen. Das Schicksal lässt sich nicht betrügen. Und mir ist es lieber, ich weiß dich wenigstens in meiner Nähe, auch wenn wir uns vielleicht lange Zeit nicht sehen. Aber noch viel unerträglicher wäre es für mich, wenn du wieder durch die Zeit reisen müsstest – und ich nicht mehr bei dir sein kann, um dich zu beschützen.«

Ava ließ den Kopf hängen. Er hatte recht. Obwohl es Kyran sicher genauso schwer fiel wie ihr, löste er sanft seine Hand aus ihrer und trat einen Schritt zurück. »Ich sollte jetzt besser nach Hause gehen«, sagte er und schien seinen eigenen Worten einen Moment nachzuhorchen.

Kein Wunder, dachte Ava, hatte er doch lange Zeit davon ausgehen müssen, dass ihm dieses Zuhause mit dem Tod seiner Zwillingsschwester verloren gegangen war. Ava nickte unter Tränen. »Du kannst es sicher nicht erwarten, Emily wiederzusehen.«

Kyran lächelte. »Ja, allerdings. Ich hoffe nur, dass sie wirklich da ist. Es kommt mir alles noch so ... unwirklich vor.« Seine Miene wurde ernst, und die Traurigkeit kehrte in seine Augen zurück. »Dich jetzt verlassen zu müssen ist das Härteste, was ich je tun musste, glaub mir, Ava. Ich wünschte, es wäre anders gekommen.«

»Ich auch«, flüsterte sie. Sie dachte an all die Dinge, die sie in der kurzen Zeit, in der Kyran und sie zusammen gewesen waren, erlebt hatten. Sie hatten Angst umeinander gehabt, und sie waren verzweifelt gewesen, aber sie hatten auch wunderschöne Momente miteinander geteilt. Sie erinnerte sich an Kyrans warme Haut, seine Augen, in denen sie versunken war, und an seine Umarmung auf dem Speicher in Versailles oder in der Wohnung in Venedig. Sie biss sich heftig auf die Unterlippe. Sie würde sonst nie mehr aufhören können zu weinen.

Kyran schien es ähnlich zu gehen, denn auch seine Stimme klang rau. »Ich habe keine Ahnung, wie es mit uns weitergeht. Aber ich werde jeden Tag an dich denken.«

Ava konnte nur stumm nicken, denn sobald sie den Mund zu einer Antwort öffnete, wäre es mit ihrer Beherrschung vorbei. Kyran zögerte, dann nahm er Ava noch einmal in die Arme und hielt sie so fest, dass er mit ihr zu verschmelzen schien. Viel zu kurz war diese Umarmung, ehe er sie abrupt losließ, sich umdrehte und ging. Ava hörte seine Schritte im Treppenhaus verklingen, und bei dem dumpfen Laut, mit dem das schwere Eingangstor ins Schloss fiel, war es, als wäre auch in ihrem Inneren für immer eine Tür zugegangen.

Kyran stand vor dem hohen Gebäude, in dem sich das Appartement seiner Eltern befand, aber er zögerte, die Klingel zu drücken. Er hatte auf einmal Angst, dass alles nur Illusion sein könnte, ein kleiner, grausamer Trick des Schicksals. Was, wenn niemand auf sein Klingeln reagierte – weil seine Schwester längst tot und seine Eltern aus London fortgezogen waren? Kyran zog sein Smartphone heraus und warf noch einmal einen Blick aufs Display. Immer noch der achte April 2015. Er nahm all seinen Mut zusammen und drückte auf den dritten Messingknopf von unten. Kurz darauf ertönte die verzerrte Stimme seiner Mutter durch die Sprechanlage.
»Ja?«

Obwohl er versucht hatte, sich darauf einzustellen, zuckte Kyran zusammen und wich einen Schritt zurück. Erst als seine Mutter leicht ungeduldig nachfragte, riss er sich zusammen, trotzdem klang seine Stimme leicht krächzend.

»Mom, ich bin's.«

Gleich darauf ertönte der Türsummer, und Kyran atmete tief durch. Mit jeder Stufe, die er nach oben stieg, wuchs seine Anspannung, und nachdem er vor der angelehnten Wohnungstür angekommen war, ging sein Atem stoßweise. Doch da wurde schon die Tür aufgerissen, und vor ihm stand sein Vater.

»Meine Güte, Junge! Du keuchst ja, als wärst du durch halb London gerannt. Wo ist denn dein Sportsgeist geblieben?«, fragte er gut gelaunt und boxte sanft gegen Kyrans Oberarm. »Hast du deinen Schlüssel vergessen?«

Kyran starrte ihn an. Nichts erinnerte mehr an den gebückten Mann, dessen Kleidung seit Emilys Unfall eine Nummer zu groß schien und an seinem abgemagerten Körper schlotterte. Auch die scharfen Falten zwischen Mund und Nase waren verschwunden. Der Mann, der vor ihm stand, strahlte Lebensfreude und Energie aus.

»Nun steh hier nicht rum, komm rein!«, rief er und zog Kyran in die Wohnung.

»Wo ... wo ist Emily?«, fragte Kyran.

»Sie macht sich gerade fertig fürs Shoppen«, rief seine Mutter aus der Küche, und gleich darauf erschien ihr lächelndes Gesicht im Türspalt. Sie sah jünger aus als in Kyrans Erinnerung – und fröhlicher. »Deine Schwester braucht unbedingt ein neues Kleid, meint sie. Ihr wollt doch heute Abend zu dieser Party.«

Kyran schluckte. Diese verdammte, verhängnisvolle Feier, dachte er. Nach dieser Nacht war sein Leben wie mit einem scharfen Skalpell in ein »vor Emilys Tod« und ein »danach« geteilt worden. Sein Vater sah ihn mit gespielter Strenge an. »Du hast das doch hoffentlich nicht vergessen. Deine Mutter und ich freuen uns schon den ganzen Tag auf sturmfreie Bude!«

»George!«, rief seine Mutter. »Nicht vor den Kindern!«

Beide blickten sich an und brachen in Gelächter aus. Kyran starrte sie an. Wie lange hatten sie nicht mehr so gelacht, dachte er benommen. Da hörte er leichte, schnelle Schritte hinter seinem Rücken und drehte sich hastig um. Ein blondes, schlankes Mädchen kam den Flur entlang auf sie zu, deren Lächeln Kyran so vertraut war, als würde er in einen Spiegel blicken, und er brachte nur ein Wort heraus: »Emmy!«

Schlagartig wurde ihm bewusst, wie sehr er seine Zwillingsschwester die ganze Zeit vermisst hatte. Es war, als hätte ein Teil von ihm gefehlt, und die Tatsache, dass sie jetzt wie durch ein Wunder am Leben war, traf ihn mit einer solchen Wucht, dass er sie nur fassungslos vor Glück und Erleichterung anstarren konnte.

»Was ist los, Bruderherz? Ist mein Lippenstift verschmiert, oder hast du ein Gespenst gesehen?« Emily musterte ihn leicht befremdet.

Kyran schluckte und schüttelte wortlos den Kopf. Sein Herz raste, und sein Mund war so trocken, dass er nicht sprechen konnte. Das Wiedersehen mit seiner Zwillingsschwester, von der er geglaubt hatte, sie wäre für immer aus seinem Leben verschwunden, riss ihn beinahe von den Füßen. Am liebsten hätte er seine Schwester einfach stürmisch umarmt. Weil er aber spürte, dass Emily sich sowieso schon über ihn wunderte, hielt er sich zurück.

»Wo willst du denn nach einem Kleid suchen, Liebling?«, fragte ihre Mutter und gab Kyran die Gelegenheit, sich zu fangen, während Emily mit ihrer Mutter diskutierte, ob sie lieber nach Notting Hill fahren oder in eins der großen Einkaufszentren gehen sollte. Kyran hörte stumm zu, und plötzlich fiel ihm wieder das dunkelblaue Etwas aus Seidenstoff ein, mit dem Emily an diesem Tag nach Hause gekommen war.

Wie ein Puzzle setzten sich jetzt auch die übrigen Erinnerungsstücke zusammen: Emily, die in dem engen Kleid in der Ecke stand, ein Glas Weißwein in der Hand. Kyran hatte sie eigentlich nur vor einem Fehler bewahren wollen, doch stattdessen bekamen sie Streit, der darin gemündet hatte, dass Kyran die Feier vorzeitig verließ. Es war um William McKenzie gegangen, einen Mitspieler in ihrem ehemaligen Schul-Basketballteam. Kyran hatte ihn schon immer für einen aufgeblasenen Vollidioten gehalten, der alles abschleppte, »was zwei X-Chromosomen hat«, wie er Emily in einer Ecke des Partyraums über die laute Musik hinweg ins Ohr rief, weil sie seiner Meinung nach ein bisschen zu sehr Gefallen an Will fand. Emily hatte danach aber erst recht angefangen, mit diesem Schleimer zu flirten. Als dessen Hand sich wie eine Boa Constrictor um Emilys Taille gewunden hatte, war es Kyran zu dumm geworden, und er hatte seinem ehemaligen Mitspieler klargemacht, dass er besser die Finger von seiner Zwillingsschwester lassen sollte. Daraufhin war Emily richtig sauer geworden und hatte Kyran gesagt, dass sie kein Kindermädchen brauchte. Es waren noch ein paar unschöne Sätze zwischen ihnen hin- und hergeflogen, bis Kyran sich entnervt seine Jacke geschnappt hatte und gegangen war. Das Letzte, was er sah, war Emilys zorniger Blick, mit dem sie ihm nachgesehen hatte.

Kyran spürte das überwältigende Bedürfnis, seine Schwester zu beschützen. »Ich komme mit zum Einkaufen«, sagte er daher und nahm sich vor, Emily bis zum späten Abend nicht aus den Augen zu lassen. So lange, bis er sichergehen konnte, dass sich die Ereignisse dieses verfluchten achten April nicht wiederholen würden.

Emily sah ihn kopfschüttelnd an. »Was ist denn heute los mit dir? Du *hasst* shoppen. Außerdem bin ich fünfundzwanzig und alt genug, allein zu gehen.«

Kyran zuckte zusammen. »Fünfundzwanzig? Du auch?«, rutschte es ihm heraus.

Er war nun völlig verwirrt. Offenbar war also nicht nur er während der *Sprünge* mit Ava gealtert, sondern auch seine

Schwester. Sämtliche Wahrscheinlichkeitstheorien funktionierten hier nicht, und Kyran spürte ein beginnendes Hämmern hinter seinen Schläfen. Die Sache drohte ihm über den Kopf zu wachsen.

»Natürlich bin ich so alt wie du. Wir sind Zwillinge, schon vergessen? Oder haben dich etwa Außerirdische über Nacht entführt und deine Erinnerung gelöscht?«

Sie und seine Eltern prusteten los, und nach einer Sekunde lachte Kyran mit. Er hätte ihnen auch kaum die Wahrheit erzählen können. Weder über seine Reisen durch die Zeit noch darüber, dass er diesen heutigen Tag schon einmal erlebt hatte. Und dass danach nichts mehr so gewesen war wie früher und ihn immer ein Verlust begleitet hatte, der durch nichts verschwinden konnte – außer Emily bliebe diesmal am Leben.

»Dein Angebot ist sehr lieb, Kyran«, sagte sie jetzt. »Aber du musst wirklich nicht mitkommen. Du weißt doch, dass ich mir von niemandem reinreden lasse. Schon gar nicht, wenn es um Klamotten geht.«

Kyran nickte widerwillig, doch dann sagte er sich, dass Emily nicht beim Shoppen verunglückt war, sondern erst viele Stunden später. Außerdem würde Ava hoffentlich Pete dazu bringen, nicht ins Auto zu steigen, sodass die Wahrscheinlichkeit des Unfalls diesmal gegen null ging. Bei dem Gedanken, dass in diesem Moment ein anderer bei Ava war, zog sich Kyrans Magen zusammen. Aber er konnte und durfte nicht eingreifen und zu ihr fahren. Er musste sein Glück mit Ava opfern – für seine Familie und dafür, dass sie beide wieder ein normales Leben führen durften. Zwar ohne einander, aber dafür auch ohne die Rastlosigkeit ständiger

Zeitreisen und der immerwährenden Gefahr, dass einer von ihnen dabei sein Leben verlor.

»Kyran? Ist wirklich alles okay?« Emilys besorgte Stimme brachte ihn wieder in die Gegenwart zurück.

Oder in die Vergangenheit, denn als er seine Zeitreisen begonnen hatte, war das Jahr 2015 eigentlich längst vergangen gewesen. Doch da Ava und er das Schicksal ändern konnten, würde mit dem heutigen Tag wohl auch eine neue Zukunft beginnen. Für sie beide ebenso wie für Emily. Auch wenn das bedeutete, dass Kyran die letzten eineinhalb Jahre nun noch einmal durchleben würde. Immerhin wusste er dadurch schon, was in nächster Zeit an der Uni auf ihn zukam, dachte Kyran und musste lächeln. Vielleicht sollte er einfach aufhören, über Wahrscheinlichkeiten und Logik nachzudenken und dem Schicksal einfach dankbar für diese zweite Chance sein.

Emily interpretierte seinen Gesichtsausdruck offenbar als ein Ja, denn sie verabschiedete sich erleichtert und sprang leichtfüßig die Treppe hinunter.

Kyrans Mutter seufzte. »Irgendwann wird das Mädchen sich noch einmal den Fuß brechen!«

Kyran dachte daran, wie er die Treppen von Avas Wohnung hinuntergestiegen und wie schwer ihm jeder Schritt gefallen war. Seine Knochen waren heil geblieben, aber der Abschied hatte ihm das Herz gebrochen.

Ava versuchte, ihre zitternde Hand ruhig zu halten, damit der Kaffee nicht überschwappte, doch es war ihr kaum möglich, sich nicht anmerken zu lassen, wie aufgewühlt sie war. Petes Anblick, als er vor der Tür stand, war ein Schock gewesen, obwohl sie versucht hatte, sich dagegen zu wappnen. Aber einem Menschen gegenüberzustehen, dessen Todesanzeige sie bei Facebook gesehen hatte – Petes Schwester hatte es sich nicht nehmen lassen, sie damals an alle Freunde und Arbeitskollegen ihres Bruders zu posten –, war beinahe zu viel für Ava gewesen. Beschämt erinnerte sie sich daran, dass sie noch vor Petes Beerdigung Hals über Kopf zu ihrer Weltreise aufgebrochen war. Sie hätte es nicht ertragen, am offenen Grab zu stehen und zu wissen, dass ihr Exfreund dort unten im Sarg lag – und dass sie die Mitschuld daran trug.

Jetzt kam sie sich vor, als wäre sie eine Schauspielerin und müsste eine Rolle spielen, die sie vorher kein einziges Mal geprobt hatte. Zum Glück fiel Pete ihr Zustand nicht auf. Er sprudelte über vor Mitteilungsdrang, und während Ava Kaffee machte und den Tisch deckte, erzählte er ununterbrochen von seiner Zeit in Chicago, wo sein Arbeitgeber eine Filiale hatte.

Ava war froh, nur nicken und lächeln zu müssen, denn die Vertrautheit von Petes Stimme und seinen Gesten waren ihr unheimlich. Sie hatte Angst, sich durch eine unbedachte Äußerung zu verraten. Daher eilte sie geschäftig zwischen der winzigen Küchenzeile und dem Wohnraum hin und her, und als Pete sich zu ihr neigte, gab sie vor, es nicht zu merken, sondern nahm schnell einen Schluck aus ihrer Kaffeetasse. Pete tat ihr leid, gleichzeitig aber konnte sie sich nicht dazu überwinden, sich von ihm in den Arm nehmen zu lassen oder ihn gar zu küssen. Die Erinnerung an Kyran war noch zu frisch und pochte wie eine offene Wunde. Gleichzeitig war ihr klar, dass sie sich Pete nicht dauerhaft entziehen konnte, wenn sich die Ereignisse von damals nicht wiederholen sollten. Aber musste sie dafür jetzt ein Leben lang mit einem Mann zusammenbleiben, den sie nicht liebte? Würde sie es wirklich schaffen, dieses Opfer zu bringen, damit nicht nur zwei Menschen am Leben blieben, sondern auch ihre *Sprünge* durch die Zeit aufhörten?

Ava fühlte sich wie die kleine Meerjungfrau aus dem Märchen, die bei jedem Schritt das Gefühl hatte, auf scharfe Messer zu treten. Für Ava würde sich jede Erinnerung an Kyran, den sie liebte und bereits jetzt schrecklich vermisste, anfühlen, als ginge sie barfuß über die Scherben ihres gebrochenen Herzens.

Vor lauter Grübeln hatte sie nicht bemerkt, dass Pete aufgehört hatte zu reden und sie kritisch musterte. »Du hörst mir ja gar nicht richtig zu. Ist irgendwas?«

»Oh, äh, nein! Entschuldige. Ich habe nur heute ziemlich ... Kopfweh«, log Ava hastig.

Pete runzelte die Stirn. »Hör mal, ich weiß, dass es vor meinem USA-Aufenthalt nicht besonders gut zwischen uns lief, und eigentlich wollte ich mit dir darüber reden ...«

»Nein! Ich meine ... Alles gut!«, unterbrach ihn Ava hastig. Bloß kein Krisengespräch heraufbeschwören, dachte sie panisch. Auf einmal standen ihr wieder alle kleinen und großen Streitereien mit Pete deutlich vor Augen. Ihre unterschiedlichen Ansichten, wie eine Beziehung zu funktionieren hatte, Petes Ansprüche und seine Vorstellung, so viel Zeit wie möglich zu zweit zu verbringen. Sein Wunsch, möglichst bald zusammenzuziehen, vielleicht auch eine Familie zu gründen, wofür Ava sich noch viel zu jung gefühlt hatte. Eigentlich hatten sie nie wirklich zusammengepasst. Aber hier und heute durfte Ava gar nicht erst in das Fahrwasser eines Streits oder womöglich sogar einer Trennung kommen, sonst wäre alles umsonst. Daher riss sie sich zusammen, ging zu Pete und legte ihre Arme um seinen Hals.

»Schön, dass du wieder gesund zurück bist. Ich meine, in Amerika herrscht ja seit der Präsidentschaftswahl ein ganz schöner Aufruhr.«

»Was?«, fragte Pete und blickte kurz irritiert, ehe er in Lachen ausbrach. »Ach, Darling! Das verwechselst du mit der Parlamentswahl in Griechenland!«

Siedend heiß fiel Ava ein, dass sie von den Ereignissen im Dezember 2016 sprach, über die sie bei ihrer Begegnung mit Kyran kurz nach Weihnachten im Internet etwas gelesen hatte, als sie in dem Körper einer jungen Grafikerin namens Charlie steckte. Da sie sich jetzt aber im Frühling des Vorjahres befand, konnte Pete natürlich nicht wissen, wovon Ava sprach.

Mit einem gequälten Lächeln schlug sie sich an die Stirn. »Meine Güte! Ich bin so verpeilt heute. Muss an meiner Migräne liegen.« Sie hoffte, Pete würde ihr diese Ausrede abnehmen. Nicht auszudenken, was passierte, wenn er Verdacht schöpfte.

Pete trank seinen Kaffee aus. »Weißt du, was? Ich lasse dich jetzt besser alleine. Nimm eine Tablette und schlaf dich aus, ich habe sowieso im Büro noch allerhand aufzuarbeiten, was in den vergangenen Tagen liegen geblieben ist.«

»Aber ...«, fing Ava an, und Pete hob die Hand.

»Ich weiß, es ist Samstag. Aber ich habe zu tun – und du brauchst Ruhe. Wir reden morgen weiter, okay?«

Obwohl sie froh war, Pete so einfach loszuwerden, wurde es Ava nun doch mulmig zumute. Was, wenn Pete nicht ins

Büro fahren, sondern sich trotzdem in die nächste Kneipe setzen würde? Sie hatten sich zwar nicht gestritten, aber wirklich nett war sie trotzdem nicht zu ihm gewesen.

»Hör mal, Pete«, sagte Ava, als er zu seiner Tasche griff, aus der die Ecke jener Tageszeitung ragte, die er jeden Morgen las, »was vor deiner Dienstreise zwischen uns war, tut mir leid. Ich habe es nicht so gemeint, und du weißt ja, dass ich oft ein ziemliches Biest sein kann.«

Pete stutzte und musterte Ava von oben bis unten. »Das sind ja ganz neue Töne.«

»Na ja, weißt du ... Manchmal braucht Erkenntnis eben seine Zeit«, wich Ava aus und dachte, *wenn du wüsstest!*

Sie brauchte diesmal kein Horoskop in der Zeitung zu sehen, um zu wissen, was ihre Aufgabe war. Zu ihrer Erleichterung hakte Pete nicht mehr nach, sondern schnappte sich seine Autoschlüssel, ehe er Ava einen flüchtigen Kuss auf die Wange gab.

»Gute Besserung. Ich melde mich.«

Ava schloss langsam die Wohnungstür hinter ihm, ehe sie sich zitternd dagegenlehnte. War sie überzeugend genug gewesen, damit Pete keinen Mist baute – oder hatte sie versagt? Da fiel ihr ein, dass sie ihn damals, an jenem verhängnisvollen Apriltag, vom Fenster aus beobachtet hatte. Wie eine Marionette war er mit steifen Schritten die Straße entlanggegangen und kurz darauf in dem Pub schräg gegenüber verschwunden. Obwohl ihre Beine sie kaum trugen, lief Ava zu dem Fenster und presste ihre Nase gegen das kalte Glas. Da sah sie, wie Pete in seinen roten Sportwagen stieg und sogar vorschriftsmäßig den Blinker setzte, ehe er langsam aus der Parklücke auf die Straße fuhr.

Vor Erleichterung wurden ihr die Knie weich, und sie setzte sich auf den Parkettboden, während kleine Funken vor ihren Augen tanzten. Sie hatte es geschafft. Pete würde sich nicht betrinken, und Emily blieb am Leben.

Kapitel 15

Der Flügelschlag eines Schmetterlings

Es war ein Déjà-vu, seine Zwillingsschwester in dem blauen Kleid aus dem Badezimmer kommen zu sehen, und Kyran rang zwei Sekunden um Fassung, ehe er es geschafft hatte, zu lächeln. »Du siehst toll aus.«

Emily, die erst ziemlich spät von ihrem Shoppingbummel zurückgekommen war, blickte ihn verwundert an, so als sei sie ganz in Gedanken. »Oh danke, Brüderchen. Aber langsam wirst du mir unheimlich. Wieso bist du heute so nett und aufmerksam?«

»Ich bin immer so. Du merkst es sonst nur nicht.«

Emily schnaubte, aber dann musste sie lachen. »Spinner!«

»Pass auf, was du sagst! Als Zwillinge haben wir schließlich dieselben Gene!«

Emily rollte mit den Augen und ging an ihm vorbei zur Wohnungstür. »Können wir jetzt gehen oder willst du vorher noch einen kleinen biologischen Ausflug in die Welt der Mendel'schen Gesetze machen?«

Wie hatte er das vermisst, dachte Kyran, während er ihr nach draußen folgte. Ihre Wortgefechte, Emilys Schlagfertigkeit und ihr lautes Lachen, das jeden, der es hörte, sofort ansteckte. Kyran nahm sich vor, alles zu tun, damit er Emily nicht noch einmal verlor.

Er bemühte sich, die Party zu genießen oder wenigstens fröhlich zu wirken. Aber die laute Musik, das überdrehte Gekicher der Mädchenclique neben ihm und vor allem William McKenzie, der in diesem Augenblick auf Emily zusteuerte, gingen ihm derart gegen den Strich, dass er am liebsten seine Schwester geschnappt und ein Taxi für sie beide gerufen hätte. Aber er wusste, dass sie sich auf das Fest gefreut hatte und sicher nicht schon um neun Uhr abends wieder gehen wollte. Inzwischen stand Will neben Emily, und Kyran biss die Zähne zusammen. Er beobachtete Emily, die mit dem Fuß im Takt der Musik wippte und ab und zu einen Schluck aus ihrem Weißweinglas nahm, und beschloss, ebenfalls etwas zu trinken aufzutreiben und sich dann ans andere Ende des Raums zu verziehen, um dem Drang zu widerstehen, seinem ehemaligen Teamkollegen eine reinzuhauen. Er durfte sich nicht einmischen, sonst riskierte er, dass sich der Streit mit Emily und die verhängnisvollen Folgen von damals wiederholten.

»Hey, Kyran! Was möchtest du trinken?« Eine gemeinsame Bekannte von Emily und ihm stand hinter dem Klapptisch, der als improvisierte Bar diente, und lächelte ihn an.

»Bowle?«

Kyran warf einen Blick über die Schulter und sah Will, der gestikulierend auf seine Schwester einredete. »Hast du auch Gin Tonic da?«

Ava lag bis zur Nasenspitze eingemummelt im Bett, aber sie konnte nicht schlafen. Nachdem Pete gegangen war, hatte sie noch ein paar Mal in den Spiegel sehen müssen, um sich zu überzeugen, dass sie wirklich ihren eigenen Körper wiederhatte. Danach war sie langsam durch ihr Zimmer gelaufen und hatte sämtliche Schränke und Schubladen geöffnet. Mit Freude befühlte sie ihre eigenen Kleider und betrachtete all die Dinge, von denen sie dachte, sie hätte sie für immer verloren. Aber sogar ihr Laptop lag an seinem Platz, und Ava setzte sich sofort hin, um ihren Eltern eine Nachricht zu schreiben.

Das hatte sie auch gemacht, als sie sich in Liz' und Charlies Körpern befand, denn Ava wollte ihrer Mutter und ihrem Vater wenigstens das Gefühl geben, dass es ihr gutging. Außerdem hatte sie jede Gelegenheit genutzt, sich ins Internet einzuloggen, um zeitversetzte Postings zu entwerfen, die in regelmäßigen Abständen auf ihrer Facebookseite erschienen waren.

Ava hatte sich ausgerechnet, dass ihre Eltern auf diese Weise zumindest in regelmäßigen Abständen Nachricht von ihrer Tochter erhalten haben mussten. Sie hoffte, dass die beiden in ihrer Forschungsstation selbst derart von der Zivilisation abgeschnitten waren, dass sie sich den Rest der Zeit keine Sorgen gemacht hatten. Schließlich sollten sie auf keinen Fall wissen, dass Ava in Wirklichkeit rastlos durch die Jahrhunderte *sprang*.

Doch das alles schien nun vorbei zu sein. Erst als Ava im Bett lag, war ihr aufgegangen, welches Geschenk sie vom Schicksal bekommen hatte. Auch der dauernde Schmerz, der sie in der Zeit ihrer *Sprünge* begleitet hatte, war nicht zurückgekehrt, und langsam begann Ava zu glauben, dass ab jetzt ein normales Leben möglich sein würde. Wenn auch ohne Kyran. Sie hatte es geschafft, die Gedanken an ihn halbwegs zu verdrängen, indem sie erst einmal in der gesamten elterlichen Wohnung von oben bis unten staubsaugte und wischte. Ihre Mutter wäre begeistert gewesen, wenn sie das gesehen hätte, denn Putzen war etwas, das Ava früher gehasst hatte. Doch jetzt war der Geruch von Reinigungsmitteln wie ein Anker in der Realität, und mit dem Staub, den sie von den Möbeln wischte, schienen auch die düsteren Erinnerungen an früher zu verschwinden. Nicht mehr lange, und der heutige achte April würde den Tag von damals verdrängt haben und um Mitternacht endgültig ungeschehen machen.

Doch als Ava jetzt allein in der Dunkelheit lag, ließen sich die schweren Gedanken nicht mehr verdrängen. Die Vorstellung von einem Leben ohne Kyran war wie ein schwarzer Abgrund, in den sie zu stürzen drohte. Bilder von ihm zogen durch ihren Kopf, und sie glaubte fast, er läge neben ihr, so deutlich hörte sie den Klang seiner Stimme. Aber obwohl er sich wahrscheinlich nur ein paar Straßen entfernt von ihrer Wohnung befand, war er für Ava unerreichbar. Die Sehnsucht hielt sie wach, und sie knipste schließlich die kleine Leselampe neben dem Bett an. Ava stellte sich auf eine schlaflose Nacht ein.

»Träumst du?«

Kyran war in Gedanken an Ava versunken und fuhr ertappt zusammen, als ihn jemand am Ärmel zupfte. Emily stand neben ihm, einen Teller mit Käse, Brot und Oliven in der Hand. »Hier, ich habe was vom Buffet geholt.«

Kyran hatte keinen Hunger, aber er nahm trotzdem eine der schwarzglänzenden Früchte.

»Danke, Schwesterherz. Und? Sind irgendwelche netten Typen hier?«

Emily grinste. »Wusstest du nicht, dass man seinen Traumpartner meistens nicht auf Partys trifft, sondern an der Supermarktkasse oder auf dem Parkplatz einer Shopping-Mall?«

Oder auf einem Konzert, dachte Kyran, als er sich wehmütig an seine erste Begegnung mit Ava erinnerte.

»Ich habe gesehen, dass du dich mit Will unterhalten hast. Wir haben früher mal zusammen Basketball gespielt.«

»Ich weiß. Das hat er mir auch erzählt.«

Kyran hatte das Gefühl, sich auf dünnem Eis zu bewegen, in das er jeden Moment einbrechen konnte. Jetzt bloß keinen Fehler machen, dachte er.

»Netter Kerl, stimmt's?«, sagte er deshalb und lächelte verkrampft, obwohl er das Gefühl hatte, seine Nase würde wegen dieser Lüge gleich ein paar Zentimeter länger.

Emily schnaubte. »William McKenzie ist ein Vollidiot!«

Kyran verschluckte sich an seiner Olive und brachte vor lauter Husten kein Wort heraus.

Emily schlug ihm ein paar Mal kräftig zwischen die Schulterblätter, bis er wieder Luft bekam.

»An deiner Menschenkenntnis solltest du echt noch ein bisschen arbeiten. Der Typ baggert doch alles an, was zwei X-Chromosomen hat«, sagte sie.

Kyran starrte Emily mit offenem Mund an. Das waren doch damals *seine* Sätze gewesen, dachte er.

Seine Schwester stellte ihr leeres Glas ab. »Irgendwie nervt mich diese Party sowieso. Was hältst du davon, wenn wir uns ein Taxi nehmen und nach Hause fahren?«

Kyran hatte das Gefühl, als würden ihre Worte endgültig die Weichen des Schicksals neu stellen.

Er schob sein Glas zur Seite und bot Emily galant seinen Arm. »Nichts lieber als das, Schwesterherz!«

Mit einem Ruck fuhr Ava hoch. Etwas hatte sie aus dem Schlaf gerissen, aber was es gewesen war, wusste sie nicht. Sie bekam kaum die Augen auf, und ihr Mund war trocken. War sie etwa wieder *gesprungen* und befand sich in einem fremden Körper? Mit einem Satz war sie aus dem Bett und rannte ins Badezimmer. Sie musste sich vergewissern, dass der gestrige Tag nicht nur ein Traum gewesen war. Erst als sie vor dem Spiegel stand und ihre vertrauten Gesichtszüge sah, beruhigte sich ihr rasender Herzschlag. Trotzdem waren ihre Augen gerötet und verquollen, und darunter lagen dunkle Ringe. Sie erinnerte sich, wie sie sich in den Schlaf geweint hatte, weil Kyrans Verlust ihr in der Stille der Nacht schlimmer denn je erschienen war. Aber es half nichts, sie musste die Dinge akzeptieren, sonst würden ihre rastlosen Wanderungen durch die Zeit nie aufhören.

Ava versuchte, alle düsteren Gedanken abzuschütteln, und ließ minutenlang kaltes Wasser über ihr Gesicht laufen, ehe sie in der aufziehenden Morgendämmerung zur Küchenzeile hinübertappte, um Kaffee aufzusetzen.

Während die dunkle Flüssigkeit in der Kanne auf dem Herd zu blubbern anfing und der Duft von Espresso in ihre Nase zog, erinnerte Ava sich daran, wie sehr sie bei ihren *Sprüngen* in die Vergangenheit diese Selbstverständlichkeiten der modernen Zivilisation vermisst hatte. Ein guter Kaffee, eine warme Mahlzeit, ein bequemes Bett. Trotzdem war es erträglich gewesen, weil Kyran an ihrer Seite war. Ava konnte nicht aufhören, an ihn zu denken, und als sie am Tisch saß und den heißen Kaffee schlürfte, wurde ihr umso schmerzlicher bewusst, wie einsam sie war. Nachdem ihr klar geworden war, dass sie tatsächlich ihren eigenen Körper wiederbekommen hatte, war sie ein paar kurze wunderbare Momente davon überzeugt gewesen, ab jetzt jeden Morgen neben Kyran aufzuwachen und abends in seinen Armen einzuschlafen. Stattdessen war Ava von der unbekannten Macht, die sie damals zur Seelenwandlerin gemacht hatte, vor eine grausame Wahl gestellt worden. Und sie hatte sich entscheiden müssen: für das Leben zweier Menschen – und gegen ein gemeinsames mit Kyran. Sie konnte und durfte nicht darauf hoffen, dass er auf sie warten würde. Wie konnte sie das von ihm verlangen, wenn sie selbst mit einem Mann zusammen war, den sie zwar nicht liebte, an den sie aber durch eine vergangene Schuld gebunden war? Nein, sie musste akzeptieren, dass Kyran sein eigenes Leben wieder aufnehmen würde – und vielleicht gehörte dazu dann irgendwann auch ein anderes Mädchen.

Ava trank einen großen Schluck Kaffee, um den Kloß in ihrer Kehle loszuwerden, aber es half nicht. Denn auch wenn sie den Gedanken an Kyran und alle Visionen von einer gemeinsamen Zukunft verdrängte, blieb ein anderes Problem – und das hieß Pete. Erschrocken wurde Ava bewusst, dass Sonntag war und er daher nicht arbeiten musste. Gestern hatte sie sich erfolgreich mit Kopfschmerzen herausreden können – aber heute? Und morgen? Sie würde ihm nicht ständig ausweichen können, ohne dass Pete Verdacht schöpfte. Vor allem nach seiner Andeutung, dass sie schon vor seinem USA-Aufenthalt Probleme gehabt hatten. Dummerweise konnte Ava sich nicht mehr daran erinnern, worauf Pete genau anspielte, aber sie durfte diesen Konflikt die kommenden Tage auf keinen Fall weiter schüren. Stöhnend vergrub Ava ihren Kopf in den Händen, der sich heute tatsächlich anfühlte, als wäre er mit Stacheldraht umwickelt. Was sollte sie nur tun? Nervös schielte sie zu ihrem Handy, das im Standbybetrieb auf dem niedrigen Flurtischchen lag. Wahrscheinlich würde Pete bald anrufen, und Ava hatte keine Ahnung, was sie ihm sagen sollte.

Doch das Telefon blieb stumm. Zuerst war sie erleichtert, weil sie vermutete, dass Pete doch mehr Arbeit im Büro hatte als erwartet.

Am Abend fragte Ava sich zwar, warum er entgegen seiner früheren Gewohnheit nicht wenigstens eine SMS oder WhatsApp geschickt hatte, aber weil sie Pete auch nicht bezüglich ihrer Gefühle für ihn anlügen wollte, meldete auch sie sich nicht. Als sie auch am folgenden Tag kein Lebenszeichen von Pete erhielt, machte sie sich Sorgen und beschloss abends, ihm einen unverfänglichen Satz zu schreiben. Doch die beiden Häkchen, die anzeigten, dass er ihre verschickte Nachricht gelesen hatte, wurden nicht farbig.

Erst am nächsten Morgen sah Ava auf ihrem Handy eine Antwort von Pete – abgeschickt um ein Uhr nachts. »Sorry, kann gerade nicht, melde mich. P.«

Obwohl Ava froh war, dass er überhaupt etwas von sich hören ließ, verschwand ihre Angst nicht vollständig. Was meinte Pete damit, dass er »nicht konnte«? Hatte er viel Arbeit – oder hatte er etwa gemerkt, dass Avas Gefühle nur gespielt waren? Was, wenn er sich deshalb in seiner Wohnung verkroch oder sich gar wieder betrank – so wie damals? Bei diesem Gedanken wurde Ava panisch. Sie versuchte ihn anzurufen, landete aber immer nur auf seiner Mailbox. Als sie ihn im Büro erreichen wollte, sagte seine Sekretärin: »Pete? Der hat sich freigenommen, weil er am Samstag gearbeitet hat.«

Mit einem bemüht munteren Dankeschön beendete Ava das Telefonat und schloss die Augen, doch gegen die Horrorbilder war sie machtlos: Petes roter Sportflitzer kopfüber im Kiesbett der Themse. Die Blaulichter der Polizei-Autos unter dem verbogenen Brückengeländer. Die ernste Miene des Police Officer ...

Ava holte zitternd Luft. Hatte Pete am Ende doch gemerkt, dass sie ihm bei seinem Besuch nur etwas vorgespielt hatte? Was, wenn sich die Ereignisse von damals doch wiederholt hatten und Pete nicht mehr am Leben war? Und was war mit Kyrans Schwester Emily – ging es ihr gut? Zu ihrem Schrecken stellte sie fest, dass sie nicht einmal Kyrans Handynummer besaß.

Sie nahm sich kaum Zeit, in einen Mantel zu schlüpfen, sondern rannte die Treppen hinunter, ehe sie noch richtig in den Ärmeln war. Der Weg zur U-Bahn erschien ihr unendlich lang, und die ganze Fahrt über zählte sie mit geballten Händen die Minuten, bis sie endlich in Petes Wohnviertel angekommen war. Sein Auto stand nicht vor dem rotbraunen Backsteinhaus, in dem sich seine Wohnung befand, und auf ihr Klingeln reagierte niemand. Zwei Stunden harrte Ava in der nassen Frühjahrskälte aus, doch Pete tauchte nicht auf, und ihr blieb nichts anderes übrig, als müde und durchgefroren den Heimweg anzutreten. Von diesem Zeitpunkt an versuchte Ava viertelstündlich, Pete zu erreichen, aber jedes Mal bekam sie nur die Ansage seiner Mailbox zu hören.

Nach zwei Stunden wäre sie am liebsten so lange durch die Straßen Londons gelaufen, bis sie Pete irgendwo fand, aber sie wusste, wie sinnlos das war. Weil sie sich nicht anders zu helfen wusste, rief sie also weiter an, als könnte sie damit das Schicksal beschwören, sich doch noch zum Guten zu wenden. Doch vergeblich – Pete war und blieb unerreichbar. Gerade als sie kurz davor war, bei der Polizei nachzufragen, klingelte es an der Wohnungstür. Ava schrak so heftig zusammen, dass sie das Smartphone fallen ließ. Alles, was sie denken konnte war: *also doch*. Sie wusste, wer vor der Tür stehen würde: nämlich zwei Polizisten, die mit ernster Miene nach ihrem Namen fragten und ob sie einen Peter Mallory kannte. Nachdem Ava bejaht hatte, würde man ihr die Nachricht von Petes Tod überbringen.

Ihr wurde schlecht, und sie stützte sich an der Wand ab, weil sie das Gefühl hatte, gleich in Ohnmacht zu fallen. Oder musste sie etwa wieder *springen*? Würde alles wieder von vorne losgehen, weil sie erneut versagt und ihre zweite, letzte Chance doch nicht genutzt hatte?

Es läutete wieder, lange und hartnäckig. Mit dem Gefühl, in einer Endlosschleife des Schicksals gefangen zu sein, drückte Ava auf den Türöffner. Sie hörte das gedämpfte Summen und dann das Klicken, mit dem die Haustür aufgedrückt wurde. Ava atmete ein paar Mal tief ein und versuchte, sich für das kommende Gespräch mit dem Police Officer zu wappnen, ehe sie die Wohnungstür öffnete. Vor ihr stand Pete. »Hallo Ava«, sagte er.

Sie starrte ihn an, während ihr Gehirn zu begreifen versuchte, dass er wohlauf war und leibhaftig vor ihr stand.

»Darf ich reinkommen oder bist du sehr sauer auf mich?« Petes Stimme klang unsicher.

Beinahe hätte Ava hysterisch gekichert. Wahrscheinlich glaubte Pete, sie wäre entweder betrunken oder reichlich durchgeknallt, weil sie wie erstarrt dastand und ihn anglotzte wie eine Erscheinung.

»Klar, komm rein. Entschuldige, ich war nur … Ich dachte … Ich habe nach deiner WhatsApp die ganze Zeit versucht, dich zu erreichen«, stammelte sie schließlich.

»Ich weiß, tut mir leid. Ehrlich. Aber ich war … ich konnte dir nur kurz antworten, weil … Also, es ist sozusagen etwas passiert.«

Jetzt stotterte Pete, und Avas Herz setzte erneut ein paar Schläge aus. Emily, dachte sie. Pete hat sie also doch überfahren. Gleich darauf wurde Ava aber klar, dass er in dem Fall wohl eher auf einem Polizeirevier sitzen und nicht vor ihrer Tür stehen würde. Trotzdem konnte sie sich nicht gegen die Erinnerungen von damals wehren, die nun mit aller Macht zurückkamen: wie sie Pete gebeten hatte zu gehen und sie nicht mehr anzurufen. Der Schock in seinem Gesicht und seine Fassungslosigkeit, die dann erst in Wut und schließlich in bodenlose Verzweiflung umgeschlagen war. Würde es heute wieder genauso kommen – egal was Ava tat, um das Schicksal zu ändern? Bei dem Gedanken wurde ihr schlecht vor Angst.

»Warte!«, sagte sie hastig. »Egal, was vor Kurzem zwischen

uns vorgefallen ist, es tut mir wirklich leid. Ich sage oft Dinge, die ich nicht so meine.«

Pete runzelte die Stirn. »Na ja, nett dass du das jetzt sagst, aber ...«

»Nein wirklich!«, unterbrach ihn Ava. »Ich war dir gegenüber oft gemein. Aber ich wollte dich nie verletzen, bitte glaub mir.«

Ava hörte selbst, wie gepresst ihre Stimme klang, aber sie durfte nicht riskieren, dass Pete in Zorn oder Verzweiflung geriet. Nicht heute und auch in Zukunft nicht. Noch einmal würde sie den Anblick seines Körpers unter der weißen Plane nicht ertragen. Das Bild stand ihr auf einmal wieder so deutlich vor Augen, dass sie, ohne es zu wollen, anfing zu zittern.

»Mann, Ava! Du machst es mir echt nicht leicht, weißt du das?«, sagte Pete. Er klang jedoch eher kleinlaut als verzweifelt, und als Ava den Kopf hob, sah sie seine zerknirschte Miene.

»Was meinst du damit, ich mache es dir nicht leicht?«, fragte sie verwirrt.

Pete fuhr sich mit der Hand durch die Haare, eine Geste der Verlegenheit. »Ich habe mich deswegen so lange nicht bei dir gemeldet, weil ... Also, die Dinge haben sich seit vorgestern geändert. Ich meine, bei mir.«

Ava verstand nun überhaupt nichts mehr. »Nun sag doch endlich, was los ist.«

Pete holte tief Luft. »Ich habe jemanden kennengelernt.«

Damit hatte Ava nicht gerechnet, und sie starrte Pete an, während er unbehaglich an seinem Mantel herumzupfte und vermied, ihr in die Augen zu sehen.

»Wie?«, stammelte Ava. »Wen?«

»Ein ... Mädchen«, gab Pete zu.

Ava war so perplex, dass sie nichts sagen konnte.

Pete zuckte unbehaglich die Schultern. »Es ist einfach so passiert. Als ich am Samstag von dir weggefahren bin, habe ich sie getroffen. Besser gesagt ...«, er lachte, »... *beinahe überfahren* wäre wohl der passendere Ausdruck. Sie tauchte zwischen zwei parkenden Autos auf und ist mir beim Überqueren der Straße quasi vor die Stoßstange gelaufen. Zum Glück war ich nicht zu schnell und konnte rechtzeitig bremsen. Ihr ist nichts passiert, aber ich habe sie auf den Schreck hin zu einem Kaffee eingeladen.«

»Aha«, sagte Ava nur.

Sie musste das alles erst einmal verdauen. Noch vor wenigen Augenblicken war sie vor Angst fast vergangen, dass Pete sich etwas antun könnte, wenn sie sich von ihm trennen würde – und jetzt sah es ganz so aus, als hätte sich das Blatt gewendet.

Pete hatte ein sichtlich schlechtes Gewissen, denn er redete schnell weiter, als wäre er bei der Beichte und wollte die Aufzählung seiner Sünden möglichst schnell hinter sich bringen. »Wir haben uns gleich super verstanden. Ich kann's schlecht erklären, aber da war etwas zwischen uns ... Ich meine, wir haben einen ähnlichen Humor und mögen die gleiche Musik, aber ... es war mehr.«

Ava wartete auf eine Reaktion: Ärger, Kränkung oder etwas Ähnliches. Aber sie fühlte nichts. Nur Neugierde.

»Verstehe«, sagte sie.

Genauso war es ihr damals mit Kyran auch gegangen. Aber das konnte sie Pete ja schlecht erzählen. Der sah sie immer noch an, als warte er darauf, dass sie in der nächsten Sekunde wütend werden oder in Tränen ausbrechen würde. Fast tat er Ava leid, wie er da vor ihr stand: bedrückt und voller Schuldgefühle. Daher schlug sie einen lockeren Tonfall an. »Du meinst, ihr funkt auf der gleichen Frequenz«, sagte sie und bemerkte amüsiert Petes erstaunte Miene.

»Ja, genau! Also, so ähnlich. Mann, Ava, es tut mir wirklich leid, aber ich fürchte … Ich habe mich blitzverliebt«, sagte er und blickte sie zerknirscht an.

Ava empfand eine solche Erleichterung, dass sie Angst hatte, gleich vom Boden abzuheben wie ein Heißluftballon. Doch sie sollte sich besser nichts anmerken lassen, sonst könnte Pete vielleicht auf die Idee kommen, dass sie ihn längst schon abgeschrieben hatte. Sie kannte ihn gut genug, um zu wissen, dass ihn das – obwohl er offensichtlich gerade mit ihr Schluss machte – doch kränken und unter Umständen einen überflüssigen Konflikt heraufbeschwören würde. Daher bemühte sie sich um einen möglichst neutralen Gesichtsausdruck.

»Na ja, das ist schon eine krasse Neuigkeit. Damit hätte ich nun wirklich nicht gerechnet«, sagte sie, und es war die Wahrheit. Alles andere würde sie Pete verschweigen, denn es spielte keine Rolle mehr. Daher fügte sie hinzu: »Weißt du, ich finde es sehr fair, dass du gleich zu mir gekommen bist und es mir gesagt hast.«

Pete blickte sie ungläubig an. »Ist das dein Ernst?«

»Na ja. Was hätte ich davon, wenn du aus schlechtem Gewissen bei mir bleibst, aber ständig an eine andere denkst?«

»Aber … bist du denn nicht sauer auf mich? Ich meine … mein Gott, ich an deiner Stelle würde mich hassen.«

Beinahe hätte Ava gelacht. Sie mochte Pete, weil er ein

aufrichtiger Mensch war und ein gutes Herz hatte. Die Ava von früher hatte das nicht erkannt, und auch jetzt reichte es nicht aus, um ihn zu lieben, aber sie hoffte, dass er glücklich werden würde. Sie legte ihm kurz die Hand auf den Arm.

»Nein, Pete, ich hasse dich nicht. Es gibt einfach Menschen, die füreinander bestimmt sind. Du und ich sind es nicht. Aber vielleicht ist es das Mädchen, das du kennengelernt hast. Ich werde es überleben.« *Und du zum Glück auch*, ergänzte sie in Gedanken und lächelte jetzt wirklich.

»Wow, das ist echt toll von dir. Ich hätte eigentlich erwartet, dass du mir eine Riesenszene machst ... Ich meine, bei deinem Temperament – schließlich hast du ja italienische Wurzeln ...«

Ava war erstaunt. »Das weißt du noch?«

»Ja, du hast mir irgendwann mal erzählt, dass eine Großtante von dir aus Italien stammt – war es nicht Venedig?«

Vor Avas innerem Auge tauchte mit einem Mal Marias lächelndes Gesicht auf. Und plötzlich wurde Ava klar, warum ihr Marias Gesicht beim Blick in den Spiegel so merkwürdig vertraut vorgekommen war: Sie hatte genauso dunkle Augen wie Ava und ihr Vater. Konnte das wirklich sein ...?, dachte sie. Doch Pete redete schon nervös weiter. »Weißt du, ich finde Ahnenforschung ja sehr interessant und habe danach auch ein bisschen in Bezug auf meinen Stammbaum nachgeforscht. Aber der einzige Exot unter meinen Vorfahren war ein deutscher Arzt, der mit seiner Frau in einer Stadt gewohnt hat, deren Namen ich nicht einmal aussprechen kann.«

Ava dachte an das Antlitz der Pensionatslehrerin Fräulein Jensen und ihrem Verlobten aus Buxtehude – und plötzlich begriff sie. Der deutsche Mediziner gehörte, ebenso wie Maria und Paolo, zu den Liebespaaren, die sie zusammengebracht hatte – und offenbar waren alle irgendwie mit Avas eigener Geschichte verwoben. Wer wusste, ob sich in ihrer Ahnengalerie nicht auch eine französische Comtesse de Guerin befand?

Pete schien ihr Schweigen unbehaglich zu werden. »Ava? Bist du mir wirklich nicht böse?«

Seine Stimme riss Ava aus ihren Gedanken. »Nein«, sagte sie und fügte betont ruppig hinzu: »Und jetzt verschwinde und lass dich hier nicht mehr blicken!«

Pete wirkte erleichtert, doch er zögerte trotzdem. »Da wäre noch etwas. Wir wollten doch nächsten Samstag zu dem Konzert gehen, wofür ich dir zu Weihnachten die zwei Karten geschenkt hatte …«

»Kein Problem. Ich bin sowieso kein solcher Fan von dieser Musik«, behauptete Ava, obwohl sie keinen blassen Schimmer hatte, welches Konzert Pete meinte. Offenbar hatte sie durch ihre ständigen Zeitreisen vieles von früher vergessen, und sie hoffte, Pete würde die Sache auf sich beruhen lassen. Tatsächlich atmete er auf. »Super. Emily ist nämlich ein großer Fan der *Albatrosses*.«

Ava durchfuhr es wie ein Stromstoß. »Emily?«

»Ja, so heißt sie. Emily Lockhart.«

»Und sie steht auf die Musik von Sam Riordan«, sagte Ava leise zu sich selbst.

Wie bei einem Mosaik fügten sich immer mehr Teile zusammen. Pete und Kyrans Schwester waren also doch aufeinandergetroffen, aber in einem völlig anderen Zusammenhang als damals. Und so wie es aussah, würde es diesmal für beide wohl ein Happy End geben.

»Ja, seit dem Hit *In an open Cage* sind die *Albatrosses* ja schwer im Kommen.«

Ava nickte nur, denn dank einer ihrer *Sprünge* wusste wohl niemand so gut über Sam Riordan Bescheid wie sie.

»Also, ich muss los. Danke, dass du … Also, du bist einfach großartig, Ava. Viel Glück für dich!«

Sie nickte geistesabwesend. »Für dich auch, Pete. Mach's gut!« Sie sah ihm nach, während er beschwingt die Treppen hinunterlief.

»Pass gut auf Emily auf«, sagte sie leise, aber das hörte Pete schon nicht mehr.

Mit einem Lächeln schloss Ava die Tür und atmete tief durch. Es war vorbei. Es war ihr tatsächlich gelungen, das Schicksal zum Guten zu wenden und die schrecklichen Ereignisse des achten April 2015 auszulöschen. Ein Schauer durchfuhr sie, diesmal war es aber ein Glücksschauer.

»Danke«, sagte sie zu niemand Bestimmtem. Noch nie hatte sie etwas so ernst gemeint. Vor lauter Erleichterung, dass Pete und Emily am Leben waren und einer im anderen sogar eine neue Liebe gefunden hatte, dauerte es einige Sekunden, bis ihr die Konsequenzen bewusst wurden. Nun war sie wirklich frei! Nicht nur von der Fessel der unaufhörlichen *Sprünge*, sondern auch von der Last eines Lebens mit einer permanenten Lüge. Pete hatte ihr die Entscheidung abgenommen, indem er sich diesmal von ihr getrennt hatte – und nun stand Avas Liebe zu Kyran nichts mehr im Weg.

Am liebsten wäre sie sofort zu Kyran gerannt, um ihm die gute Nachricht zu überbringen, aber leider blieb das Problem der fehlenden Handynummer und Adresse. Anderseits konnte es nicht lange dauern, bis er von Emily die Sache mit

Pete erfuhr, und er wusste ja, wo er Ava finden würde. Wahrscheinlich musste sie sich nicht mehr lange gedulden, bis Kyran vor ihrer Tür stand. Ava überlegte, ob es sich wohl für Emily und Pete am Anfang seltsam anfühlen würde, wenn Emilys Bruder und Petes Exfreundin ein Paar wären. Aber eigentlich waren sie alle erwachsen genug, um souverän damit umzugehen. Notfalls würden Ava und Kyran ihre Beziehung eben noch ein paar Wochen vor den anderen geheim halten. Bei der Vorstellung, dass sie sich heimlich mit Kyran treffen würde und wie sie beide unbeobachtet von der Welt ihre Liebe auskosteten, verspürte sie ein abenteuerlustiges Prickeln im ganzen Körper.

Das Kribbeln wurde stärker, und Ava schüttelte über sich selbst den Kopf. Sie benahm sich wirklich wie ein frisch verknallter Teenager! Auf einmal wurde ihr schwindlig, und ihr ganzer Körper schien zu vibrieren. Diesen Zustand kannte sie – genauso war es ihr immer vor einem neuen *Sprung* ergangen! Einige Sekunden hoffte sie noch, sich zu täuschen, denn sie hatte doch das Schicksal von Pete und Emily zum Guten gewendet und ihre Aufgabe erfüllt. Aber es bestand kein Zweifel, denn jetzt hatte sie das Gefühl, langsam aus ihrem Körper herausgezogen zu werden. Würden nun erneut ihre unsteten Irrfahrten durch fremde Zeitalter beginnen? Aber warum, dachte Ava verzweifelt, was hatte sie diesmal falsch gemacht, dass sie erneut bestraft wurde? Vor allem durfte sie diesen Ort nicht verlassen, ehe sie Kyran gefunden hatte – sie wollte und konnte nicht ohne ihn *springen*! Denn wie sollte sie ihn sonst wiederfinden? Panisch und mit aller Kraft stemmte sie sich gegen den unsichtbaren Sog, aber es half nichts. Langsam begann sich alles vor ihren Augen zu drehen, und das Letzte, das Ava durch den Kopf ging, war der Gedanke an Kyrans fassungsloses Gesicht, wenn er merkte, dass sie fort war.

»Seit wie vielen Tagen geht das schon? Warum hast du mir nicht gleich, als wir auf dieser Party waren, davon erzählt?« Kyran blickte Emily streng an.

Seine Zwillingsschwester lachte. »Jede Frau hat eben ihr kleines Geheimnis. Außerdem wollte ich mir erst sicher sein, dass es nicht nur ein kurzer Flirt war und der Typ sich danach nicht mehr melden würde.«

»Und? Hat er sich gemeldet?«

Emily strahlte. »Ja, gleich am Morgen nach der Fete, für die ich mir ja dieses Kleid gekauft hatte. Und am nächsten Tag haben wir uns dann getroffen. Na ja, um ehrlich zu sein, wir haben die letzten zwei Tage quasi nonstop zusammen verbracht. Er hat auch sofort mit seiner bisherigen Freundin Schluss gemacht.«

Kyran runzelte die Stirn. »Ach!«

Emily seufzte. »Du brauchst gar nicht den Moralapostel raushängen zu lassen. Die Beziehung der beiden stand sowieso schon kurz vor dem Aus, ehe er ein paar Tage für einen Job nach Chicago musste, okay? Ich habe ihn nicht dazu gedrängt, sich zu trennen! Die beiden waren einfach zu verschieden.«

»Entschuldige, Emily. Du hast recht, ich werde mich nicht einmischen. Wichtig ist, dass du ihn magst – und er dich.«

Seine Zwillingsschwester lächelte. »Das tut er. Und übermorgen gehen wir zusammen zum *Albatrosses*-Konzert in die Brigde-Tower-Hall.«

Unwillkürlich musste Kyran schmunzeln. »Das mit der Band liegt wohl irgendwie in der Familie«, murmelte er, aber als Emily ihn fragend ansah, winkte er ab. »Vergiss es. Soll ich dich hinfahren?«

»Lieb von dir, aber Pete holt mich mit seinem Wagen ab. Er fährt so einen roten Sportflitzer, da kann deine alte Karre leider nicht mithalten, Brüderchen.«

Emily grinste ihn schelmisch an, aber Kyran durchfuhr es wie ein Stromstoß. »Pete? Roter Sportwagen?«

»Ja, wo ist das Problem? Wäre es dir lieber, er würde mich mit einem Tandem abholen?«

Kyran murmelte eine kurze Antwort, während sich seine Gedanken überschlugen. Konnte es einen derartigen Zufall geben, dass zwei Männer gleichen Namens einen roten Sportwagen fuhren und zeitgleich eine Dienstreise nach Amerika gemacht hatten? Verschiedene Formeln der Stochastik schossen ihm durch den Kopf, von der *Multiplikationsregel unabhängiger Ereignisse* bis hin zur Berechnung der sogenannten *Wahrscheinlichkeit für das Eintreten des Gegenereignisses*. Aber sein Gefühl sagte ihm, dass dieser Pete, von dem Emily sprach, kein x-Beliebiger war, sondern Avas Exfreund – und der Mann, der damals die Schuld am Tod seiner Schwester getragen hatte. Allerdings war es Kyran und Ava nun gelungen, das Schicksal zu ändern und den Tag des Unglücks aus der Zeitgeschichte zu löschen. Trotzdem war Kyran unwohl bei dem Gedanken, dass ausgerechnet Emily und Pete ein Paar werden könnten.

Seine Schwester beobachtete ihn und versetzte ihm einen liebevollen Rippenstoß. »Guck nicht wie ein Pitbull vorm Gartentor! Du würdest Pete wirklich mögen. Er ist nett, zuvorkommend, rücksichtsvoll … Ich glaube, ich bin dabei, mich ernsthaft in ihn zu verlieben.«

Kyran nickte und fuhr sich durch die Haare. Dabei fiel sein Blick auf sein Handgelenk, und er schnappte nach Luft. Das Tattoo war verschwunden. Nicht verblasst, sondern einfach weg, so als hätte es die eingeritzten schwarzen Zahlen in seiner Haut nie gegeben. Da wusste Kyran, dass die Gegenwart nun endgültig die Vergangenheit besiegt hatte. Emily lebte und hatte ihr Glück gefunden. Obwohl sie Zwillinge waren, musste jeder von ihnen sein eigenes Leben führen. Und für ihn war es höchste Zeit, jetzt endlich damit anzufangen.

»Ich freue mich für dich, Schwesterchen. Und jetzt entschuldige mich, ich muss dringend etwas erledigen.«

Als Kyran vor Avas Appartement stand, öffnete niemand auf sein Klingeln. Und auch ihr Handy war ausgeschaltet, nur eine monotone Automatenstimme teilte Kyran mit, dass »der Teilnehmer momentan nicht erreichbar« war.

Auch am nächsten und übernächsten Tag hatte er kein Glück. Schließlich gelang es ihm, bei einem weiteren Besuch eine Hausbewohnerin zu erwischen, die gerade aus der Tür kam. Die junge Frau war nett, trotzdem rissen ihre Worte Kyran den Boden unter den Füßen weg.

»Ava? Die ist auf Backpacker-Tour. Keine Ahnung, wo sie hingeflogen ist. Sie ist ziemlich spontan los und hat mich nur gebeten, dass ich mich um die Pflanzen kümmern soll, weil sie so schnell nicht zurückkommen wird.«

Kapitel 16

Die dreizehn Stufen

In den folgenden zwei Tagen bewegte sich Kyran durch einen Nebel aus Schmerz und Verzweiflung. Dass Ava einfach sang- und klanglos abgereist war, konnte er nicht glauben. Er war zu keinem klaren Gedanken fähig. Die einzige Frage, die ihm durch den Kopf ging, war: Warum? Warum war sie einfach weggegangen? Sie hatte nicht einmal versucht, Kontakt zu ihm aufzunehmen, ehe sie aufgebrochen war. Zwar wusste sie weder seine Adresse noch seine Telefonnummer, aber sie hätte ihn über Facebook ausfindig machen können.

In den Nächten nach Avas Verschwinden lag Kyran stundenlang wach, während seine Gedanken rasten. Er versuchte immer noch zu begreifen, was sie bewogen hatte, alleine zu einer Reise aufzubrechen. War es doch die Enttäuschung gewesen, dass Pete sich von ihr getrennt hatte – und dann auch noch ausgerechnet wegen Kyrans Zwillingsschwester Emily? Oder hatte Kyran Ava mit seinen Worten, dass es momentan keine Zukunft für sie beide gab, derart verletzt, dass sie es in London nicht mehr ausgehalten hatte? Vielleicht wollte Ava aber auch einfach ein völlig neues Leben anfangen, ohne Kyran, um ihre Vergangenheit endgültig hinter sich zu lassen?

Obwohl diese Überlegungen durchaus logisch erschienen, fühlte sich Kyran, als wäre er irgendwo falsch abgebogen und hätte sich in einem undurchdringlichen Dickicht verfangen. Denn tief in seinem Herzen war er sich sicher, dass Ava ihn genauso liebte wie er sie. Hatte sie ihn wirklich verlassen oder … Kyran setzte sich elektrisiert im Bett auf. Natürlich! Die Weltreise, von der Ava damals bei ihrer zweiten Begegnung gesprochen hatte – das war des Rätsels Lösung. Nach ihrem letzten gemeinsamen *Sprung* mussten sich die Zeitebenen überlagert haben, und daher war es die Ava von früher, die sich nach Information der Nachbarin auf Backpackertour befand. Die Ava von jetzt war jedoch in Wirklichkeit offenbar noch einmal *gesprungen* – wahrscheinlich sogar völlig überraschend für sie selbst. Zwar fühlte sich Kyran durch diese Erkenntnis jetzt etwas getröstet, aber es half ihm trotzdem nicht weiter, denn wo sollte er nach Ava suchen?

Sechs Monate später schloss Kyran die Tür zu seinem kleinen Studentenappartement in Birmingham auf und warf den Wohnungsschlüssel auf das niedrige Flurschränkchen. Doch seine Hände waren gefühllos von der Kälte draußen und der Schlüsselbund landete mit einem gehässigen Scheppern auf dem Boden.

»Verdammt!«, zischte Kyran durch die zusammengebissenen Zähne und bückte sich, um ihn aufzuheben und seine nassen Stiefel auszuziehen. Bis vor einer halben Stunde hatte er im Herbstregen bei der Konzerthalle ausgeharrt in der irrationalen Hoffnung, Ava wiederzusehen. Die einzige Möglichkeit, die Kyran blieb, war, genau zu den Zeiten an die Orte zurückzukehren, an denen sie sich beide getroffen hatten. Schließlich waren sie sich bei diesem Benefizkonzert der *Albatrosses* zum ersten Mal bei der Feuertreppe vor dem Ausgang begegnet, und sie war danach sogar mit in sein Appartement gekommen. Doch diesmal hatte Kyran vergeblich gewartet – Ava war nicht erschienen. Kein Wunder, sie hatte bei ihrem damaligen *Sprung* ja ihre Aufgabe gelöst. Trotzdem hatte Kyran sich in einem Winkel seines Herzens an den Gedanken geklammert, er könnte erneut die Zeit zurückdrehen. Doch diesmal hatte es nicht geklappt.

Ansonsten war aber alles so gewesen, wie Kyran es damals, an diesem Oktoberabend, schon einmal erlebt hatte: Das Kreischen der Menge vor der Halle, die nach Sam Riordan rief und sich zu einem Crescendo aus unzähligen Mädchenkehlen steigerte, als eine schwarze Limousine vorfuhr, und der Sänger der *Albatrosses* die Wagentür öffnete. Nur Ava war nicht unter den Konzertbesuchern.

Der erste Versuch, sie wiederzusehen, war also gründlich schiefgegangen. Als Kyran klar wurde, dass er nun mehr als ein Jahr bis zu jenem kalten Dezembertag warten musste, an dem sie sich zum zweiten Mal in London begegnet waren, übermannte ihn ein Gefühl der Mutlosigkeit. Am liebsten hätte er sich in seinen feuchten Stiefeln und der nassen Jacke auf den Boden gelegt und wäre die nächsten Monate nicht mehr aufgestanden. Wo Ava sich wohl jetzt befand – und ob es ihr gut ging? Mit einem Ruck sprang Kyran auf, denn ihm war das schmale Büchlein aus dem Londoner Antiquariat namens *Spell&Curse* eingefallen. Darin war von dem Alchimisten namens George Asbury berichtet worden, der angeblich ein Zeitreisender war. In dem Buch hatte auch gestanden, dass jedes Jahr am letzten Tag des Jahres Schlag

Mitternacht die Grenzen von Zeit und Raum für die Dauer der zwölf Glockenschläge aufgehoben waren – wenn man um diese Zeit in Asburys Gruft hinabstieg. Kyran hatte am eigenen Leib erfahren, dass es funktionierte. Allerdings nicht so, wie er sich das anfangs erhofft hatte, denn weder er noch Ava hatten gewusst, in welcher Zeit sie immer wieder aufs Neue landen würden.

Außerdem war er nach heutiger Zeitrechnung erst im darauffolgenden Jahr zum Londoner Friedhof gefahren, um Ava durch die Zeit nachzureisen. Würde das auch funktionieren, wenn er diesen Versuch ein Jahr früher wiederholte? Eine kleine Stimme in ihm gab warnend zu bedenken, das Schicksal nicht herauszufordern. Wollte er wirklich seine Familie verlassen, die er gerade erst wieder zusammengebracht hatte? Bei dem Gedanken musste Kyran schlucken.

Erneut stand er vor einer Entscheidung, die ihm einen herben Verlust bescheren würde. Entweder den von Ava, wenn er blieb – oder die Möglichkeit, Emily und seine Eltern vielleicht nicht wiederzusehen, sollte er noch einmal das Abenteuer wagen, durch die Zeit zu gehen.

Und was passierte, wenn es nicht klappte und er Ava diesmal verpasste? Energisch verdrängte Kyran jedoch alle kritischen Gedanken. Er hatte es damals geschafft, also würde es auch diesmal klappen. Bis Silvester waren es noch zwei Monate und er musste es wenigstens versuchen. Sonst würde er seine Feigheit vielleicht ein Leben lang bitter bereuen.

Am Silvestertag fieberte Kyran in London der Mitternachtsstunde entgegen und widerstand allen Bitten Emilys und Petes, die ihn unbedingt zu der großen Party am Trafalgar

Square schleppen wollten. »Dort gibt es Musik und viele coole Leute. Du solltest wirklich mitkommen«, sagte Pete.

Er und Emily waren nun schon mehr als ein halbes Jahr ein Paar, und Kyran mochte Pete richtig gern. Eine Sekunde lang war er versucht, nachzugeben. Er könnte einen unbeschwerten Abend verbringen und Ava samt seinem Plan, der rational gesehen sowieso völliger Irrsinn war, vergessen. Gleichzeitig wusste Kyran aber, dass das unmöglich war.

Er schüttelte den Kopf. »Nein, danke, ich will doch morgen ganz früh aufbrechen, um mit meinen Kumpels ein paar Tage an der Küste zu verbringen«, sagte er und versuchte, das schlechte Gewissen wegen seiner Lüge zu ignorieren.

Irgendwie musste er seine Abwesenheit schließlich erklären, auch wenn er hoffte, diesmal eine Möglichkeit zu finden, Ava aufzuspüren und zusammen mit ihr wieder in die Jetzt-Zeit zurückzukehren – und zwar so schnell wie möglich. Wie er das anstellen sollte, wusste Kyran zwar immer noch nicht, aber er war fest entschlossen, einen Weg zu finden.

Emily sah ihn an und seufzte. »Ich weiß, du willst nicht darüber reden, wer dir im Frühling das Herz gebrochen hat. Aber findest du nicht, dass es langsam Zeit wird, darüber hinwegzukommen? Am Trafalgar Square sind sicher einige hübsche Frauen und …«

»Emily, lass es gut sein, okay?«, unterbrach Kyran seine Schwester. »Mir geht's gut, ich hab nur keine Lust auf diesen ganzen Rummel. Geht und amüsiert euch, aber wehe, ich höre Klagen über irgendwelche verirrten Böller oder Champagnerflecken auf deinem Mantel, wenn ich aus meinem … Urlaub zurück bin.«

»Blödmann«, sagte Emily und lachte, aber tatsächlich ließ sie ihn danach in Ruhe.

Kyran atmete auf, als die beiden Turteltauben die Wohnung verlassen hatten. Ihre Eltern verbrachten nach den Feiertagen sowieso eine Woche bei Freunden in Südfrankreich, sodass Kyran ungestört war.

Er hätte gerne noch in dem Buch über Asbury und die Alchemie gelesen, doch das schmale Bändchen war nicht auffindbar gewesen, weder in Birmingham noch hier in London. Kyran suchte eine Weile, bis ihm einfiel, dass er das Buch gar nicht finden *konnte*, weil er es erst ein Jahr später bei *Spell&-Curse* gekauft hatte. Kein Wunder, dass er manchmal die Zeiten durcheinanderbrachte, wenn er gerade alles noch einmal durchlebte, dachte er kopfschüttelnd. Weil er nichts mit sich anzufangen wusste, schaltete er den Fernseher ein. Dort lief gerade die große Silvestergala im *Roundhouse*. Jeder, der in der Künstlerszene Rang und Namen hatte, ließ sich dieses Event nicht entgehen, und Kyran beobachtete gelangweilt die vielen Prominenten, die über den roten Teppich schritten, während die Kameras der Fotografen klickten. Dann jedoch blieb sein Blick an einem Mann mit schwarzen Haaren hängen, der soeben einer jungen Frau aus dem Wagen half, die Kyran vage bekannt vorkam. Hatte er sie nicht damals bei diesem Benefizkonzert der Albatrosses gesehen? Natürlich! Sie hatte damals Ava angesprochen, allerdings mit einem anderen Namen. Kein Wunder, denn Ava steckte ja in einem fremden Körper. Kyran ging etwas näher an den Bildschirm, um das Mädchen zu mustern. Sie war hübsch, aber nicht auf die künstlich aufgedonnerte Art, und sie schien sich im Blitzlichtgewitter nicht sonderlich wohlzufühlen, denn sie lächelte verlegen und versuchte, rasch ins Innere des Clubs zu huschen. Was ihr auch gelungen wäre, wenn Sam sie nicht lachend um die Taille gefasst und vor aller Augen auf den Mund geküsst hätte. Für die Fotografen natürlich ein gefundenes Fressen. »Rose, sieh hierher!«, »Nicht so schüchtern, Rose!«, riefen sie durcheinander und versuchten, sich gegenseitig wegzudrängen, um das beste Bild von dem Paar zu bekommen. Kyran sah, wie Sam seiner Freundin etwas ins Ohr flüsterte und sie ihn daraufhin so strahlend anlächelte, dass es Kyran schmerzlich durchfuhr. Genau so wollte er auch den Arm um Ava legen, und sie sollten sich mit der gleichen Liebe ansehen dürfen wie diese beiden, dachte er.

Heftig drückte er den Aus-Knopf auf der Fernbedienung, während sein Blick zu der alten Uhr ging, die bei seinen Eltern auf dem Biedermeiertischchen im Flur stand. Halb zehn. Eigentlich könnte er sich das Taxi sparen und stattdessen einen Spaziergang zu dem alten Friedhof machen, auf dem sich Asburys Gruft befand.

Kyran rechnete mit knapp zwei Stunden Fußmarsch, daher zog er sich seine wetterfesten Boots an und steckte vorsichtshalber außer seinem Handy und dem Feuerzeug, das er aus Gewohnheit immer noch bei sich trug, ein paar Sachen in seine Jackentasche, die ihm bei einer erneuten Zeitreise unter Umständen nützlich sein könnten: sein Schweizer Taschenmesser, eine Handvoll alter Goldmünzen, die sein Vater ihm einmal geschenkt hatte, und diesmal auch eine kleine, aber extrastarke Taschenlampe, denn er konnte sich noch gut erinnern, wie finster es im Inneren von Asburys Mausoleum gewesen war. Derart ausgerüstet stapfte Kyran los.

Doch es war wie verhext. Erst waren zwei Straßen wegen Bauarbeiten gesperrt, und Kyran musste einen ungeplanten Umweg nehmen, der ihn eine halbe Stunde mehr kostete, und dann geriet er auch noch in eine wilde Silvesterparty – oder vielleicht war es auch eine Demonstration. Jedenfalls war er innerhalb kürzester Zeit von einer grölenden Menschenmenge umringt, und alle Versuche, sich mehr oder weniger höflich hindurchzumanövrieren, scheiterten. Kyran steckte zwischen lauter Fremden fest, und am liebsten hätte er sich jetzt mithilfe seiner Ellenbogen den Weg einfach freigeboxt, aber die Menge schob und drängte, sodass er nicht einmal die Arme bewegen konnte. Erst ein paar lauter werdende Polizeisirenen sorgten schließlich dafür, dass die Leute sich mit einem Mal nach allen Seiten zerstreuten. Zurück blieben zerbrochene Sektflaschen und feuchte Zigarettenkippen.

Kyran blickte auf sein Handy. 23:45 Uhr.

»Verdammt«, fluchte er und rannte los. Wenn er Glück hatte, schaffte er den restlichen Weg in einer Viertelstunde. Doch obwohl er gut im Training war, hatte er die Strecke zu dem alten Friedhof unterschätzt – und die Kälte der Londoner Dezembernacht. Schon bald stach ihm die eisige Luft in die Lunge, und seine keuchenden Atemzüge dröhnten ihm in den Ohren, während seine Beine immer schwerer zu werden schienen.

Als er endlich das hohe schmiedeeiserne Tor erreicht hatte, das die Lebenden von den Toten trennte, begannen die Uhren der umliegenden Kirchen die Mitternachtsstunde zu schlagen. Schweißgebadet stemmte Kyran gewaltsam den rechten Torflügel auf und stolperte im Licht der Taschenlampe vorwärts. Doch die gekiesten Wege waren zu verzweigt, und er konnte sich nicht mehr erinnern, in welcher Richtung Asburys Gruft lag. Während die Glocken unerbittlich zum dritten, vierten und fünften Mal schlugen, rannte Kyran, als ginge es um sein Leben. Beim zehnten Schlag sah er endlich den hohen schwarzen Marmorstein auftauchen und nahm noch einmal alle Kraft zusammen. Die Glocken schlugen zum elften Mal, da war er noch zwei Meter von dem Stein entfernt und sah, dass die Tür zum Mausoleum tatsächlich einen Spalt weit offen stand. Doch bevor er den marmornen Eingang erreicht hatte, ertönte der letzte Glockenschlag – zwölf – und beim Verklingen des Tons schwang die schwarze Tür mit einem dumpfen Nachhall zu, gerade als Kyran sie mit den Fingerspitzen berührte.

»Nein!«, schrie er, doch es war zu spät. Die Platte hatte sich wieder so nahtlos in den dunklen Marmor des Grabmals eingefügt, dass niemand auf die Idee gekommen wäre, dort einen Eingang zu vermuten.

Von einer Sekunde auf die andere fühlte Kyran sich so ausgelaugt und schwach, als wäre er hundert Jahre alt. Langsam verließ er den Friedhof und schlug den Weg zum Bahnhof ein. Er hatte keine Lust, zurück in die Londoner Wohnung zu gehen, sondern würde in der Bahnhofshalle warten, bis im Morgengrauen der erste Zug nach Birmingham fuhr. Dort würde er sich in seiner Studentenwohnung verkriechen, bis das schreckliche Gefühl, versagt zu haben, langsam nachließ. Das Knallen und Zischen der letzten Raketen, die zum Jahreswechsel verschossen wurden, drang gedämpft an sein Ohr, und als Kyran den Kopf in den Nacken legte, sah er einen kleinen blauen Funkenregen den schwarzen Nachthimmel erhellen.

»Frohes Neues Jahr, Ava«, flüsterte er, und sein Herz zog sich zusammen, so sehr vermisste er sie.

Während er durch die dunklen Straßen lief, versuchte er, sich jede Minute, die sie zusammen verbracht hatten, ins Gedächtnis zu rufen. Bei der Erinnerung an ihre Erzählung, wie sie bei ihrem ersten *Sprung* mitten in den Achtzigerjahren gelandet war, musste er beinahe lächeln, so witzig hatte sie dieses Erlebnis beschrieben. Aber natürlich war es damals für sie ein furchtbarer Schock gewesen, aus ihrem eigenen Körper herausgeschleudert zu werden und kurz darauf in dem einer völlig fremden Person zu landen. Das war Kyran zum Glück erspart geblieben, denn er war immer als er selbst durch die Zeit gereist. Und er hatte sich bewusst dafür entschieden, während Ava keine Wahl gehabt hatte.

Kyran blieb abrupt stehen. Wie hatte er das nur vergessen können? Es musste an den vielen Sprüngen durch die Zeit gelegen haben, dachte er. Eine Idee begann wie ein Funke in seinem Kopf zu glimmen. Vielleicht gab es doch noch eine Möglichkeit, wie er Ava wiederfinden konnte …

Kapitel 17

Der Kreis schließt sich

»Miss? You okay?«

Ava schlug die Augen auf und wurde von einer derart grellen Sonne geblendet, dass sie ihre Lider sofort wieder zusammenkniff. Ihr war schwindlig, und sie spürte eine schwüle Wärme, die sich als feuchter Film auf ihre Haut legte, und roch ein Gemisch aus Staub, Gewürzen und Salz in der Luft, das ihr fremd und doch vertraut erschien.

»Miss?«

Die Stimme mit dem starken Akzent klang drängender, und sie blinzelte. Allmählich gewöhnten sich Avas Augen an die Helligkeit, und aus dem schwarzen, gesichtslosen Schatten vor ihr wurde ein Junge mit schwarzen Haaren, dessen Haut die Farbe von Milchkaffee hatte. Er stand direkt vor ihr und musterte sie mit ernster Miene. Ava erkannte, dass sie im rotbraunen Staub mitten auf einer unbefestigten Straße saß. Ihre nackten gebräunten Beine steckten in mintfarbenen Shorts, und an den Füßen trug sie ein Paar weiße Flip-Flops. Sie war also nach ihrem *Sprung* aus der Londoner Wohnung ihrer Eltern wieder in einer fremden Umgebung gelandet. Am liebsten hätte Ava vor Wut und Verzweiflung mit beiden Fäusten auf den ockerfarbenen Lehmboden getrommelt,

aber sie zwang sich zum Aufstehen, damit der Junge, der höchstens zwölf war und sie immer noch besorgt anstarrte, sie nicht für verrückt hielt. Sie stand auf und lächelte ihn an.
»I'm okay, thank you.«

Sofort änderte sich seine Miene, und er strahlte sie an.
»Very hot for tourists in Bali, no?«

Ava nickte höflich und wollte schon weitergehen, als seine Worte zu ihr durchsickerten, und sie fuhr herum. »I'm in ... Bali?«

Der Junge hielt das offenbar für einen Witz, denn er lachte, sodass Ava seinen fehlenden Eckzahn sehen konnte. »Bali, yes, yes. Welcome to Denpasar.« Grinsend winkte er ihr zu und ging davon.

Ava stand wie eine Salzsäule in der Mittagshitze und blickte ihm nach. Denpasar, dachte sie benommen. Aber das würde ja bedeuten ... Sie drehte sich einmal um die eigene Achse, und tatsächlich kam ihr die Umgebung bekannt vor. Zu ihrer Linken erblickte sie nun auch das kleine Backpacker-Hotel, in dem sie gewohnt hatte, bis sie ohne Vorwarnung das erste Mal in einen fremden Körper und eine andere Zeit geschleudert worden war.

Mit zitternden Händen griff Ava nach ihrem Gürtel und ertastete eine kleine Bauchtasche, die sie auf ihrer Reise bei sich getragen hatte. Darin befanden sich ihr Pass, ein bisschen Bargeld und – Ava spürte ihr Herz laut und schnell gegen die Rippen schlagen – das Prepaid-Handy, das sie extra für ihre Weltreise angeschafft hatte. Sie drückte auf den Knopf und das Telefon bootete aus dem Standby-Modus hoch und zeigte das Datum, den achten April 2016. Ava zog scharf die Luft ein. Das war exakt ein Jahr nach dem Unglück und damit jener Tag, an dem sie zur Seelenwandlerin geworden war. Sie war am selben Tag wieder an jenem Ort gelandet, von dem aus ihre Reise begonnen hatte, und das bedeutete, der Kreis hatte sich geschlossen – sie war wieder in ihrer eigenen Gegenwart. Ava wurde erneut schwindlig – diesmal aber vor Erleichterung, denn auf unerklärliche Weise fühlte sie tief in ihrem Herzen, dass dies nun endgültig ihr letzter *Sprung* gewesen war.

Trotz der Hitze spürte Ava eine Gänsehaut auf ihren nackten Armen, und obwohl sie die Gewissheit bereits hatte, hielt sie sich ihr Handy vors Gesicht und schaltete den Selfie-Modus ein. Das Bild zeigte ein Mädchen mit dunklen Haaren und braunen Augen, deren Lächeln voller Freude war.

»Willkommen zurück, Ava«, sagte sie leise zu dem Mädchen in der Kamera, ehe sie das Handy einsteckte und mit raschen Schritten auf das kleine Backpacker-Hotel zusteuerte.

Sie konnte es nicht erwarten, sich ins WLAN einzuloggen und online einen Rückflug nach London zu buchen – zu Kyran. Bei dem Gedanken an ihn fing ihr Herz förmlich an zu tanzen, und sie begann zu rennen, um keine Minute länger als nötig zu verlieren. Auch wenn sie seine Adresse immer noch nicht kannte, würde sie ihn finden – egal wie und wie lange es dauern würde.

Mit Schwung sauste Ava durch die niedrige balinesische Tür in die Hotellobby. Allerdings hatte sie völlig vergessen, wie glatt der Steinboden dort war – und dass sie Flip-Flops mit dünnen Ledersohlen trug. Die Kombination ließ Ava wie auf Schmierseife durch die kleine Halle schlittern, ehe sie kurz vor der Rezeption von einem muskulösen Rücken gestoppt wurde, der einer Person in einem weißen Hemd und Baggyhosen gehörte. Immerhin war der Aufprall nicht so hart wie an dem kunstvoll geschnitzten Holztresen am Empfang, auch wenn die Person einen Laut, der wie »umpf« klang, von sich gab.

»Oh sorry! Tut mir wirklich leid!«, rief Ava und strich sich eine verirrte Haarsträhne aus der Stirn.

»Pass doch auf …«, hörte sie eine männliche Stimme ungehalten sagen, doch als er sich umdrehte, schnappte Ava nach Luft, weil sie eine Sekunde lang ihren Augen nicht traute.

»Kyran?«

Auch er starrte sie zuerst an, als könne er es nicht fassen, dann aber riss er Ava in seine Arme. »Du bist hier! Ich habe dich wirklich gefunden!«

Unter den verwunderten Blicken des älteren Balinesen hinter der Rezeption ließ Ava sich in seine Umarmung fallen, und als sie die Wärme seiner Haut spürte, schlang sie die Arme so fest um ihn, dass sie beinahe beide das Gleichgewicht verloren.

Lachend schob Kyran sie ein Stück von sich weg und sah ihr tief in die Augen. »Ich kann es noch gar nicht glauben.«

Ava lachte ebenfalls, auch wenn ihr gleichzeitig die Tränen in die Augen schossen. »Frag mich mal! Gerade war ich noch zu Hause in England – und Sekunden später sitze ich mitten auf einer Straße auf Bali. Genau an dem Tag, an dem meine *Sprünge* begonnen hatten!«

»Ich weiß«, warf Kyran ein. »Du warst ja vor einem Jahr ganz plötzlich verschwunden. Zum Glück ist mir noch rechtzeitig eingefallen, dass du es mir damals in London – nach dieser Entführungsgeschichte – erzählt hattest, und du hast auch das kleine Backpacker-Hotel in Denpasar erwähnt. Dieser Tag in Bali war meine einzige Hoffnung, dich zu finden.«

Ava starrte ihn an. »Das heißt, du hast ein Jahr lang auf mich gewartet?«

Kyran nickte und strich ihr über die Wange. »Zuerst wusste ich nicht, was los war, aber schnell wurde mir klar, dass du *gesprungen* sein musstest. Weil ich aber nicht bei dir war, war ich gezwungen, im Jahr 2015 zu bleiben und einen Zeitraum, den ich schon mal erlebt habe, noch einmal durchzumachen. Und doch sind es nicht dieselben Umstände wie damals, denn Emily und Pete sind am Leben – und übrigens immer noch sehr verliebt. Alles, was ich hatte, war die Hoffnung auf ein Wiedersehen mit dir – nachdem mein Versuch, noch einmal in Asburys Gruft zu kommen, in letzter Sekunde schiefgegangen war.«

»Das ist auch gut so«, sagte Ava. »Wer weiß, ob du mich in diesem Zeitvakuum überhaupt gefunden hättest – oder wo du am Ende gelandet wärst!«

Kyran nickte. »Zwar kamen mir die Monate bis zum heutigen Tag wie eine Ewigkeit vor, aber jetzt bin ich hier.«

»Ja«, sagte Ava leise, »das bist du. Und glaub ja nicht, dass ich dich noch einmal gehen lasse!«

Kyran grinste. »Das trifft sich gut, denn ich habe auch nicht vor, dich jemals wieder loszulassen!«

Ava hob den Kopf, um Kyran zu küssen. Doch auf einmal fiel ihr ein, dass noch etwas merkwürdig war.

»Warte mal. Du bist doch im Dezember 2016 zum ersten Mal in Asburys Gruft gestiegen, um mir durch die Zeit zu folgen. Jetzt haben wir aber erst April. Irgendwie klafft da doch eine Lücke in der Zeitrechnung, oder?«

Kyran nickte und grinste. »Ja, aber sogar mit all meinen Statistikbüchern und den Formeln der Stochastik konnte ich das Rätsel um den zurückgedrehten Kalender nicht lösen. Vielleicht existieren tatsächlich mehrere Ebenen von dem, was wir nach unserem Verständnis Zeit nennen?«

»Ja«, murmelte Ava, »wer weiß das schon. Und eigentlich zählt ja nur eins: dass wir die Ereignisse und damit das Schicksal einiger Menschen verändert haben. Unter anderem unser eigenes.«

Kyran nickte schweigend. Einen langen Moment sahen sie sich in die Augen, dann nahm Kyran ihr Gesicht in beide Hände, und gleich darauf spürte Ava seinen Mund auf ihrem, und mit seinem Kuss verschwanden endgültig die schwarzen Schatten der Vergangenheit.

Kyran brachte seine Lippen nah an ihr Ohr. »Wir sollten die Zeit, die ich ohne dich verbringen musste, dringend nachholen. Ich weiß auch schon, wie! Und in Zukunft werde ich einfach noch besser auf dich aufpassen.«

Ava schmiegte sich an Kyran und lächelte. *Zukunft*, dachte sie, was für ein wunderbares Wort.

ENDE

Lilly Crow schreibt Bücher für Jugendliche und Erwachsene, außerdem arbeitet sie als freie Drehbuchautorin für eine Fernsehserie. Band 1 der Geschichte rund um Ava und Kyran, *Forever 21. Zwischen uns die Zeit* ist im Frühjahr 2017 ebenfalls bei ONE erschienen.

Intrigen, Lügen und Geheimnisse

Mary E. Pearson
DER KUSS DER LÜGE
Die Chroniken der
Verbliebenen
Band 1
Aus dem amerikanischen
Englisch von
Barbara Imgrund
560 Seiten
ISBN 978-3-8466-0036-8

Lia ist die älteste Tochter im Königshaus Morrighan. Gerade mal 17 Jahre alt, soll sie mit einem Prinzen verheiratet werden, den sie noch nie in ihrem Leben gesehen hat. Doch das Mädchen entscheidet sich, ihr bisheriges Leben hinter sich zu lassen. Sie flieht und heuert weit entfernt von zu Hause in einer Taverne an. Dort lernt sie zwei Männer kennen, die sofort ihre Aufmerksamkeit erregen. Was sie nicht weiß: Die beiden sind auf der Suche nach ihr. Einer wurde ausgesandt, um die Königstochter zu töten. Und der andere ist ausgerechnet jener Prinz, den sie heiraten sollte. Schnell fühlt Lia sich zu beiden hingezogen ...

one by Lübbe

Anna und Sebastiano sind zurück!

Eva Völler
AUF EWIG DEIN
Time School
Band 1
384 Seiten
ISBN 978-3-8466-0048-1

Zeitreisen kann ziemlich gefährlich sein. Das weiß Anna nur zu genau, denn seit sie auf ihrer ersten Zeitreise ihr Herz an den gut aussehenden Venezianer Sebastiano verloren hat, musste sie schon so manch brenzlige Situation bestehen. Von der Gründung einer eigenen Zeitwächter-Schule hatte sie sich eigentlich ein etwas ruhigeres Leben versprochen. Aber ihre frisch rekrutierten Schüler sind ausgesprochen eigensinnig, und schon beim ersten größeren Einsatz am Hofe von Heinrich dem Achten geht alles Mögliche schief. Und dann taucht plötzlich völlig unerwarteter Besuch aus der Zukunft bei Anna auf, der ihr komplettes Leben auf den Kopf stellt ...

one by Lübbe

Ein Versprechen, das dein Leben verändern wird ...

Richelle Mead
THE PROMISE - DER
GOLDENE HOF
Aus dem amerikanischen
Englisch von
Susann Friedrich
592 Seiten
ISBN 978-3-8466-0050-4

Der Goldene Hof verspricht auserwählten Mädchen ein völlig neues Leben. Nicht nur, dass sie lernen, sich in vornehmen Kreisen zu bewegen, sie werden auch auf eine glamouröse Zukunft im aufstrebenden Nachbarland Adoria vorbereitet. Die junge Adelige Elizabeth scheint bereits ein solches Leben zu führen. Doch nach dem Tod ihrer Eltern fühlt sie sich wie in einem Gefängnis, aus dem sie nur noch fliehen will. Als Elizabeth dann den charmanten Cedric Thorn vom Goldenen Hof kennenlernt, weckt er einen waghalsigen Plan in ihr: Sie muss es irgendwie nach Adoria schaffen. Und kurze Zeit später tritt sie unter falschem Namen die Ausbildung am Goldenen Hof an ...

one by Lübbe